조국과 민족을 위해 모든 것을 바친

# 애국지사들의 이야기·7

– The story of Korean patriots

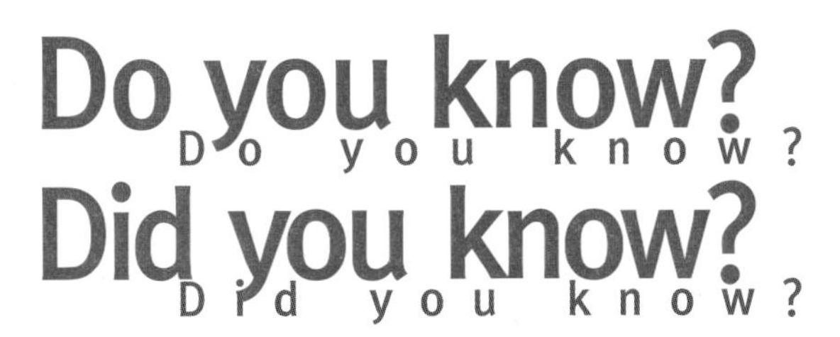


2023
신세림출판사

조국과 민족을 위해 모든 것을 바친

# 애국지사들의 이야기·7

- The story of Korean patriots

발간사

# 『애국지사들의 이야기·7』호를 발간하며

김 대억
애국지사기념사업회(캐나다) 회장

경술국치 100년이 되는 2010년 3월 15일에 발족된 애국지사기념사업회(캐나다)는 『애국지사들의 이야기』 제1권을 발행한 후 지금까지 여섯 권을 발행하였다. 이번에 발간되는 일곱 번째 책자를 통해서도 지금까지 배포된 여섯 권처럼 애국지사기념 사업의 중요성과 필요성이 국내외의 많은 동포들에게 알려질 것을 확신하기에 기쁘고 자랑스러운 마음 금할 수 없다.

이번에 펴내는 제7권에서는 노백린 장군, 신익희 선생, 의친왕 이강이 우리민족의 독립을 위해 걸어온 삶의 발자취를 본 사업회 김정만 이사님, 내한 캐나다선교사 전시관 대표 황환영 장로님과 사업회 회장이 다루었다. 특별히 민족시인 이윤옥 박사의 부부독립운동가에 관한 글은 이번 책자의 특집 중의 특집이라 말하고 싶다.

특집 제1부에서는 한국전쟁의 영웅 백선엽 장군과 일제의 핍

박 속에서 민족의 교육을 위해 헌신하신 김성수 선생의 생애를 다루었다. 수고해 주신 언론인 김운영님과 문필가 신경용님에게 감사드린다. 특집 2부에서는 조선을 사랑한 선교사들의 생애를 기록한 박정순 시인의 글과 우리의 독립을 위해 헌신한 로버트 A 샤프 선교사와 에리사 선교사의 생애를 조명한 석동기 목사님의 글을 수록했다.

특집 3부에서는 한국과 캐나다 수교 60주년의 의미를 부각시키는 글 두 편을 첨가했다. 이를 위하여 본 사업회 이남수 이사님과 신옥연 캐나다 한글학교 총연합 회장께서 수고해 주셨다. 이 특집에 포함된 또 하나의 글은 캐나다 동포사회를 여러 면에서 대변하는 젊은 일꾼 조성용님이 영문으로 작성해 주었다. 이어지는 학생들의 목소리에는 토론토 소재 다니엘 한글학교 네 명의 학생들의 작품을 실었고, 2022년에 본 사업회가 공모한 애국지사들을 주제로 한 문예작품 공모에 입상한 학생부와 일반부의 작품을 소개했다.

예상하지 못했던 코로나 사태로 모든 활동이 제한되고, 생활방식 자체가 변해버린 어려운 상황 속에서도 귀한 글을 써주신 모든 분들에게 진정으로 경의를 표한다. 특별히 이번 7권 발행을 위해 귀한 시간을 할애하여 축사를 써주신 연아 마틴 캐나다 상원 의원님, 알리 에사시 연방국회 의원님, 조성훈 온타리오 주의원님, 김득환 주 캐나다 총영사님, 김정희 토론토 한인회장님, 조준상 애국지사기념 사업회 고문님, 이심 국가원로 공동회장님, 김동수 민주평통 샌디에이고 회장님에게 머리 숙여 감사드린다. 아울러 시간과 정성을 아낌없이 투입하여 제7권을 좋은 책으로 만들어 주시는 이시환 신세림 출판사 사장님께도 진정한 감사의 마음을 전한다.

『애국지사들의 이야기·7』의 발간을 위해 적극적인 후원과 협력을 아끼지 않은 모든 분들에게 감사드린다. 동시에 이 책을 읽은 사람마다 조국의 독립을 위해 그들의 생을 희생한 수많은 애국지사들의 숭고하고 고상한 민족애와 조국애를 마음에 간직하고 대한민국의 무궁한 발전을 위해 헌신하고 충성하며 살아가기를 바라는 마음 간절하다.

축사

# 『애국지사들의 이야기』 제7권 발간을 진심으로 축하합니다.

조 성준
온타리오주 노인 및 장애인복지부 장관

이 책을 통해 대한민국의 독립을 위해 모든 것을 바치신 순국선열, 애국지사들의 숭고한 정신을 되새기는 계기가 됐으면 합니다.

한국 광복에는 해외동포들도 큰 역할을 했습니다. 대한제국 시절 해외로 노동 이민을 떠난 동포들은 타지에서 하루 벌어 하루 먹고사는 와중에도 품삯을 모아 임시정부에 자금을 보내는 등 독립운동을 지원했습니다.

이제 선진국이 된 한국을 위해 우리 해외동포들이 어떤 역할을 해야 할지 고민을 해야 할 때입니다. 과거 우리 해외동포들이 독립자금을 지원했듯 우리 캐나다 동포들은 선진국이 된 한국을 우리가 사는 캐나다 온타리오에 알려야 합니다.

뿌리 깊은 나무는 바람에 흔들리지 않는다 - 용비어천가의 유명한 구절입니다.

우리 한인 사회에선 2세 정체성이 문제로 대두되고 있습니다. 우리 2세, 3세들에게 우리의 뿌리를 알리는 것이 중요합니다. 단순 캐나다인이 아닌 한인-캐나다인으로서 정체성을 확고히 굳혔을 때, 힘든 이민 사회를 이겨낼 수 있는 큰 힘이 될 수 있습니다.

공직에 오랫동안 있으면서 여러 이민사회의 리더, 그리고 차세대들을 만날 기회가 많이 있었습니다. 본인 고유의 문화적, 민족적 정체성을 유지한 2세, 3세들이 주류사회에서 더욱 빛나는 것을 직접 목격했습니다. 개인적으로도 한인의 정체성을 가지고 있었던 것이 오늘날 온타리오주 최초 한인장관이 될 수 있었던 원동력이었습니다.

예전처럼 현지 동화만이 주류사회에 녹아들 수 있는 시대는 지났습니다. 글로벌 시대인 지금, 단순 캐나다인이 아닌 한인-캐나다인이 더욱 주목받습니다.

이 책은 우리 뿌리를 알리는 중요한 자료입니다. 우리 자녀들이 이 책을 읽고 영향을 받아, 한인으로서 자긍심을 갖고 캐나다 사회에서 크게 성공하길 기원합니다.

SENATE | SÉNAT

The Honourable Yonah Martin | L'honorable Yonah Martin

CANADA

2023

## A MESSAGE FROM THE HONOURABLE YONAH MARTIN

I am honoured to extend my warmest greetings to the readers of *The Story of Korean Patriots 7,* and to congratulate the team of writers and editors on this successful publication. I would like to commend the Patriot Association President, Rev. Dae Eock Kim for his leadership and dedication for this special edition of that celebrates the 60th anniversary of Canada and Korea's diplomatic relations.

Canada's relationship with the people of the Land of the Morning Calm is in fact over a century in the making. Beginning with Frank Schofield, a Canadian veterinarian and Protestant missionary, his support of the Korean people during the March 1st Korean independence movement against the Japanese Empire were the seeds of a friendship that would grow and blossom between our two peoples.

Canada would once again stand with the Korean people when communist forces declared war against the South Korean people in 1950. Over 26,000 Canadians would serve in South Korea sacrificing their youth and lives in battles at Gapyeong, Hill 355, on the rivers and coastal areas around the peninsula and in the skies above it. As a result of the War, 516 Canadians paid the ultimate sacrifice and of these, nearly 400 Canadians are buried in the United Nations Memorial Cemetery in Busan, South Korea. The remains of another 21 soldiers rest in Korea, lost in the hills and valleys or on the seas surrounding the peninsula.

Canadians continue to safeguard South Korea serving in the United Nations Command (UNC), which oversees the implementation of the Korean War Armistice Agreement via the UNC's Military Armistice Commission. Canada's continued commitment to the UNC is seen as an important contribution to the continued safety and security of the Republic of Korea. Canadian Defence Attachés have resided in Seoul since 1979. Since 1990, defence relations between the Republic of Korea and Canada have increased to include reciprocal training, official visits, and exchanges of information.

Senate of Canada Building, Parliament Hill, Ottawa, Ontario K1A 0A4 | martin@sen.parl.gc.ca

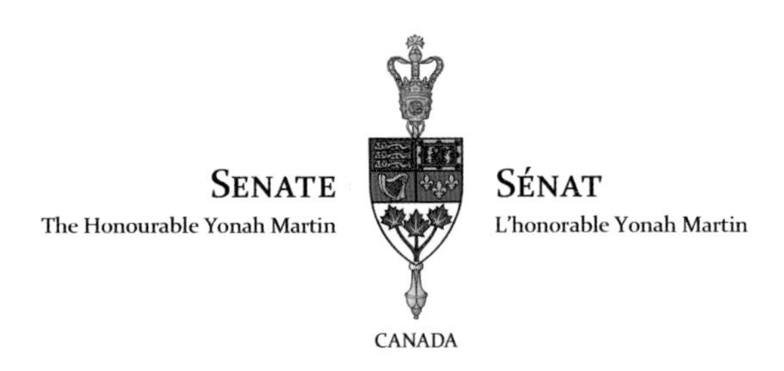


Not surprisingly, our bilateral relationship has grown from a shared concern over defence to incorporate trade and people to people linkages as well.

On March 11, 2014, in Seoul, Prime Minister Stephen Harper and President Park Geun-hye of South Korea announced Canada's first and only free trade agreement in the Asia-Pacific region - the Canada-Korea Free Trade Agreement. With more than 50 years of diplomatic relations between Canada and South Korea, this landmark agreement was a natural next step in a dynamic relationship between two nations committed to economic growth and development through free trade. South Korea is Canada's seventh largest trading partner, 7th largest merchandise export market, and 7th largest source of merchandise imports. Canada-Korea two-way merchandise trade is robust, reaching $16.7 billion in 2021.

Canada and South Korea people to people ties have grown exponentially in recent years, enhanced by increasing immigration and tourism flows, as well as business visitors. South Korea has also long been and continues to be one of Canada's top source countries of international students. Nearly a quarter million Canadians identify themselves as being of Korean origin. Over 27,000 Canadians currently reside in South Korea, including about 3,200 English language teachers. Canada and South Korea are more than just two aligned international actors. Through sacrifice, understanding, and mutual respect, our two nations have become more than friends, we are partners and comrades.

I would like to once again thank the Patriot Association President, Rev. Dae Eock Kim and acknowledge the talented authors and editors for their passion and tireless work to ensure that future generations of readers are reminded of these important stories.

On behalf of the Senate of Canada, congratulations on the successful publication of the *The Story of Korean Patriots 7*, and best wishes for the year ahead.

Sincerely,

The Honourable Yonah Martin
*Deputy Leader of the Opposition in the Senate*

Senate of Canada Building, Parliament Hill, Ottawa, Ontario K1A 0A4 | martin@sen.parl.gc.ca

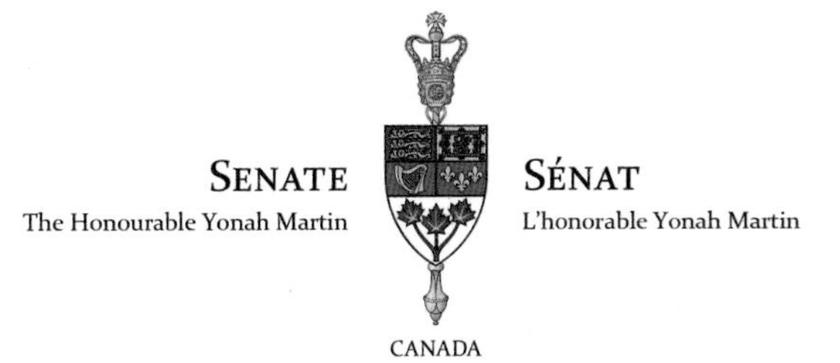


2023 년

## 연아 마틴 상원 의원의 인사말

애국지사 이야기 7권의 집필진께 성공적인 출간의 축하 인사 그리고 독자들께 인사드리게 되어 영광입니다. 또한 애국지사 기념회 회장이신 김대억 목사님의 리더십과 캐나다 한국 수교 60주년을 축하하는 이 특별 편을 위한 헌신에 감사드립니다.

캐나다와 동방의 조용한 나라의 우정은 사실 한 세기가 넘게 지속되어 왔습니다. 캐나다의 수의사이자 선교사인 프랭크 스코필드 박사의 3.1절을 향한 지원은 두 나라 국민들의 우정을 싹 틔우는 씨앗이 됐습니다.

1950년에 캐나다는 대한민국 국민들을 향한 공산주의와의 전쟁에서 다시 한번 대한민국 국민들과 함께 했습니다. 26,000명이 넘는 젊은 캐나다인들이 가평 전투, 355 고지 전투 등 한반도의 강과 해안 그리고 하늘에서 목숨을 희생했습니다. 전쟁의 여파로 516명의 캐나다인들이 목숨을 바쳤고 400여 명의 캐나다인들이 부산의 유엔기념공원에 안장됐습니다. 그리고 21명의 캐나다 군인들은 한반도의 산, 계곡 또는 바다에 잠들었습니다.

캐나다인들은 정전 협정 이후에도 유엔 사령부를 통해 평화를 지키는데 기여했습니다. 캐나다의 평화 유지 임무는 대한민국의 안전과 안보를 유지하는데 중요한 역할을 했습니다. 캐나다의 무관은 1979년부터 서울에서 거주하고 있으며 1990년부터 캐나다와 대한민국의 국방 관계는 상호 훈련, 공식 방문 그리고 정보 교환으로 격상됐습니다.

양국의 관계 또한 당연하다시피 방어에 대한 걱정을 공유하는 단계에서 무역과 사람들과의 연결로 격상됐습니다.

Senate of Canada Building, Parliament Hill, Ottawa, Ontario K1A 0A4 | martin@sen.parl.gc.ca

**SENATE** The Honourable Yonah Martin

**SÉNAT** L'honorable Yonah Martin

CANADA

2014년 3월 11일, 스티븐 하퍼 총리와 박근혜 대통령은 아시아-태평양 지역에서 캐나다 최초이자 유일한 자유 무역 협정인 캐나다-대한민국 자유 무역 협정을 발표했습니다. 캐나다와 대한민국의 50년이 넘는 외교 관계에서 이 역사적인 협정은 자유 무역을 통해 경제 성장과 발전에 헌신한 양국에게 자연스러운 발걸음이었습니다. 대한민국은 캐나다의 7번째로 큰 무역 파트너이자 7번째로 큰 수출국이며 7번째로 큰 수입국입니다. 캐나다와 대한민국, 양국 간의 무역 수출입액은 지난 2021년 167억 달러에 달할 정도로 견실합니다.

양 국민들 간의 유대 또한 이민과 관광 그리고 기업 방문으로 인해 기하급수적으로 증가했습니다. 대한민국은 지금까지 캐나다에 유학생을 가장 많이 보내는 나라 중 하나입니다. 25만 명에 가까운 캐나다인들이 자신들의 뿌리는 대한민국이라고 말합니다. 또한 3,200명의 영어 교사를 포함해 27,000명이 넘는 캐나다인들이 현재 대한민국에 거주하고 있습니다. 캐나다와 대한민국은 단순한 국제 관계를 넘어 희생과 이해 그리고 상호적인 존중을 통해 친구를 넘어선 파트너이자 전우입니다.

저는 애국지사 기념회 회장님 김대억 목사님께 다시 한번 감사의 말씀을 드리며 우리 다음 세대의 독자들이 이러한 중요한 이야기들을 되새길 수 있도록 열정과 노력을 다하신 집필진께도 감사의 말씀드립니다.

캐나다 상원을 대표해 애국지사 이야기 7권의 성공적인 출간을 축하드리며 좋은 일만 가득하시길 기원합니다.

진심을 담아,

연아 마틴 상원 의원
*원내 수석 부대표*

Senate of Canada Building, Parliament Hill, Ottawa, Ontario K1A 0A4 | martin@sen.parl.gc.ca

**STAN CHO, MPP**
Willowdale

**Constituency Office:**
111 Sheppard Ave. W.,
North York, ON M2N 1M7
Tel: 416-733-7878
Email: stan.cho@pc.ola.org

**Ministry of Transportation Office:**
Associate Minister's Office
5th Floor, 777 Bay St.
Toronto, ON M7A 1Z8
Tel: 416-327-9200

## GREETINGS FROM THE HON. STAN CHO

As the first Canadian-born politician of Korean descent, I am humbled to participate in *The Story of Korean Patriots* by the Canadian Association for Honouring Korean Patriots (애국지사기념사업회).

To this day, it is unsurprising that many do not know the Republic of Korea's painful past and hard-fought struggle for freedom, democracy and independence. Millions of people, including 516 Canadians, made the ultimate sacrifice for the country to grow and develop to what it is today – an economic powerhouse, leader in music and producer of cultural icons.

Through the many volumes of *The Story of Korean Patriots*, we remember a time long before the Korean War. We remember nearly 40 years of Japanese colonization and forced assimilation. We remember the trailblazers who died fighting for freedom since the early 1900s in prisons, labour camps and jails. We remember their courage and tenacity in leading Korea's fight for independence.

Words cannot express my gratitude for the sacrifices these leaders have made for future generations like myself to enjoy the freedoms and privileges we have today. They leave behind an unforgettable story and lasting legacy to be carried on through this book.

I want to sincerely thank Rev. Dae Eock Kim and the members of the Association for their dedication in putting together a meaningful tool to help the Korean community reflect and educate their children on our shared history.

Sincerely,

Stan Cho
Member of Provincial Parliament, Willowdale

축사

# 『애국지사들의 이야기』 7호 발간을 축하드립니다

김 득환

주 캐나다 토론토 총영사

안녕하십니까. 『애국지사들의 이야기』 제7호 발간을 진심으로 축하드립니다.

그동안 여러 가지 어려운 여건하에서도 어느덧 제7호 발간을 맞이 할 수 있게 된 것은 바쁜 일상속에서도 애국심과 열정을 바탕으로 원고 한글자 한글자에 정성을 기울인 회원들의 헌신이 있었기에 가능했다고 생각됩니다.

책자 발간을 위해 그간 열정과 노력을 아끼지 않은 김대억 회장님을 비롯한 회원님들께 진심으로 존경과 감사의 마음을 전합니다.

『애국지사들의 이야기』는 우리 동포사회에 큰 의미가 있는 성과물입니다.

대한민국 애국지사들의 이야기들을 발굴하고 알리는 것은

불굴의 의지와 고귀한 희생으로 국난을 극복하고 오늘날 경제 대국, 문화융성 국가로 우뚝 솟은 조국의 자긍심을 찾는 일입니다. 이러한 자긍심은 한민족으로서의 정체성을 고양시키며 우리 민족을 하나로 묶는 중요한 정신적 유산이 됩니다.

그리고 이러한 정신적 유산을 책으로 엮는 것은 애국지사들의 역사적 활동을 알리고 전승하게하는 계기가 될 뿐만 아니라, 아름다운 우리 말과 글을 해외에서도 계속 이어 나가게 하는 중요한 수단이 됩니다. 모국어를 사용하는 것은 캐나다와 같은 다문화 사회에서 우리 고유의 문화적 유산을 보존하고 계승하는 데 필수적인 요소이기 때문입니다.

우리는 이러한 정신적 문화적 유산이 다음 세대로 이어질 수 있도록 노력해야 합니다. 이러한 노력은 후세대들의 정체성과 문화적 전통을 유지하게 하고 가족내 소속감을 강하게 만드는 역할을 할 것입니다. 또한 이러한 문화적 유산을 캐나다내 다른 민족, 커뮤니티와도 적극 공유한다면 상호 이해와 존중을 촉진하고 협력의 기초를 만드는 가교 역할을 할 수 있을 것으로 기대합니다.

글을 쓴다는 것은 정말 쉬운 일이 아닙니다. 많은 고민과 수많은 교정을 통해 완성됩니다. 글쓰기는 과거와 현재의 시공간을 초월하여 사람과 사람을 이어주는 역할을 하는 것과 동시에 글쓴이 개인에게는 깊은 사고를 통한 자아발견과 성찰의 시간을 제공해 줄 것으로 생각됩니다. 책자 발간에 참여한 회원님들 모두 이러한 보람과 즐거움을 느낄 수 있었을 것으로 믿습니다.

지난해부터 이어지고 있는 글로벌 공급망 교란, 원자재 가격 급등 등 세계 경제의 복합위기와 불확실성 속에서 국내외 생활이 녹록지 않습니다만 우리 대한민국은 지금까지 위기들을 슬기롭게 극복해 왔듯이 밝은 미래를 향해 힘차게 나아갈 것으로 믿습니다. 금번 발간된 『애국지사들의 이야기』들이 좋은 영감과 용기를 줄 것으로 생각합니다.

우리들의 자긍심과 정신적 유산이 『애국지사들의 이야기』들을 통해 앞으로 계속 이어질 수 있도록 회원여러분들의 변함없는 열정을 기대하겠습니다. 다시 한번 『애국지사들의 이야기』 제7호 발간을 축하드립니다. 감사합니다.

축사

# 『애국지사들의 이야기』 7호 발간을 축하드립니다

김 정희

토론토 한인회장

애국지사기념사업회의 『애국지사들의 이야기·7』 책자 발간을 진심으로 축하드립니다.

2010년 애국지사기념사업회가 출범한 이래 오늘날의 자랑스러운 대한민국이 있을 수 있도록 생을 바쳐 밑거름이 되신 애국지사들의 이야기를 꾸준하게 알려온 지 어느덧 13년, 그 노력의 결과로 애국지사기념사업회에서 진행하는 문예공모에 한인 1.5세와 2세들의 관심이 높아지고, 작품의 수준이 높아지는 모습에 큰 감동을 받았습니다.

광복 후 78년이 지난 오늘, 우리는 대한민국의 독립을 위해 생을 바친 애국지사들을 얼마나 기억하고 있는지, 그들의 숭고한 정신을 어떻게 이어 나가고 있는지 되돌아보는 의미있는 출판물이 될 것이라 믿어 의심치 않습니다.

또한 한캐 국교 60주년을 맞이하여 대한민국의 광복을 위해 도움을 주셨던 선교사들의 이야기가 재조명되어 더욱 뜻깊게 생각합니다. 그러나 실제로는 애국지사들의 헌신과 노력이 알려지기까지 오랜 시간이 걸리고 있습니다. 독립운동가 한 분이라도 더 찾아내 알려지고 그에 걸맞는 예우가 이루어져야 할 것이며, 이에 애국지사기념사업회와 같은 노력은 지속되어야 할 것입니다.

『애국지사들의 이야기·7』 발간을 위해 수고하신 애국지사기념사업회 김대억 회장을 비롯한 모든 관계자 분들의 노고에 감사드리며, 앞으로 더 번창과 번영이 있기를 바라마지 않습니다. 아울러 이 책을 통해 애국지사들의 숭고한 애국애족 정신을 동포사회에서 다시 한번 되새겨 보는 기회가 되길 기대합니다.

2023년 2월 1일

# 수교 60주년을 축하드리며 캐나다 선교사들의 숭고한 발자취를 돌아보며

이 심

(사)국가원로회의 공동의장

한국과 캐나다 수교 60주년을 대한민국 국민의 한 사람으로서 진심으로 기쁘게 생각하며 축하드립니다. 나라 간 친교도 인간사의 그것과 별반 다르지 않은 듯합니다. 캐나다는 지리적으로 멀리 떨어진 나라이지만, 정서적인 친밀감은 형제 국가나 마찬가지입니다. 더구나 우리 민족의 아픔인 6·25전쟁에 캐나다는 미국, 영국 다음으로 많은 26,971명의 군인을 참전시킨 참으로 고마운 나라입니다. 한국전으로 인해 맺어진 깊은 신뢰와 우의를 바탕으로 1963년 수교 이래 다양한 분야에서 비약적인 발전이 이루어졌습니다. 이번 수교 60주년을 맞아 양국의 평화와 번영을 위한 긴밀한 협력 관계가 더욱 공고해지기를 기대합니다.

사실 한국과 캐나다의 뿌리 깊은 우정은 130년 전으로 거슬러 올라갑니다. 19세기 말부터 독립 전까지 약 180여 명의 캐나다 선교사들이 조선에서 활동했던 것으로 역사는 기록합니다. 한국에 온 첫 캐나다 선교사이자 최초 한영사전을 편찬한

제임스 스카스 게일(James Scarth Gale)을 비롯해 고종의 주치의로 세브란스병원과 연세대학교를 설립한 올리버 애비슨(Oliver R. Avision), 외국인 최초로 국립묘지 애국지사 묘역에 안장된 프랭크 스코필드(Frank William Schofield)가 대표적입니다. 하지만 한국 기독교 초창기에 미국 다음으로 많은 선교사를 파송한 캐나다 선교사들에 대한 일화는 상대적으로 많이 알려지지 않았습니다. 구한말 한반도에 복음을 전파한 캐나다 선교사들이 한국사회와 교회에 끼친 영향이 지대했는데 말입니다

우리가 꼭 기억하고 감사해야 할 캐나다 선교사들에게 어쩌면 우리는 많은 것을 빚졌는지 모릅니다. 그들 가족은 머나먼 타국인 낯 선 한국에 와서 하나님의 귀한 사역을 감당하며 조선을 위해 헌신했습니다. 주님이 원하신다면 그 길이 어떤 고난의 길이라도 기꺼이 그 사명을 감당한 홀 가족의 일화는 우리의 신심에 깊은 울림을 전합니다. 과연 우리는 어떠한 삶을 살고 있는지 다시금 돌아보게 되면서, 남겨진 생에 하나님이 기뻐 하시는 삶을 살아가기를 다짐하며 거듭 귀한 애국지사기념사업회의 발전을 기원드립니다.

# 『애국지사들의 이야기』 제7호 발간을 축하드립니다

김 동수

민주평통 오렌지샌디에이고협의회 회장

캐나다 〈애국지사기념사업회〉의 『애국지사들의 이야기』 제7호 발간을 진심으로 축하드립니다.

〈애국지사기념사업회〉의 『애국지사들의 이야기』 제6권까지의 차례와 축사 및 글을 읽으며 우리 역사의 소중함과 자랑스러움을 느낄 수 있었습니다.

알찬 내용과 뜻깊은 이야기로 가득한 『애국지사들의 이야기』는 캐나다 한인공동체의 역사이자 자녀세대에 대한 부모세대의 유산이 되었습니다. 『애국지사들의 이야기』 발간 사업은 미국을 비롯한 전세계 한인동포사회의 모범사례입니다.

우리 한인공동체는 삶을 개척하기 위해 모국 땅을 떠나 삶의 터를 일구었습니다. 이제 시대정신은 2세 3세들의 자녀손이 부모와 (외)조부모의 나라 대한민국의 역사와 얼을 지키고 이어가도록 하는 일에 매진할 것을 요청받고 있습니다. 이에 우리 한인공동체는 자기정체성을 시대에 맞게 계승 발전시키면서 섞이고 참여하고 연대해야 합니다.

2010년 3월 15일에 결성된 〈애국지사기념사업회〉는 이러한 시대정신을 구현하기 위해 『애국지사들의 이야기』 발간 사업을 역점사업으로 추진해왔습니다. 지금까지 40여 명에 가까운 애국지사들의 이야기를 전문 작가들의 글처럼 상세히 소개함으로써 캐나다 한인공동체 구성원의 가슴에 애국의 마음을 꽃피우게 하였습니다.

『애국지사들의 이야기』 제5호와 제6호 뒷표지의 2020, 2021 보훈문예공모전 일반부/학생부 입상자들의 사진은 희망을 이야기합니다. 매호마다 보물같은 글들이 차고 넘칩니다. 캐나다 한인공동체 지도자들과 애국시민들이 쓴 '우리들의 이야기', '후손들에게 들려 줄 애국지사 이야기', '내가 존경하는 애국지사', '독립유공자 후손과 캐나다 한인2세들의 애국지사 이야기', '문학박사들의 애국지사 이야기', 보훈문예작품 공모 내용과 애국지사 초상화 헌정사업 소식을 통해 〈애국지사기념사업회〉의 역할과 관계자들의 수고로움이 컸으며, 『애국지사들의 이야기』가 얼마나 우리 공동체에 큰 영향을 끼쳤음을 잘 보여줍니다.

조금 더 칭찬하고 싶습니다. 특히 3권의 〈캐나다인 독립유공자 5인의 사랑〉은 뜻깊으면서도 참신한 기획이 아닐 수 없습니다. 선교사로서 의사로서 자기 나라보다 대한민국을 더 사랑하고 자신의 젊음을 바치고 가족을 잃으면서까지 대한민국 땅에 묻힌 그들의 헌신과 희생은 3.1운동 정신이 담긴 〈기미독립선언〉의 사해동포주의를 떠올리게 합니다.

제4권의 '시로 읽는 여성 독립운동가' 코너의 민족시인 이윤옥 씨의 소개말 '시인의 말'과 민족시인들의 시 소개는 참신한 기획이었으며, '어린이를 위한 특별한 이야기'를 소개한 김일옥 작가의 '우리나라 최초의 여성 의사 박에스더'는 어린이들에게 민족애를 싹트게 하는 힘 있는 이야기였습니다.

2023년은 한인의 미국 이민 역사 120주년이 되는 해입니다. 120년 전인 1903년 1월 12일에 102명의 한국인이 하와이에 도착하여 한민족의 끈질긴 삶의 의지로 미국 사회의 모든 영역에서 역사를 만들고 있습니다.

올해는 또한 한국과 캐나다 수교 60주년을 맞이하는 해입니다. 60 성상의 연륜으로 한인공동체는 캐나다를 세계인이 존경하는 평화와 인권의 나라를 만드는 일에 역할을 다해왔습니다. 캐나다 한인공동체가 만들어 온 육십갑자(六十甲子) 세월을 돌아 120년을 향한 새로운 60년을 위한 새로운 비전의 형성을 요청받고 있습니다.

비전(vision)은 역사적 통찰(hindsight)에 근거한 현실적 통찰(insight) 그리고 선견적 통찰(foresight)로 이어져 해결책을 찾고 피드백을 실천하며 앞으로 나아가는 것을 말합니다. 지난 10여 년간 『애국지사들의 이야기』는 캐나다 한인공동체의 중지를 모아 비전을 형성해왔습니다. 『애국지사들의 이야기』 발간 사업은 한국-캐나다 수교 60년의 마지막 10년에 있어서 캐나다 한인공동체의 가장 빛나는 업적 중 하나입니다.

이에 한국과 캐나다의 수교 60주년을 맞이하는 해에 발행하는 『애국지사들의 이야기』 제7권 발행을 다시금 축하드리며, 『애국지사들의 이야기』가 새로운 시대에 맞게 애국지사들의 희생과 헌신이 담긴 고귀한 뜻을 더 잘 담아내고 풀어내어 새로운 60년에 '희망의 등불'의 역할을 다하기를 소망합니다.

〈애국지사기념사업회〉의 뜻이 세계에 흩어져 살며 정체성을 고민하는 한인공동체에 귀감과 큰 힘이 된다는 것을 말씀드리고 싶습니다. 『애국지사들의 이야기』를 전세계 한인공동체가 공유하여 모든 세대가 읽고 애국지사들의 뜻을 이어가면 좋겠습니다. 기획하시고 편집하시는 김대억 회장님과 임원진들의 노고와 업적에 찬사를 보냅니다.

시대를 일깨우는 일에 함께 고민하는 동역자로서 감사와 축하의 마음을 전합니다.

# 『애국지사들의 이야기』 제7권 발간을 진심으로 축하합니다.

조 준상

애국지사기념사업회(캐나다) 고문

존경하는 김대억 목사님께서 회장으로 수고하시는 캐나다 애국지사기념사업회에서 이번에 『애국지사들의 이야기』 7권을 발행하시게 된 것을 진심으로 축하드립니다. 지난 2014년에 처음 출판된 〈애국지사들의 이야기〉 시리즈가 어느덧 일곱번 째 책이 탄생한데 대해 놀랍거니와, 기념사업회의 그 지대한 노력에 새삼 경의를 표합니다. 〈애국지사들의 이야기〉 출판사업은 기념사업회의 핵심 프로젝트이자 올해 사업계획 중 가장 중요한 부분으로서, 소중한 결실을 맺기까지 관계자 여러분께서 숱한 고생들을 하셨다고 생각합니다. 유능하신 분들로 편집위원회를 구성하고 수차례의 준비위원회의를 거쳐 마침내 주옥같은 값진 책이 세상에 나오게 되었습니다.

애국지사기념사업회는 지난 3년여간 계속돼온 COVID-19 상황에서도 중단없이 각계의 주옥같은 원고를 수집해 방대한 분량의 책을 펴낸 것이기에 동포사회에 더욱 큰 감동을 주고 있습니다. 특히 이번에 발행된 제 7권은 올해 60주년을 맞은 '한국-캐나다 국교수립'을 집중 조명하는 글들이 수록돼 그 의미를 더욱 빛내고 있습니다. 이 뜻깊은 책에는 캐나다 한인사회 지도자들과 주류사회 정계에서 활동하는 분들의 글들도 수록되어 있습니다. 이를 통해 동포 1세대와 2, 3세대간 소통이 더욱 강화되어 캐나다 한인사회 발전에 더 많은 활력을 불어넣고 우리 민족의 정체성이 다음 세대로 계속 이어지길 소망합니다.

이와 함께 일제강점기 시대의 여러 애국지사들의 헌신적인 생애와 눈물겨운 항일 독립투쟁사가 생생히 담겨 있습니다. 애국지사기념사업회가 발족한 지 13년이 되었지만, 초창기엔 이런 단체의 필요성과 중요성을 인식하지 못하는 동포들이 많아 어려움이 컸을 것입니다. 열악한 환경속에서도 묵묵히 애국투사들의 고귀하고 헌신적인 민족독립정신을 동포후손들에게 알려주기 위해 최선을 다해 오신데 대해 깊은 존경을 표합니다.

해외에서 독립운동관련 책을 만든다는 것은 무척 힘들고 어려운 일입니다. 원고확보도 쉽지 않을 터이고, 책을 편찬하는 비용도 만만치 않을 것입니다. 하지만 애국지사기념사업회는 이런 모든 난관을 뚫고 올해로 일곱번째 책을 출간하는 빛나는 업적을 이룩했습니다. 참으로 대단한 일이라 아니 할 수 없습니다. 우리는 말로는 일제 강점기 독립운동가들의 숭고한 희생

정신을 이야기하면서도 실제로는 잘 알지 못하는 부분이 많았는데, 이런 시리즈 기획도서 출간을 통해 그동안 미처 발견하지 못했던 애국지사들의 감동적인 민족사랑 정신을 새삼 깨닫게 됩니다. 요즘은 젊은층에서 책을 별로 읽지 않는 경향이 있는데, 이처럼 애국지사들의 이야기를 지루하지 않고 재미있게 잘 엮음으로써 앞으로 동포 2세, 3세 청소년들에게 귀중하고 알찬 교육자료가 될 것으로 믿습니다.

이 모든 것은 김대억 회장님 등 여러 필진이 정성을 다해 쓰신 값진 결실이라 생각합니다. 애국지사기념사업회는 모국에서도 시도하기 어려운 훌륭한 일을, 이민사회라는 열악한 환경 속에서도 피땀 흘려 이룩했기에 더욱 소중하다 하겠습니다. 애국지사들의 숭고한 희생과 민족사랑 정신을 되새기고, 동포 후손들에게 한민족의 빛나는 뿌리에 대한 자부심을 심어주기 위해 열심히 노력하시는 기념사업회의 노고에 거듭 경의를 표합니다. 애국지사기념사업회가 앞으로도 계속해서 동포사회에서 가장 존경받고 신망받는 단체로 발전해나가시길 기원합니다. 대단히 감사합니다.

House of Commons
Chambre des communes
Canada


## Ali Ehsassi

Member of Parliament
Willowdale

Dear Canadian Association for Honouring Korean Patriots (애국지사기념사업회),

It is my great honour to congratulate Reverend Dae Eock (David) Kim and the Canadian Association for Honouring Korean Patriots as we celebrate the latest publication of its 7th volume of *"The Story of Korean Patriots."* It is my privilege to enjoy this latest issue, whose release coincides both with a major anniversary and fundamental geopolitical changes for the Republic of Korea and Canada.

First, in the spirit of the 7th Volume, let us together acknowledge and appreciate the 60th anniversary of formal relations between the Republic of Korea and Canada. Since 1963, our respective countries have developed in tandem harmoniously, into states with deep cultures, strong senses of civic pride, and a desire to achieve collective goals. The foundations of our bilateral relationship are myriad and multifaceted, ranging from military cooperation to trade to people-to-people interactions.

Of course, we must never forget the devastating conditions under which Korea and Canada became allies, during the horrors of the Korean War. There, Canadians and Koreans fought shoulder to shoulder to protect the Korean Peninsula, safeguard the freedom, and defend democracy. More than 26,000 Canadians fought bravely in many parts of Korea including Inchon, Kapyong, and at Hill 355. In just three short, and yet horrific, years, 516 Canadians were killed on the Peninsula and at sea. Devastatingly, over the course of the conflict, millions of Koreans, many of which were civilians, also perished. On this anniversary, we honour those courageous heroes that answered the call to defend Koreans that yearned for freedom, liberty, and democracy. We will remember them, and I applaud the Canadian Association for Honouring Korean Patriots for their latest efforts to shine a light on this moment in history.

As you know, Canada and South Korea enjoy close relations today, not limited to our shared military histories. In 2022, the Canadian government released its Indo-Pacific Strategy, a framework for the prioritization of the region in Canadian foreign policy. The program centralizes the role that allies such as Korea will play across vital sectors such as security, economics, trade, and manufacturing.


| Ottawa | Constituency Office |
|---|---|
| Room 502, Wellington Building, Ottawa, Ontario K1A 0A6 | 115 Sheppard Avenue West , Toronto, Ontario, M2N 1M7 |
| Tel.: 613-992-4964 Fax.: 613-992-1158 | Tel.: 416-223-2858 Fax: 416-223-9715 |

Ali.Ehsassi@parl.gc.ca
http://aehsassi.liberal.ca

Already, Korea is Canada's seventh largest trading partner, specializing in technology, energy, and manufacturing. Recently, the Canadian government unveiled plans to tighten energy cooperation between our two countries through 20% Korean ownership of a new Canadian export terminal in Kitimat, British Columbia. Projects such as these will become more frequent and more important in the future as we collectively work together as partners and allies.

As I ponder the previous sixty years of Korean Canadian relations, I also look to the next sixty. As a matter of fact, I had the distinct pleasure to visit Korea last October of 2022. While there, I met with government and military officials. We visited the demilitarized zone (DMZ) at the 38th Parallel. This was a surreal experience; an arbitrary line distinguishing a single people with two wildly different social and political systems as well as ways of life. I dearly hope that fear of missile strikes and constant tension is not characterizations of the Korean Peninsula sixty years from now.

More than this, however, I take heart in my incredible experiences of Korea's rich culture. I, along with Canadian Minister of Foreign Affairs Mélanie Joly, visited Seoul—the heart of Korea. I also had the privilege to accompany Minister Joly in her discussions with the Korean Minister of National Unification and the Minister of Foreign Affairs. In Canada, I had the privilege of welcoming President Yoon in Toronto for his first bilateral visit and was present when Minister Joly convened a luncheon in honour of Foreign Minister Park Jin in Ottawa. Watching the bilateral agenda between our two countries expand, both in Korea and in Canada, has been particularly intriguing. It should also be noted that our Minister of Industry, Francois-Philippe Champagne, also had a particularly fruitful visit to the Republic of Korea just a few months ago in 2022.

To the Canadian Association for Honouring Korean Patriots, I thank you for your contributions to our community and congratulate you and your organization on the publication of its 7th Volume. We are now entering a period of unprecedentedly warm relations between Canada and South Korea. This relationship has multiple dimensions: shared values, mutual security interests and maintaining peace on the Korean peninsula, and prospects of shared economic growth from closer cooperation. In the coming years, visits by the highest officials in our respective governments will become more frequent and even more consequential. I am truly looking forward to marvelling at the development of an ever-closer relationship between our two respective countries.

Yours truly,

Ali Ehsassi

# 차례

애국지사들의 이야기·7



## 애국지사들의 이야기·7

# 차례

## [특집·1] 국가와 민족을 사랑한 사람들의 이야기



## [특집·2] 우리나라를 사랑한 캐나다 선교사들의 이야기



## [특집·3] 특별한 이야기들

김운영

신경용

박정순

석동기

이남수

신옥연

조성용

## [특집·4] 학생들의 목소리

**다니엘 한글학교**



**작년도 문예 작품 입상작**



## 부록

# 애국지사들의 이야기·7

**김대억**

독립공군을 육성한 애국지사 **노백린** 장군

**김정만**

조국 독립과 민주화의 밑거름: 해공(海公) **신익희**(申翼熙)

**이윤옥**

항일 부부독립운동가 104쌍 이야기

**황환영**

조선 왕족 중 유일하게 항일 운동에 참여한 인물! 의친왕 **이강**(李堈) 공

김대억 회장

○ 독립공군을 육성한 애국지사 **노백린** 장군

# 노백린(盧伯麟) 장군

[1875.1.10 ~ 1926.1.22]

본관 풍천(豊川). 호 계원(桂園). 황해도 송화(松禾)에서 출생하였다. 1914년 하와이로 건너가 박용만(朴容萬) 등과 국민군단(國民軍團)을 창설하여 군사훈련에 힘썼고, 3·1운동 후 상하이[上海]로 가서 대한민국임시정부의 군무총장(軍務總長)을 맡았다. 1920년 다시 미국으로 건너가 캘리포니아에서 비행사 양성에 진력하다가 블라디보스토크에 가서 항일운동에 종사한 후 다시 상하이로 건너가 병사하였다. 1962년 건국훈장 대통령장이 추서되었다.

동포여, 우리가 하나이 되면 독립전쟁이 있고 생명이 있느니라. 하나가 못되면 우리에게 올 것은 오직 노예요, 수치요, 멸망뿐이로다.

– 본문중에서

출처: [네이버 지식백과] 노백린 [盧伯麟] (두산백과 두피디아, 두산백과)

# 독립공군을 육성한 애국지사 노백린 장군

김대억 회장

## 시작하면서

1905년 11월 17일 이토 히로부미의 강압과 을사오적 박제순, 이지용, 이은택, 이완용, 권중협에 의해 을사보호조약이 체결됨으로 대한제국은 외교권을 일본에게 박탈당했다. 이 치욕적인 조약이 발표되자 수많은 백성들이 삼천리 방방곡곡에서 망국의 조약을 폐기하라고 통곡하며 울부짖었다. 조약이 체결된 지 3일 후인 11월 20일에 황성신문 주간 장지연은 '시일야방성대곡'(오늘 하루를 목 놓아 통곡한다.)이라는 사설을 썼다. 그렇다고 일본이 손아귀에 넣은 살진 먹이 감을 놓을 리가 없었다. 일본은 일사늑약을 맺은 후에 대한제국을 그들의 수중에 넣기 위한 계획을 하나하나 진행시켜 1910년 8월 22일 한일합병조약을 체결하고 일주 후인 8월 29일에 공포했다. 대한제국을 완전히 그들의 식민지로 만드는데 성공한 것이다.

그 후 우리민족은 36년이란 긴 세월동안 일제의 학정 밑에서 온갖 고초와 핍박을 당하며 지내야 했다. 그러다 1945년 8월 15일 우리나라는 경술국치의 치욕과 아픔에서 벗어나 기쁨의 환호성을 소리 높여 외칠 수 있는 해방의 날을 맞이했다. 이 날 삼천만 동포들을 손과 손에 태극기를 흔들며 "잊으랴! 잊을 소냐! 해방의 이날! 삼천만 가슴마다 넘치는 기쁨"를 목이 터지도록 불렀다. 심훈은 붓을 들어 "삼각산이 일어나 더덩실 춤이라도 추고, 한강물이 뒤집혀 용솟음치는 그 날이 왔다."고 삼천만의 가슴속에 파고드는 소리 없는 환호성을 새겨 넣었다. 그러나 망국의 치욕과 슬픔이 기쁨과 감격으로 변하기 위해서는 강산이 세 번 반이나 바뀌는 세월이 흘려야 했으며, 그 기간 동안 수많은 독립투사들이 잃어버린 나라를 되찾기 위해 목숨을 걸고 일제와 싸워야 했다.

독립 운동가들의 투쟁방법도 각기 달랐다. 외교적인 방법으로 빼앗긴 국권을 찾으려 한 이들도 있었고, 교육과 계몽을 통해 민족적 힘을 배양하여 일제의 사슬에서 벗어나려는 시도도 있었고, 무력투쟁을 통해 조국의 광복을 쟁취하려한 애국자들도 있었다. 이와는 정반대로 필력으로 일제의 가혹한 식민통치에 항거한 문인들도 적지 않았다. 그들 중 근대식 정규군사교육을 받은 대한제국의 정통군인으로서 독립운동에 그의 생애를 바친 애국지사가 있었으니 그가 계원 노백린 장군이시다.

## 노백린의 출생과 성장

노백린은 1875년 1월 10일 황해도 송화군 풍해면, 성장리에서 아버지 조병균과 어머니 밀양박씨의 셋째 아들로 태어났다. 노백린의 아버지 노병균은 농업에 종사했으며, 강직하고 관대한 성품을 지닌 성리학자이기도 했다. 어머니 밀양박씨는 여걸다운 용모를 지녔으며, 성격이 활달하고 매사에 적극적이었다. 노백린은 어려서부터 유별나게 키가 크고 얼굴도 컸으며 침착하고 차분하면서도 성격이 매우 호탕하였다. 이 같은 노백린의 외모와 성품은 어머니 쪽을 많이 닮았기 때문이라고 생각된다.

노백린이 태어나기 1년 전인 1874년 2월 27일 조선과 일본 사이에 병자수호조약이 맺어졌다. 이 조약은 두 나라사이에 근대 국제법에 의거하여 조인된 최초의 것이라는 점에서 그 첫 번째 의미가 있다. 강화도 조약으로도 알려진 이 조약은 일본의 강압에 의해 전적으로 일본 측에 유리한 조건들로 체결된 불평등한 조약이기도 했다. 실제로 이 조약이 조인됨으로 인해 일본은 시대의 흐름에 편승하여 입신출세를 노리는 친일세력의 도움을 얻어 대한제국의 국권을 서서히 약화시키기 시작했다. 대원군의 쇄국정책으로 급변하는 세계정세를 모르고 고립된 채 대한제국이 구미열국의 먹잇감으로 노출되어 있을 때 노백린은 산 좋고 인심 좋은 황해도 풍천 땅에서 고고지성을 내며 태어난 것이다.

노백린의 성장과정에 관해서는 특별하게 알려진 것이 없다. 다만 6살부터 14살까지 안산서원의 안창림에게서 수학하며 〈사서삼경〉, 〈지략〉, 〈통감〉 등을 수학하여 상당수준의 한학적 소양을 쌓았다고 한다. 이 시기에 그가 터득한 한학은 그가 일본유학을 가서 신문학을 배우고 돌아와 독립운동에 투신하겠다는 결의를 하고 실천에 옮길 수 있는 밑거름이 되었다고 볼 수 있다. 그러나 노백린이 한학을 공부했다고는 하지만 주위 사람들은 그가 학문으로 성공하리라기 보다는 무인으로 성장하여 훌륭한 군인이 될 것이라 기대했다고 한다. 어려서부터 기골이 장대하고 호탕한 성격을 지녔을 뿐만 아니라 의협심이 강한 그를 사람들은 '해동 항우'라 부르며 훌륭한 장군감이라 여겨졌던 노백린은 13살 되던 해인 1888년 아버지와 어머니가 병으로 세상을 떠나는 통에 맏형 진국과 둘째 형 진민 밑에서 성장했다.

## 노백린의 일본유학 시절

13살 어린 나이에 양친을 모두 잃어버린 노백린이 두 형의 보호 밑에서 어떤 삶을 살았는지에 대한 기록은 찾기 힘들다. 그러나 소년 노백린은 씩씩하면서도 영리했기에 지혜롭게 자라났음에 틀림없다. 그가 21살이 되던 해에 내무대신 박영효가 조선 청년들이 신문학을 배울 수 있도록 일본에 관비유학생을 보내겠다는 정부시행령을 내렸을 때 그가 황해도 대표로 선발

되었다는 사실이 이를 말해준다. 일본에 관비유학생을 파견하겠다는 착상은 1894년부터 조선의 서구화를 위해 추진된 갑오개혁의 주역이었던 박영효가 김옥균, 윤치호, 서광범 등과 상의하여 유능한 조선청년들을 일본에 유학시켜 우물 안의 개구리처럼 고립된 조선을 세계무대로 끌어올릴 우수한 두뇌들을 훈련시키기 위해 논의해온 문제였다. 이 같은 그들의 계획은 갑오개혁의 결과였던 홍범 14조 가운데 11조 '나라의 총명하고 준수한 사람을 파견하여 외국의 학술과 기예를 익히게 한다.'에 근거한 것이었다.

조선의 근대화를 이룰 능력과 재능을 구비했다고 정부가 인정하여 선발한 관비유학생들은 노백린, 윤치성, 이조현, 어윤적, 어담, 원응상, 유문환, 장호의, 김형선, 김봉석 등 114명에 달했다. 그들은 훈련원에서 합숙훈련을 받고 1895년 2월 24일 인천항에서 일본으로 떠났다. 노백린은 1889년 김해김씨와 결혼하여 이듬해인 1880년에 장녀 숙경을 출산했고, 3년 후인 1893년에는 장남 선경이 태어났다. 이는 노백린이 아내와 어린 아들과 딸을 고향에 남겨둔 채 일본유학 길에 올랐음을 의미한다. 노백린은 배가 출항하기 직전에 인천에서 찍은 사진 한 장을 보낸 후 1900년에 귀국하여 1902년에 고향을 찾을 때까지 고향의 가족들에게 소식조차 자주 전하지 못했다. 이 사실은 노백린이 일본에서 신문학을 익히기 위해 심혈을 기울였을 뿐만 아니라 나라가 그에게 거는 기대가 얼마나 큰가를 잘 알고 있었음은 물론 그 기대를 저버리지 않겠다는 그의 결의가 확고했다는 것을 말해주고 있는 것이다.

노백린을 포함한 관비유학생 114명은 1895년 4월 7일 일본에 도착하여 이미 와 있던 조선유학생들과 그들이 입학할 게이오의숙 측의 환영을 받았다. 게이오의숙은 조선유학생들을 교육하기 위하여 조선정부와 합의하여 선정되어 1895년에 설립된 학교다. 이 학교의 설립자이며 당시 일본의 유력한 언론인이며 교육자이자 사상가였던 후쿠자와 유키치가 조선유학생들을 환영하는 연설을 하였다. 이는 일본정부도 신학문을 배우러 오는 조선 청년들에게 지대한 관심을 가지고 있었음을 암시해 준다.

조선의 젊은 유학생들은 근대화된 일본의 모습을 접하며 큰 감명과 충격을 받았다. 특별히 도시에서 멀리 떨어진 황해도 풍천에서 자라난 노백린은 화려하고 번화한 동경거리를 보며 놀라움을 금하지 못했다. 조선과 일본을 비교해 볼 때 현해탄을 사이에 둔 조선의 모습이 너무도 초라하고 미약하다고 느꼈기 때문이다. 그러나 청년 노백린은 더욱 열심히 신학문을 익히고 배워 낙후된 조선을 근대화 시키는 일에 앞장 서겠다는 결의를 굳게 했다.

관비유학생들이 일본으로 건너와 조선의 부국강병을 이루겠다는 불타는 의지로 학업에 정진하고 있을 때 대한제국 내부에서는 크나 큰 변화의 물결이 넘실대고 있었다. 청일전쟁에서 승리한 일본이 조선에서의 입지를 강화시킴과 동시에 1895년 4월 23일에 청나라와 맺은 시모노세키 조약을 통해 요동반도를 차지했다. 그러나 러시아, 독일, 프랑스, 3개국의 외교적 개입으로 일본은 요동반도에서 철수해야 했다. 러시아, 독일, 프랑스 3개국의 개입으로 청일전쟁에서 승리한 일본의 영향력이 크게 약화된 것이다. 그런 와중에 1895년 10월 8일 일본공사 미우라의 직접 지휘 하에 일본군 한성수비대가 경복궁에 난입하여 명성황후를 시해한 후 그 시신을 불태워 연못에 던져버린 '을미사변'이 일어났다. 그러자 신변에 위협을 느낀 고종황제가 왕세자와 더불어 경복궁을 떠나 러시아 공사관으로 피신하는 사건인 아관파천이 일어났다. 이렇게 되자 일본세력을 등에 업었던 김홍집 내각이 무너지고 친러세력이 득세하기 시작했다.

새로 들어선 친러내각은 친일내각에서 일본에 파견한 관비유학생들을 소환하기로 결정했다. 이 결정에 따라 1895년 을미사변 이후에 40여 명의 관비유학생들이 귀국했으며, 이들 외에도 건강상 문제로 중도에 학업을 포기한 유학생들도 상당수 있었다. 노백린을 비롯한 일부 학생들은 새로운 학문을 배우고자 하는 뜻을 굽히지 않고 일본에 남아 학업을 계속했다. 그러나 정부의 지원이 중단된 까닭에 그들은 경제적으로 난관에 봉착할 수밖에 없었다. 때문에 노백린을 포함한 잔류 유학생들은 이미 조직되어있던 유학생 친목회를 통해 일본외무성으로부터 학비를 지원받아 학업을 계속하는 방법을 택했다.

어려운 상황 속에서도 유학생활을 계속하기 위해 귀국하지 않고 일본에 남은 노백린은 1896년 9월에 사관예비학교인 세이조학교 예비과에서 2년간 공부한 후 1898년 11월에 일본육군사관학교에 입학했다. 어려서부터 주위 사람들은 노백린이 훌륭한 군인이 될 것이라 기대했고, 그 자신도 일본관비유학을 결정할 때부터 육군사관학교에 입학할 것을 목표로 삼았는데 그 꿈이 이루어진 것이다. 육군사관학교에 입학한 노백린은 훌륭한 군인에게 필요한 신학문을 익히기 위해서 최선을 다했다. 그가 일본에 오기 전에 이미 조직되어 있던 유학생 친목회가 해산된 후 그가 주동이 되어 조직한 제국청년회가 발간한 잡지에 실린 그의 글 속에 그가 어려서 공부한 한학의 토대위에 형성된 그의 성숙한 생각들이 여러모로 나타나 있기 때문이다. 노백린은 일본에 머무르면서 신학문을 습득했음은 물론 귀국하여 일제와 투쟁하는데 필요한 제반 학문적인 지식과 세계정세를 판독하는 능력까지 갖추게 되었다. 노백린은 육군사관학교에 재학하면서 윤치성, 김희선, 이갑, 유동열, 박영철 등과 친분을 나누었으며, 그들과는 민족운동과 독립운동을 함께 하는 동지가 되었다.

노백린과 21명의 청년들은 육군사관학교를 졸업한 후 보병 제1연대와 제3연대 그리고 포병대 및 공병대에서 견습사관 과정을 마치고 그 다음 해인 1900년에는 6개월 간 훈련실무까지 끝냈다. 하지만 그 후에도 그는 귀국할 수가 없었다. 노백린을 비롯해 정부 지원으로 일본유학의 길에 올랐던 학생들이 그들을 파견했던 친일 박영효 내각의 실각으로 정부의 지원을 못 받게 된 것은 이미 언급한 바다. 관비유학생들이 당한 불이익은 거기서 끝나지 않았다. 축출당한 박영효 내각의 지원을 받았다는 이유로 그들에게 반정부파라는 낙인이 찍혀졌기 때문이다. 그로 인해 1900년 6월에 견습사관 임기가 끝나면서 일본군 적에서도 삭제된 노백린을 비롯한 젊은 장교들은 갈 곳 없는 미아 같은 신세들이 되어 주일공사 이하영의 공사관에 머물면서 신변의 안정을 보장받아 고국으로 돌아갈 기회를 기다려야 했다. 그러던 중 그들과 함께 관비유학생으로 일본에 왔다 먼저 귀국한 윤치성의 도움으로 반정부파라는 누명을 벗고 1900년 6월에 조선으로 돌아올 수 있었다. 귀국한 그들은 자신들의 억울함을 정부에 호소한 결과 1900년 7월에 조선제국 참위(소위)로 임관되었다.

## 노백린의 국내 활동

노백린이 귀국한 것은 그가 27세가 되던 1900년 6월이었고, 그가 대한제국의 육군참위로 임명된 것은 그 해 7월이었다. 그는 다음 해 4월 19일에 육군무관학교 교관으로 첫 보직을 받았는데, 그를 천거한 사람은 원수부 회계국 총장이었던 민영환이었다. 노백린은 훈련 시에 땀을 흘리는 만큼 전투 시에 피를 적게 흘린다는 신념을 지녔기에 '호랑이 교관'이라는 별명이 붙었을 정도로 생도들에게 혹독한 훈련을 시켰다. 노백린은 처음 교관 직을 맡을 때와 같은 자세로 그가 육군무관학교 교장 직을 사임할 때까지 대한제국의 사관양성에 주력했다. 노백린이 육군무관학교 교관이 된 지 3년 후인 1904년에 러일전쟁이 일어났다. 이때 노백린은 윤치성, 권중현과 함께 치열한 전투가 벌어졌던 만주의 대련과 여순을 돌아볼 기회를 갖게 되었다. 고종황제가 러일전쟁이 군관계자들이 실전을 참관할 수 있는 기회가 될 수 있다는 생각으로 그들을 위험한 전쟁터에 위문사의 자격을 주어 파견했기 때문이다. 이 경험은 노백린이 후일 상해임시 정부에서 독립운동을 전개하는데 큰 도움을 주었다.

노백린은 탁월한 훈련교관이었다. 그러나 그는 행정에는 별로 익숙하지 못한 편이었고, 명령계통이 철저한 군대사회에서 상부의 명령대로 일을 처리하지 못하는 경우도 있었다. 거기다 원래 호탕한 성격이었던 그는 술을 좋아했으며, 한 번 술자리에 앉으면 맥주 12병을 거뜬히 마셔버리곤 했다. 한 번은 술을 마시고 돈이 없어 군복을 벗어 맡긴 일까지 있었다. 그 일이 문제가 되어 그는 파면 다음으로 중징계인 '정직'을 받았다. 이 정직기간 동안 그는 보성중학교 교관이 되었으며, 거기서 교편을 잡고 있던 최린과 주시경을 만나게 되어 민족을 위해 함께 일하는 동지가 되었다. 그런데 노백린은 정직이라는 중징계에서

쉽게 풀려나서 군부교육국장으로 임명되었다. 이 같은 전화위복이 그에게 일어나게 된 것은 당시 이완용 내각에서 군부교육국장이었던 이병무가 군부대신으로 승진하면서 그의 부관이었던 이갑이 노백린을 정직에서 풀려나도록 힘썼기 때문이었다. 이갑의 구명운동으로 정직에서 사면된 노백린은 육군무관학교 교장으로 승진했으며, 1908년 5월 22일 사임할 때까지 교장직을 수행했다.

노백린은 육군무관학교 교장으로 있을 때인 1902년에 민영환, 이준, 이용인이 중심이 되어 조직된 개혁당에 가입했다. 민영환이 개혁당을 조직한 것은 당시 조선제국의 주도권을 잡고 있던 친러세력을 축출하고 박영효를 주축으로 내각을 구성하여 국내정치를 개혁하기 위해서였다. 그때 노백린에게 주어진 임무는 강경 소장파들과 더불어 무력으로 친러정권을 몰아내는 것이었다. 그러나 1902년 비밀리에 결성된 개혁당이 노출되어 개혁당의 주동인물이었던 이상재, 이원긍, 유성준 등이 구속되어 그들의 계획은 무산되었다. 그 후 개혁당은 안창호, 이승훈, 양기탁, 이회영 등을 중심으로 결성된 신민회와 연결되었다. 신민회는 우리 민족이 자주독립을 이룰 수 있는 힘을 배양하기 위하여 교육과 산업의 육성에 힘씀과 동시에 민족문화의 개발을 위해서도 힘을 기울였다.

신민회는 독립운동에 뜻을 둔 사람들을 만주 삼원보에 집단적으로 이주시키고, 농장을 만들어 경제력을 이루며 학교를 세워 교육에 힘썼고 청년들에게 군사훈련을 시켰다. 뿐만 아니라 무장독립투쟁에 대비하여 일제의 감시가 미치지 않는 만주에 독립운동기지를 건설하기도 했다. 이 같은 신문회의 활동은 후일 독립군이 만주와 중국에서 싸울 수 있는 기반이 되었다. 그러나 신민회는 1911년 조선총독부가 황해도와 평안도의 애국지사들을 일망타진하기 위하여 '105인 사건'을 조작했을 때 해체되었다.

노백린은 신민회에 합류하여 무력항쟁이 필요하면 선두에 나설 준비를 갖추고 있었지만 그가 이동휘와 더불어 계획하고 주장하던 무력행사는 한 번도 실행하지 못했다. 그가 동원할 수 있었던 군사력이 너무도 미약했기 때문이었다. 그러는 사이 1905년 을사늑약으로 대한제국이 일본에게 외교권을 박탈당하자 고종황제는 1907년 네덜란드의 수도 헤이그에서 열리는 만국평화회의에 이준, 이상설, 이위종을 파견하여 을사조약의 불법성을 세계만방에 알리려 했다. 그러나 세 특사는 일본의 방해로 소기의 목적을 달성하지 못했고, 이준 열사는 그곳에서 순직했다. 일본은 헤이그 특사파견의 책임을 물어 1907년 7월 14일 고종황제를 폐위시키고, 7월 24일에는 정미7조약을 체결하여 대한제국의 군대를 해산시켰다.

이날 군대해산 명령이 하달되었을 때 제1연대 제1대대장 박승환 참령(소령)이 단총으로 목숨을 끊었다. 박승환의 자결은 부하장병들에게 무장해제에 응하지 말고 일어나 싸우라는 무언의 명령이었다. 이 엄숙한 명령을 받은 그의 부하들은 그들의 무장을 해제하려는 일본군과 교전했다. 그러나 계란으로 바위를 치는 것과 같은 그들과 일본정규군과의 전투는 몇 시간 만에 끝나고, 숱한 조선의 피 끓는 병사들이 장렬한 최후를 맞이했다. 그 광경을 보며 노백린은 그 자신도 박승환처럼 자결하려 했으나 부하들의 만류로 뜻을 이루지 못했다. 기록에 의하면 노백린은 "오냐, 지금은 할 수 없다. 그러나 두고 보자!"라며 힘을 길러 나라를 강탈한 일제를 몰아내고 말겠다는 결의를 굳게 했다고 한다.

군대가 해산된 후에도 노백린은 육군무관학교에 그대로 남아 있었다. 대한제국의 군대를 재건할 기회를 엿보기 위해서였을 것이다. 그러나 이 같은 그의 기대를 비웃기나 하듯이 일제는 황실근위대만을 유지하는 수준으로 군부를 축소시켜 대한제국은 군대 없는 나라처럼 되어버렸다. 이런 상황에서도 조선 청년들에게 전문적인 군사학을 가르치기 위해 총력을 기울이던 노백린은 1908년 5월 22일 육군무관학교 교장직에서 물러났다.

노백린은 1907년부터 박은식, 김병희, 신석하 등 황해도와 평안도 출신 애국지사들이 주축이 되어 조직한 서우학회에도 가입하여 민족운동을 전개했다. 서우학회의 설립목적은 잃어버린 국권을 다시 찾아 자주독립국가를 건설할 수 있는 능력을 구비한 인재를 양성하는 것이었다. 서우학회에서 활약하던 1907년 6월부터 9월까지 노백린은 학회지 〈서우〉 7호에서 10호까지 4회에 걸쳐 프랑스 역사서를 번역한 〈애국정신담〉을 게재했다. 조선의 젊은이들에게 우리나라를 그들의 식민지로 만들려는 일본에 대항할 힘을 길러야 함을 알려주기 위함이었다고 여겨진다.

1907년 8월 1일 정미7조약으로 군대가 해산된 후에도 노백린은 군인신분으로 남아있었지만 그의 활동은 각종 학회에 참석하고, 교육기관을 통한 교육 구국운동과 일제의 경제침략에 대비하여 민족자본을 육성하는 것으로 그 방향을 바꿨다. 1910년 경술국치로 나라가 완전히 일본의 식민지로 되어버린 후에는 국외에 독립군기지를 마련하여 독립군을 양성하여 빼앗긴 국권을 회복하기 위하여 일생을 바친 독립투사가 노백린이었다.

노백린은 1908년 5월 22일 육군무관학교 교장 자리를 내려놓고 고향인 황해도 풍천으로 돌아갔다. 그때 황해도에서는 교육을 통한 구국운동이 활발하게 진행되고 있었으며, 그 중심지가 안악이었다. 그 시기에 안악에서는 김구, 김홍량, 김용제 등의 애국지사들이 양산학교를 설립하고 신교육운동을 전개하고 있었던 것이다. 뿐만 아니라 최광옥, 김용제, 최명식 등 안악 지역의 지식인들이 주축이 되어 조직한 안악 면학회도 활발하게 움직이고 있었다. 이 안악 면학회에서는 1908년 사법강습회를 개최했는데, 이때 최광옥의 제의에 따라 안악 면학회가 더욱 폭넓은 일을 할 수 있도록 '해서교육총회'로 개편하게 되었다. 해서교육총회의 목표는 안악 지역뿐만 아니라 황해도 전역의 교육기관들을 연결하고, 각 면마다 초등학교를 하나씩 설립하는 것이었다. 노백린은 1908년 8월 22일 개최된 제1회 총회에서 해서교육총회의 고문으로 추대되었으며, 해서교육총회는 결의한 대로 각 군에 있는 학교들의 교과과정을 일원화시켜 시행토록 했다. 이때 학무총감으로 선출된 김구는 여러 지방을 순회하며 교육현황을 살피고 초등학교 설립을 독려하였다.

해서교육총회의 제2차 총회는 1909년 장연에서 개최되었는데, 노백린이 회장으로 선출되었다. 노백린은 각 면에 초등학교를 세우기 위해 해주, 재령, 사리원, 신천 등을 다니며 주민들에게 학교설립의 중요성과 필요성을 역설하였으며, 그의 고향에 광무학교를 비롯하여 중학교와 여학교를 세웠다. 그러나 노백린의 열정과 노력에도 불구하고 1910년 11월에 일어난 '105인 사건'으로 별다른 성과는 거둘 수 없었다. 일제가 황해도와 평안도를 비롯한 서북지방의 독립투사들을 잡아들이기 위해 조작한 105인 사건으로 노백린과 함께 교육을 통한 구국운동을 하던 많은 지도자들이 체포되어 구금되었기 때문이다. 이때 구국교육운동에 앞장섰던 노백린이 구속되지 않은 것은 그가 일본육군사관학교 출신이며, 1908년 5월에 군을 떠나 고향으로 내려온 지 얼마 되지 않았으므로 일제의 감시대상에 올라있지 않았기 때문이라 추측된다.

노백린은 105인 사건에 연루되어 체포되지는 않았지만 해서교육총회에서의 활약 때문에 일제의 '요주의 인물'이 되어버렸다. 때문에 그는 관비유학생으로 일본에 가서 일본육군사관학교를 함께 졸업한 윤치성과 같이 서울로 올라가 피혁회사와 양화점을 설립하고, 그가 가진 인맥과 자금과 지식을 총동원하여 사업을 일으키려 불철주야 노력했다. 노백린의 이 같은 실업활동은 일본의 경제침략을 저지하기 위한 경제를 통한 구국운동이라고 볼 수도 있다. 하지만 결과적으로 노백린은 상속받은 가산까지 다 날려버리는 경제적 손실을 맛보아야 했다.

1910년 8월 22일 한일합병조약이 체결됨으로 대한제국은 완전히 일본의 손아귀로 넘어갔다. 노백린은 일제의 총칼 앞에서 강제로 조인된 이 불법병합에 항의하기 위하여 흥사단의 유길준, 권동진, 최린, 오세창 등과 서울의 중학생들을 동원하여 합병반대시위를 하려했다. 그러나 이 계획은 사전에 발각되어 관련된 흥사단 단원들이 검거되는 통에 실현되지 못했다. 그러자 노백린은 해외로 망명할 계획을 세우기 시작했다.

때마침 미국 네브라스카에서 한인소년병 학교를 운영하던 박용만이 하와이로 건너와 '대조선국민군단'을 창설했다는 소식이 전해졌다. 노백린은 국내에서 일제의 감시를 받으며 어렵고 위험하게 독립운동을 하는 것 보다는 해외로 나가 독립군을 양성하여 조국의 광복을 꾀하는 것이 바람직하다는 결론에 도달하게 된 것이다.

## 노백린의 재미활동

일단 국외로 나가기로 결심한 노백린은 장녀 노숙경과 사위에게 가족들을 부탁하고 유학생 신분으로 위장하여 1916년 10월 1일에 상해에서 차이나 호에 승선하여 12월 5일 하와이에 도착했다. 노백린이 하와이에 도착했을 때 그곳의 한인사회는 민족공동체로서 안정되어가는 상태였다. 노백린은 박용만이 창설한 '대조선국민군단'(국민군단)의 별동대 주임이 되어 김성옥, 허용, 이복희, 이상희와 함께 군사훈련을 담당했다. 그러나 노백린이 합류한 지 얼마 되지 않아 국민군단은 해체되었다. 그 원인 중의 하나는 국민군단을 이끌던 박용만과 미국에서 하와이로 건어 온 이승만과의 갈등 때문이었다. 노백린는 하와이 한인사회의 단합과 박용만과 이승만의 갈등을 봉합시키려고 여러 면으로 노력하였으나 별다른 결실은 맺지 못했다. 하지만 노백린은 국민군단이 해체된 후에도 하와이에서 독립군을 양성하기 위한 노력을 멈추지 않았다.

국내에서 1919년에 삼일운동이 일어나자 노백린은 하와이에서 박용만과 '대조선독립단'을 창설했다. 이 같은 노백린의 활약과 더불어 하와이의 한인동포들에게 독립정신을 고취시키는 박용만을 하와이 주재 일본영사관은 예의 주시하기 시작했다. 한편, 1919년 상해 임시정부에서는 대조선독립단을 창설한 노백린과 박용만을 각각 군무총장과 외교총장으로 임명하였다. 이렇게 되자 박용만은 상해로 가기 위하여, 노백린은 미국에 있는 이승만을 만나기 위해 하와이를 떠났다.

노백린은 그의 도미에 관해 "'거국일치 결사전'을 실행하려고 미국에 갔으며, 이승만과 서재필을 미국에서 만나 임시정부 방침에 관해 면밀하게 협의했다."고 밝혔다. 노백린이 말하는 거국일치 결사전은 워싱턴에 가서 미국정부와 교섭하여 시민군이 주둔하고 있는 시베리아에서 조선군을 모집하여 독립군으로 양성하는 것이었다. 노백린의 계획은 미국원정대가 시베리아에서 철도부설을 도우면서 밤에는 군사훈련을 받는 대조선국민군단이나 대조선독립단과 같은 형태로 독립군을 육성하는 것이었다. 하지만 이 같은 노백린의 계획은 미국정부가 시베리아 원정대를 소환하기로 결정함에 따라 실행할 수 없게 되었다. 그러자 노백린은 시베리아가 아닌 캘리포니아 윌로우스에서 그 일을 추진하기로 계획을 수정하고, 1920년 2월 20일 샌프란시스코 북쪽에 위치한 윌로우스에서 호국독립군단과 한인비행학교를 설립하여 독립군을 양성하기 시작했다.

노백린은 하와이에서 윌로우스로 가는 도중 여러 차례 한인 동포들에게 독립운동에 관해 그의 소신을 밝히는 연설을 했다. 그 연설들을 통해 우리는 노백린의 독립전쟁에 관한 신념을 발견할 수 있다. 당시 미국에 거주하는 한인동포들의 조국의 광복에 대한 갈망은 대단한 것이었다. 이런 재미동포들을 향해 노백린은 '조국의 광복은 반드시 이루어야 할 민족적 과업'이란 사실과 그 과업을 성취하기 위해서는 독립전쟁을 통해 일본을 격파해야 한다는 점을 강조하였다. 이와 같은 노백린의 소신은 외교적인 방법을 통해 독립을 추구하고자 한 이승만이나 서재필과는 상반되는 것이었다. 노백린의 독립투쟁 방안은 일제와의 무력대결이었으며. 그 당시 막강한 육군과 해군력을 보유했던 일본과 싸우기 위해서는 공군력을 사용하여 기습 공격하는 것이 보다 효과적이라는 것이 노백린이 내린 결론이었다.

1920년 1월에 노백린은 1911년에 있었던 105인 사건에 연루되어 체포되었던 곽림대를 만나 샌프란시스코에 '호국독립군단'을 설립했는데, 이때 소요경비를 지원한 사람이 김종림이었다. 김종림은 22세의 나이에 빈손으로 미국으로 건너와 10여 년 동안에 막대한 부를 축적한 백만장자였다. '노백린 군단'이라고도 불리었던 '호국독립군단'에 수십 명의 한인청년들이 모여 들었는데, 그들은 낮에는 일하고, 밤에는 군사훈련을 받았다. 이 방식은 노백린이 일본유학시절부터 관심을 가졌던 '둔전제'에 바탕을 둔 의무병제도였다. 이 제도는 군사들에게 땅을 경작하게 하여 자급자족하게 함과 동시에 군사훈련도 받게 하는 것이었다. 일본에서 공부하던 때부터 염두에 두었던 둔전제에 의한 의무병제도로 캘리포니아에서 독립군양성을 시작한 노백린이 비행학교 설립을 구상한 것은 참으로 기발한 착상이었다. 공군력이 비교적 약한 일본의 허점을 노린 구상이었기 때문이다. 1920년에 들어와 '독립전쟁의 해'를 선언한 임시정부도 독립전쟁의 전략을 검토하는 과정에서 '비행대 편성'을 정부방침으로 정한 바 있다. 따라서 임시정부의 군무총장인 노백린은 더욱 확신을 가지고 '호국독립단'의 후원자인 김종림의 재정도움을 받아 1920년 2월에 비행학교를 설립했던 것이다.

그 지역의 300만 평 농장을 소유한 대농장주였던 김종림은 이 비행학교를 위해 2만 달러와 40에이커의 땅을 기증했으며, 매달 3천 불씩을 기부하여 교사들에게 봉급을 지불하고, 비행연료를 공급하는데 사용하도록 했다. 학생들은 학비로 10불씩을 냈으며 교련, 전술, 비행술(항공술), 비행정비술, 관리, 무선전신학, 용병술, 영어 등을 배웠다.

이 비행학교의 재정적인 후원자 김종림은 한인비행학교의 설립 목적을 젊은 한국인들을 훌륭한 미국인으로 육성함과 동시에 미국이 전쟁을 하게 되면 이 학교에서 공부한 학생들이 참전하게 될 것이라 천명했다. 아시아계 이민자들이 극심한 인종차별을 당하던 때인지라 이 학교에서 공부하는 학생들이 당할 수 있는 인종차별로부터 보호받게 하기 위한 차원에서 방어막을 친 현명한 언급이라 생각된다.

월로우스 비행학교의 교관으로는 미국인 브라이언트(Frank K. Bryant)가 초빙되었으며, 한국인 교관은 이용선, 오림하, 이초, 노정민, 박낙선, 우병옥 등이었다. 제1기 훈련생으로 24명이 지원했으나 그중 15명이 선발되어 훈련받기 시작했으며, 학교의 영어명은 K.A.C(Korean Aviation Corp)이었다. 이는 이 비행학교가 임시정부 산하의 비행훈련군단이었음을 말해 준다. 임시정부 군무총장 노백린은 호국국민군단과 비행학교의 운영에 관해 상해에 있는 국무총리 이동휘에게 상세하게 보고했다. 1920년 7월 7일에 제1회 졸업식이 거행되었으며, 졸업생은 우병옥, 오림하, 이용식, 이호 등 4명이었으며, 이들은 모두 월로우스 비행학교의 교관이 되었다. 그러나 1920년 11월 초 추수기에 일어난 대홍수로 월로우스 일대의 벼농사가 엄청난 피해를 입게 되자 월로우스 비행학교의 운영이 어렵게 되어 결국 1920년에 학교 문을 닫고 말았다.

## 노백린의 임시정부에서의 활동

노백린이 임시정부 군무총장으로 상해에 도착했을 때 임정은 설립되어 하나로 통합되는 과정에서 얽히고설킨 문제들로부터 헤어나지 못하고 있었다. 우선 삼일운동 이후에 수립된 임시정부는 국내에 도합 6개에 달했다. 그들을 열거해 보면, 상해임시정부(1919년 4월 13일), 노령 대한국민의회정부(1919년 3월 27일), 기호의 대한민간정부(1919년 4월 1일), 서울의 조선민국임시정부(1919년 4월 10일), 평안도의 신한민국임시정부(1919년 4월 17일), 서울의 한성임시정부(1919년 4월 23일) 등이었다. 이들 6개의 임시정부 중에서 핵심되는 정부는 노령의 대한국민의회정부, 상해의 대한민국임시정부와 서울의 한성임시정부 3곳이었다. 임시정부가 이처럼 여러 지역에 세워진 까닭은 독립투사들 간에 연락이 원활하지 못한 상태에서 삼일운동이 일어난 후 그 수습책으로 수립되었기 때문이었다.

이들 임시정부들은 1919년 11월 3일에 상해의 대한민국임시정부로 통합되었다. 하나로 통합된 임정의 내각 명단은 대통령: 이승만, 국무총리: 이동휘, 내부총장: 이동녕, 외부총장: 박용만, 군무총장: 노백린, 재무총장: 이시영, 병무총장: 신규식, 학무총장: 김규식, 교통총장: 문창범, 노동국총장: 안창호 등이었다. 임시정부는 1920년을 독립전쟁의 해로 선포하고 독립군을 편성하여 독립전쟁을 준비할 목적으로 군무총장 노백린의 명의로 '군무부 포고 제1호'을 반포했다. "정의를 위하여 민족을 위하여 철과 혈로서 조국을 살릴 때가 이때가 아닌가."로 시작되는 이 포고문 제1호는 "동포여, 우리가 하나이 되면 독립전쟁이 있고 생명이 있느니라. 하나가 못되면 우리에게 올 것은 오직 노예요, 수치요, 멸망뿐이로다."라며 무력투쟁은 독립을 위하여 반드시 필요한 것이며, 이 투쟁에서 이기려면 민족이 하나로 뭉쳐야 한다고 강조하고 있다.

그러나 삼천만 동포를 하나로 뭉치는데 앞장 서야 할 임시정부의 지도자들 간의 갈등은 확대되기만 했다. 외부총장 박용만은 이승만의 외교노선에 반대하여 역사적인 임시정부 출범식에 나타나지도 않았고, 국무총리 이동휘는 대통령 이승만 배척 운동을 전개하면서 대통령제를 폐지하고 의원내각제로 할 것과 임시정부를 시베리아로 옮기자는 안까지 제출했다. 이 같은 임정 내에서의 불협화음과 대통령 이승만과 국무총리 이동휘의 불화는 노백린이 상해에 도착한 후 더욱 심해져서 1921년 1월 24일 이동휘는 이승만 밑에서는 일할 수 없다며 국무총리직을 사임했다. 노백린은 임정 내의 이 같은 갈등과 불화는 이승만이 주장하는 '위임통치설'이 그 근본원인이라 보고 김규식과 더불어 이승만에게 사임을 권고했다.

이승만은 1922년 2월 23일 국무회의에서 대통령의 자리에서 물러나겠다고 발표했다. 그러나 이승만은 임시의정원의 탄핵을 통해서만 사임할 수 있다면서 사임의사를 철회했다. 그러자 노백린은 "대통령의 뜻이 야간에 변하였도다. 그런즉 나는 그대와 같이 일할 수 없으니 나도 단독으로 행동하겠다."며 강경한 태도를 취했다. 한편, 1921년 2월 28일 제8회 임시의정원에서 이승만에 관한 문제를 다루어 4월 초순에 탄핵안이 제출되었다. 임정의정원은 1922년 6월에 이승만을 불신임하기로 가결했으며, 3년 후인 1925년 3월 11일 그를 탄핵함으로 대통령 직을 박탈했다. 이승만은 1921년 그의 탄핵안이 제출된 후에도 사임하지 않은 채 상해를 떠났다. 이처럼 혼란한 상황에서 독립운동가들 사이의 견해차이로 임정내부의 반목은 커지기만 했으며, 1922년에는 노백린 군무총장을 제외한 각료들 전원이 사퇴하며 임정의 기능이 마비상태에 빠지고 말았다.

이 같은 무정부 상태에서 임정을 대표하여 임시의정원에 출석한 노백린은 대통령의 의사와는 관계없이 내각이 총사퇴한 상태에서 정부를 지키고 의정원을 통해 시국을 안정시키겠다는 의사를 확실하게 밝혔다. 아무런 대책도 마련하지 않고 미국으로 건너간 이승만은 임시의정원이 "정부의 정세가 급하니 난국을 타계할 방안을 모색해 달라."는 전보에 대한 답신으로 "노백린을 국무총리로 임명하니 내각을 다시 조직하고 나의 결재를 받은 후에 실시하라."란 전문을 보냈다. 노백린은 이승만이 지시한 대로 새 내각을 구성하지는 않았다. 그러나 그는 홀로 대한민국임시정부를 유지하고 있었다. 계속되는 내분과 갈등 속에 각료들 모두가 떠나버린 텅 빈 임정을 홀로 지키던 국무총리 노백린도 1924년 4월 7일 극심한 재정난과 독립운동노선의 분규로 인한 책임을 지고 국무총리 직에서 사임했다.

이렇게 되자 이동녕이 국무총리로 임명되었으며, 그가 구성한 내각에서 노백린은 군무총장과 참모총장을 겸직하게 되었다. 그러나 이 내각은 곧 박은식 국무총리 내각으로 교체되었고, 이때 노백린은 군무총장과 교통총장 직을 맡았다. 1925년 임시의정원에서 대통령 이승만에 대한 탄핵안이 가결되어 국무총리 박은식이 만장일치로 대통령에 선출되었다. 대통령 박은식은 즉시 노백린을 국무총리로 임명하여, 노백린은 국무총리, 군무총장, 교통총장을 겸직하게 되었다.

그러나 3월 30일에 임시정부는 대통령제에서 내각책임제인 국무령제로 하는 개헌안이 통과되었고, 7월에는 의정원에서 이사룡이 국무령으로 선임되어 취임했다. 1924년 5월에서 1926년 2월에 이르는 2년 동안 임시정부는 내각이 4번이나 바뀌는 진통을 겪은 것이다. 이 기간 동안 노백린는 임정의 국무총리, 군무총장, 참모총장 등의 직책을 담당했다. 기골이 장대하고 호탕한 노백린이었지만 이때 그는 몸이 많이 쇠약해진 상태였다. 그러면서도 그는 '조국의 독립'만을 외치며, "말 타고 남대문으로 입성한다."면서 두 손을 공중을 향해 휘둘러 댔다고 한다. 조국을 사랑하는 마음과 조국의 광복을 갈망하는 소망의 외적인 표현이었다고 생각된다.

노백린의 병세는 1925년 6월부터 외부로 알려지기 시작했는데, 당시 언론들은 그의 병은 근원이 깊어 회복하기 힘들다고 보도했다. 병세가 악화되어 가면서 노백린은 정신병원에까지 입원하여 치료받았지만 차도가 없었으며, 언어장애와 시력 상실로까지 이어졌다. 결국 1926년 1월 22일 오전 11시 45분 이역 땅 상해에서 노백린은 평생의 염원이던 조국의 광복을 보지 못하고 눈을 감았다. 노백린의 장례식은 1월 26일 이동녕, 이시영, 김구 등의 임정요인들과 교민 800여 명이 참석한 가운데 상해 한인사회장으로 치러졌다. 그의 유해는 상해 징안쓰로 공동묘지에 안장되었다가 만국공원(쑹칭링능원)으로 이장되었으며, 현재 국립 서울 현충원 임시정부 요인묘지에 안장되어 있다. 1962년에 대한민국 건국공로훈장 복장(현 건국훈장 대통령장)이 추서되었으며, 1992년 서울에서 노백린 장군 기념사업회가 창립되었다.

## 끝내면서

노백린은 일본육군사관학교를 나온 정통적인 대한제국의 군인이었다. 때문에 그는 국가와 민족을 지키고 보호하는 것이 군인에게 주어진 사명임을 누구보다 잘 알고 있었다. 그는 그 막중한 사명을 수행하기 위하여 51년이란 세월을 이 땅위에 머물다 숨져간 우리민족의 위대한 애국지사시다. 젊어서부터 장군다운 위엄 있는 체구를 지녔던 그는 식성이 좋아 식사량이 보통사람의 3배나 되었다고 하며, 주량도 대단했고, 의협심이 강하면서도 온유했으며 낙천적인 기질을 지니고 있었다. 그는 '침묵할 때와 말할 때'를 아는 진정한 사나이였다.

그가 관비유학생으로 일본육군사관학교를 졸업하고 귀국한 1906년 3월에 일본의 초대조선 통감 이토 히로부미가 조선정부의 고관들을 초청해 연회를 베풀었다. 그 자리에 을사오적 중의 하나인 이완용과 친일파의 거두 송병준도 참석했다. 갑자기 한 젊은 장교가 그들에게 다가가 “워리, 워리”라 불러댔다. 일제에게 나라를 팔아먹은 개 같은 인간들이니 개로 취급한다는 모욕적인 행동을 한 것이다. 이를 본 조선주둔군 일본 사령관 하세가와가 칼을 빼들고 그 군인에게 대들자 젊은 군인은 조금도 겁내지 않고 칼을 빼들고 대결하려 했다. 이토가 하세가와를 급히 만류해 사태는 진정되었지만 잔치의 흥은 이미 깨어진 뒤였다. 그 조선인 장교가 노백린이었다.

노백린은 풍부한 해외경험을 지닌 독립운동가였다. 일본에서 신학문을 공부한데다 러일전쟁이 한창 진행될 때 관전사로서 만주의 대련과 여순을 시찰하기도 했다. 1916년 노백린은 김좌진, 유치선, 유창렬 등과 대한광복단을 부할시켰다. 그 후 국외로 나가 독립운동을 전개하기로 작정하고 만주와 상해를 거쳐 하와이로 갔다. 그는 하와이에서 대조선국민군단을 창설해 독립군 300여 명을 양성했으며, 캘리포니아 주 윌로우스에 재미교포 백만장자 김종림의 도움을 얻어 일본 본토를 공격할 비행사들을 훈련시키기 위한 ‘한인비행사 양성소’를 설립했다. 자금난으로 개교한 지 2년이 채 못 되어 폐교하고 말았지만 이 비행학교가 설립된 의미는 크기만 하다.

우선 육지와 바다에서는 일본에 맞서 싸울 능력을 배양하기가 거의 불가능했지만 공군력이 비교적 약했던 일본의 취약점을 간파하여 조종사를 양성하려한 노백린의 전략은 높이 평가되어야 할 것이다. 실제로 이 비행학교에서 조종술을 배우던 학생들은 "동경으로 날아가서 일본의 심장부를 박살내겠다."는 의지를 굳히고 있었다니 이 비행학교가 계속하여 운영되었다면 조국의 광복은 다른 형태로 찾아 왔을지도 모른다. 윌로우스 비행학교 설립의 또 하나의 큰 의미는 이 학교가 대한민국공군의 뿌리역할을 했다는 사실이다. 이 같은 점들을 고려한다면 '윌로우스 비행학교의 설립'은 독립운동가 노백린 장군이 남긴 가장 큰 업적 중의 하나라 볼 수 있다.

독립투사 노백린 장군을 말함에 있어서 결코 빼놓을 수 없는 또 하나의 중요한 사실은 그의 가족 전원이 애국지사들이란 점이다. 노백린의 장녀 노순경 지사는 간호사 출신으로서 1919년 12월 2일 서울 훈정동 대묘 앞에서 시위대 20여 명과 "조선독립 만세!"를 불렀다. 그날 그녀와 시위대가 힘차게 흔들었던 태극기는 그녀가 병원 신생아실 포대기에 싸서 숨겨놓았던 것이었다. 그녀는 이도신, 박덕혜, 김효순, 세 동료 간호사와 함께 서울 서대문 형무소 여자 8호 감방에서 복역했다. 그녀는 결혼한 뒤 중국 하얼빈 고려병원에서 의사인 남편과 부상당한 독립군들 치료하고 군자금을 모으는 역할을 담당했다. 정부는 그녀의 공을 기려 1995년 대통령 표창을 추서했다.

노백린의 사돈 박승환(조순경의 시아버지)은 1907년 8월 1일 일제가 대한제국의 군대를 해산할 때 단총으로 자결함으로 부하들에게 항거하라고 무언의 명령을 내린 애국지사로서 1962년 대통령장을 추서 받았다. 박승환의 아들 박정석이 노백린의 사위이며, 장녀 노순경의 남편이다. 노백린의 장남 노선경은 만주 신흥무관학교를 졸업한 후 대한독립단원으로 활약했으며(1990년 건국훈장 애족장), 차남 노태준은 광복군구대장으로 항일전선에서 싸웠다.(1968년 건국훈장 독립장) 이처럼 노백린의 가족들은 모두가 조국의 광복을 위해 전 생애를 바친 독립운동가들이었으며, 노백린이 그 중심이며 정점이었다.

위대한 대한의 독립투사 노백린 장군이 우리 곁을 떠나가신 지 97년이란 세월이 흘렀다. 그러나 민족의 배반자 이완용을 개 취급하며, 두려워하지 말고 온 국민이 하나로 뭉쳐 일제에 항거하여 조국의 독립을 쟁취하자던 노백린 장군의 외침은 아직도 우리들의 뇌리 속에 생생하게 살아있다. 그 음성에 귀 기울이며 그가 일제와 투쟁하던 근본적인 마음의 자세인 "이등병 목숨 바쳐 고향을 찾아 죽음에 시달리는 북녘 내 고향, 그 동포 웃는 얼굴 보고 싶다."는 심정으로 살아간다면 우리의 조국 대한민국은 영원히 번영하고 발전하는 나라로 존속할 것이다.

김정만

○ 조국 독립과 민주화의 밑거름: 해공(海公) **신익희**(申翼熙)

# 신익희(申翼熙)

[1894.6.9 ~ 1956.5.5]

본관은 평산(平山)이고, 자는 여구(汝耈)이며 호는 해공(海公)이다. 1950년 제2대 국회의원에 당선, 다시 국회의장에 피선되고 1955년 민주국민당을 민주당(民主黨)으로 확대·발전시켜 대표최고위원이 되었다. 1956년 민주당 공천으로 대통령에 입후보, 자유당의 이승만과 맞서 호남지방으로 유세가던 중 열차 안에서 뇌일혈로 급사했다. 1962년 건국훈장 대한민국장이 추서되었다.

나라는 반드시 완전 독립되어야 하고(國家須完全獨立)
민족은 반드시 철저 해방되어야 하며(民族須徹底解放)
사회는 반드시 자유 평등하여야 한다(社會必須平等)

- 조국광복을 앞둔 1945년 신익희 선생이 중국에서 쓰신 글 중에서

출처: [네이버 지식백과] 신익희 [申翼熙] (두산백과 두피디아, 두산백과), 제헌의회 의장 (독립운동가, 이달의 독립운동가)

# 조국 독립과 민주화의 밑거름: 해공(海公) 신익희(申翼熙)

김정만

주지하듯이, 1956년 5월 15일 대한민국 헌정 사상 최초로 국민 직선제 3대 대통령 및 제4대 부통령 선거가 동시에 시행됐다. 당시 집권 자유당의 대통령 후보는 이승만, 부통령 후보는 이기붕, 야권 민주당 후보는 각각 신익희, 장면, 또 혁신계의 진보당은 조봉암과 박기출이었다. 당시 야권은 야권 단일화를 위해 노력을 했으나 성사되지 못했고, 결국 선거는 자유당과 민주당의 양당 경쟁 구도로 진행됐다. 여당인 자유당은 막강한 자금과 조직력, 행정력을 총동원해 야권을 압박하고 있었다. 그러나, 국민들은 사사오입 개헌으로 여당에 대한 도덕성을 의심하게 되었고, 이로 인해 장기 집권의 우려를 느낀 국민들은 "못 살겠다, 갈아보자!"를 선거 구호로 들고 나온 야당 민주당에 심적으로 열광했다. 이 구호는 광복이 되었지만 경제적인 어려움과 장기 집권에 억눌림을 느꼈던 국민들의 마음을 샀다. 또 "못 살겠다, 갈아보자!"라는 걸출한 구호는 선거에 무관심했던 국민들도 유세장으로 나오게 했다. 이 구호는 민주당

엄상섭 의원과 선전부장의 아이디어였다. 국민들은 집권하면 도의도덕에 기반한 만민평등의 민주 복지 국가를 건설하고 민주화를 철저히 외친 신익희 후보에 매료되었다. 또, 대통령은 국민의 하인이라 지칭하면서 집권하면 임금이 주인이 아닌 백성이 주인이 되는 진정한 민주국가를 건설하겠다는 신익희 후보에 빠져들 수 밖에 없었다.

이에 맞선 집권당은 "구관이 명관이다. 갈아 봤자 별 수 없다."는 노골적인 구호를 외치며 조직 확장에 나섰으나 역부족이었다. 선거 직전 5월 3일에 치러진 신익희 후보의 한강 백사장 유세에서는 전국에서 추산으로 30만 명에서 50만 명이 운집했다. 한강 백사장의 구름 같은 인파는 대통령 선거전의 절정을 이뤘다. 여야를 막론하고 국민들도 놀랐다. 당시 서울의 인구가 150만 명임을 감안하고 교통이 그다지 발달되지 않은 당시를 생각해보면 이는 놀라운 일이다. 당시 여론의 향방은 야당인 민주당의 승리가 거의 확실시 되었다. 민주당은 여세를 몰아 장면 부통령 후보가 약세인 호남 지방을 계속 순회하며 승기를 굳히고 싶었다.

신 후보는 도당 명령에 따라 다음날 5월 4일 호남 유세차 여수행 33호 야간 열차에 몸을 실었다. 대세도 이미 민주당 쪽으로 기운데다 신 후보가 심신이 너무 피로해 만류하는 사람들이 많았다. 특히, 집안 식구들은 하나같이 그를 만류했다. 그러나 신익희는 당명에 따르겠다며 담담하게 효자동 집을 나서 열차에 탑승했다. 장면 부통령 후보, 이들을 수행하는 수행원 몇 명도 동승했다.

다음 날 새벽 5호선 열차 침대칸에서 잠을 못 이루며 뒤척이던 그는 강경역 근처를 지날 무렵 화장실에 다녀온 후 뇌일혈로 쓰러졌다. 그리고 다시는 일어나지 못했다. 그의 나이 63세. 대권을 눈 앞에 두고 서거한 것이다.

역사에는 가정이 없다고 하지만, 만일 그가 서거하지 않고 대권을 잡았더라면 5.16 쿠데타나, 박정희 군사정권, 5.18 광주민주화운동 등을 거치지 않고 한국의 민주화가 더 빨리 진척되지 않았을까 하는 생각을 하며 아쉬워하는 사람들이 있다. 신후보가 서거한 뒤 실시한 투표에서 총 투표자 906만 7천명 중 유효 721만표, 무효 185만 6,800표, 기권 54만표, 무효표와 기권표를 합치면 239만 6,000여표가 신익희 후보의 표였다. 이승만 500만표, 조봉암 216만표를 두고 볼 때, 그가 살아서 정상적인 투표가 이뤄졌다면 이승만을 압도하고 대권을 잡았으리라는 분석이다.

신익희 선생의 일생을 살펴보면, 근대 한국과 현대의 민주화 역사를 알 수 있다. 그는 동학농민운동과 갑오개혁 등 조선 말기 격동기인 1894년에 태어나 한 평생 조국의 독립과 민주화를 위한 삶을 살다가 1956년 삶을 마감했다. 신익희는 10대 청년기에 일제강점기를 맞게 되었고, 일본에서 유학하며 와세다대 정치경제학과를 졸업했다. 유학 중에는 일본 조선 유학생 단체들을 통합해 학우회를 결성했고, 결국 이 학우회는 2.8 독립선언문을 발표하기에 이르렀다. 학업을 마치고 귀국해서는 3.1 항일독립운동과 3.4 2차 만세시위를 주도했다. 그해 중국으로 망명해 상해임시정부 초창기부터 임시 의정원 위원으로 활약하며, 그는 임시정부 10개조 헌장 제정에 기여하면서 임시정부의 기틀을 닦았다. 해방 후에는 반탁, 반공으로 일관하며 국민 계몽 활동과 교육 기관 설립, 언론 활동 등을 했다. 1946년 12월 18일에는 국민대학교를 설립했다. 정부 수립 후에는 두 차례의 국회의장을 지내며 의회 정치의 기틀을 공고히 했다. 자유당의 장기 집권과 부정부패에 맞서 범야 세력을 통합해 민주 세력의 뿌리가 되는 민주당을 창당해 야당 대통령 후보로 나섰다.

신익희는 1894년 7월 11일 경기도 광주에서 6남 1녀 중 막내로 태어났다. 그의 아버지는 평산 신씨 신단이고 어머니는 정경랑(鄭敬娘)이다. 그가 태어날 때 아버지는 64세의 고령이었고 어머니는 28세의 젊은 여인이었다. 아버지가 경기도 광주의 신참판(申參判)으로 있을 때, 세 번째 상처 뒤 네 번째 부인으로 어머니를 맞아 둘째 아들을 보았기 때문이다. 평단 신씨의 시조는 고려 건국의 일등공신인 신숭겸 장군이고, 그의 가족은 명문가의 하나로 알려진다. 사대부 출신의 어머니 정경랑 여사도 선이 굵고 호탕하며 도량이 깊은 여인이었다. 한 때 남경(南京)에 거주할 때, 김구 주석의 어머니 곽낙원 여사, 안중근 여사의 어머니 조 마리아 여사, 해공의 어머니 정경랑 여사 세 분이 한 동안 함께 모여 계실 때가 있었다. 그 때 교포 사회에서는 이 분들을 세 여걸이라 부를 정도였다. 해공(海公)은 그의 아호로서 신익희는 그의 아호 해공에 대해 海者心也, 바다는 마음을 뜻하고, 公者我也, 공이라는 것은 나라는 것을 뜻함이라는데서 따온 것으로, '마음의 나,' 곧 '마음의 주인'이 나라는 데서 나온 말로 유심론적(唯心論的)인 사고에서 결정했다고 밝히고 있다.

그가 태어난 해 조선에서는 동학농민운동과 갑오개혁, 외부적으로는 청일전쟁이 일어나 사회는 극도로 혼란스러운 시기였다. 갑오개혁의 영향으로 사회적으로는 신분제 철폐, 과거제도 폐지, 과부의 재가 허용 등 근대적인 제도가 마련되었다. 그러나 양반가였던 그의 가족의 실상은 별로 변하지 않았다. 비록 그는 나이든 아버지와 젊은 어머니의 사랑을 듬뿍 받으며 성장했지만 아직도 서자라는 신분상의 올가미는 아버지를 아버지라 마음대로 부를 수 없고, 선대의 제사 때도 떳떳하게 제사를 지낼 수 없는 현실은 신분적, 계급적 차별 의식을 느끼며 자라게 했다. 이러한 차별 의식의 타파의 필요성을 몸소 체험하며 자라난 해공은 후에 이것이 민족 의식으로 발현되어 민주화의 큰 인물로 성장하는 자양분 역할을 하게 되었다.

해공은 어릴 적 큰형 규희(揆熙)로부터 천자문을 배우기 시작했는데, 열 살 전후해서 사서삼경(四書三經)을 모두 떼고 삼국지연의, 수호전 같은 소설을 읽을 만큼 총명했다. 특히 붓글씨에 뛰어나 글씨를 받으러 오는 사람이 많았다. 중국 망명 시절에도 그는 붓글씨를 팔아 생계에 보태기도 했다. 해공은 11살 때 부친을 여의고 3년상을 마친 후 서울로 올라와 관립 한성외국어학교 영어과에 입학했다. 그는 졸업을 앞두고 경술국치를 맞았다. 원래 1911년 3월로 예정된 졸업식은 한일병합으로 6개월 먼저 치러지게 되었다. 이듬해 부인 이승희를 맞아 17세에 결혼했다. 신혼의 단꿈도 접은 채 1912년 일본 와세다 대학 정치경제학부에 입학했다. 유학의 동기는 앞선 일본에 가서 학습해 그들을 이기고 나라를 도로 찾고자 함이었다. 유학 당시 조선 유학생 모임은 지역 출신별로 쪼개져 있었다. 함경도의 철북구락부, 평안도의 명서친목회, 전라도의 호남다화회, 경기도의 삼한구락부 등이다. 통합의 리더십은 해공의 특징이다. 이 모임들은 해공의 주도로 통일 조직체인 학우회로 결성되었고, 학우회의 기관지로 〈학지광〉(學之光)을 발간하여 민족 정신과 독립 사상을 고취시켰다. 〈학지광〉의 발행에도 해공은 회장, 주간을 맡아서 일을 보았다. 한편으로는 미국에서 이승만 박사가 발행하는 〈한국 태평양〉 잡지를 밀수입해 동학들에게 구독하게 함으로써 민족 정기를 함양시켰다. 후에 이 학우회가 주관이 되어 1919년 2.8 독립선언문을 발표하기에 이르렀다.

신익희는 1916년 와세다대를 졸업하고 이듬해 귀국했다. 당시 국제 정세는 1914년 시작된 제1차 세계대전이 1918년 11월 11일로 종전되었다. 이에 앞서 그 해 6월 미국 대통령 윌슨의 민족자결주의 원칙이 발표되자 미국 유학 대신 그는 조국의 독립 운동에 전념하기로 했다. 1919년 3.1 운동 직전에는 해외 독립 운동 단체들과 연계하여 국내외가 동시에 독립선언서를 발표할 것을 협의했다. 민족 대표 선정 작업에도 참여했다.

해공은 일제에 대항해 지속적인 대중 저항 운동을 펼치려면 천도교, 불교, 기독교 등 종교계의 도움이 필요하다고 판단해 기독교의 이승훈을 만나 3.1 독립선언서의 서명을 이끌었다. 3월 4일 국내에서 2차 만세 시위를 주도했다. 일경에게 수배를 당한 해공은 중국으로 망명해 대한민국 임시 정부 수립에 참여했다.

임시정부는 임시의정원을 구성하고 의장에 이동녕, 부의장 손정도, 서기 이광수, 백남철을 임명했다. 임시의정원은 경기도를 대표하는 해공을 비롯해 각 도를 대표하는 29명의 의원으로 구성되었다. 임시정부는 국호를 대한민국, 연호는 대한민국원년, 국체는 민주공화제를 채택했다. '대한민국'(大韓民國)이라는 국호를 채택한 이유는 임금(帝)이 주인인 나라(大韓帝國)에서 백성(民)이 주인이 되는 나라(大韓民國)를 새로 세운다는 의미에서 결정된 것이다. 이는 봉건왕조와 제국주의 시대를 마감하고 민주주의의 나라로 재탄생한 획기적이고 역사적인 변곡점이 되었다. 임시의정원은 이어서 기초위원회를 구성하고 1919년 4월 11일 임시정부 임시 헌장 10개조를 제정 및 발표하며 임시정부의 기초를 닦았다. 이 헌장의 기초 위원은 해공 신익희를 포함, 이시영, 조소앙 등 세 사람이다. 이 임시 헌장은 임시정부의 골격이 되었다. 그 내용은 대한민국은 민주공화국(제1조)임을 선포하고, 남녀귀천, 빈부의 계급이 없는 일체 평등을 명기하여 봉건 시대의 신분 계급과 남녀 귀천을 종식시키고 이를 명문화했다(제3조). 신교, 언론, 저작, 출판, 결사, 집회, 서신, 주소 이전, 신체 및 소유의 자유(제4조), 남녀 구분 없는 선거권과 피선거권을 보장했다(제5조). 당시 미국은 물론 일본도 여성들에게 선거건과 피선거권이 없었던 사실을 감안하면 세계적으로도 가히 혁명적인 변화가 아닐 수 없다. 이 헌장(헌법)은 후에 5차례에 걸친 개헌과정에서 민주공화주의의 기본틀을 완성했으며 신생 대한민국의 헌법 정신으로 지속 계승되었다. 이처럼 신생 대한민국은 임시정부의 법통을 계승한 것이기 때문에 1919년이 대한민국 원년이 된다. 최근 이명박, 박근혜 정부에서 1948년 8월 15일 정부수립일을 대한민국 건국절을 삼으려던 시도가 있었으나, 이는 역사를 왜곡한 것이라 사료된다. 임시헌장 10조는 다음과 같다.

제1조 대한민국은 민주공화제로 함

제2조 대한민국은 임시정부가 임시의정원의 결의에 의하여 이를 통치함

제3조 대한민국의 인민은 남녀 귀천 및 빈부의 계급이 무하고 일체 평등함

제4조 대한민국의 인민은 신교, 언론, 저작, 출판, 결사, 집회, 서신, 주소 이전, 신체 및 소유의 자유를 향유함

제5조 대한민국의 인민으로 공민 자격이 있는 자는 선거권 및 피선거권을 가진다.

제6조 대한민국의 인민은 교육, 납세 및 병역의 의무가 유함

제7조 대한민국은 신의의사에 의하여 건국한 정신을 세계에 발휘하

며 진(進)하여 인류의 문화와 화평에 공헌하기 위하여 국제연맹에 가입함

제8조 대한민국은 구황실을 우대함

제9조 생명형, 신체형 및 공창제를 전폐함

제10조 임시정부는 국토 회복 후 만 1개년 이내에 국회를 소집함

1920년 미국에서 이승만이 상해로 와서 집무할 때 해공은 내무총장대리, 외무총장대리, 국무원 비서장 등을 겸했다. 임시정부가 재정적으로 어려워지자 해공은 중국혁명세력과 연계하여 항일무장투쟁을 전개했다. 그의 평소 소신은 항일 투쟁의 노선은 무장 투쟁이었기 때문이다. 이 일환으로 서안(西安) 지방 독군 호경익 휘하의 고문이 되어 국민군 중장으로 1년 반 동안 활약했다. 1927년 난징 정부(국민정부)의 심계원장으로 있으며 중국 원수의 기밀비 감사를 맡으며 신뢰를 쌓았다. 여기서 장제스 총통과 중국 정부와의 긴밀한 유대 관계가 설정되었으며, 이 관계는 충칭 임시정부를 거쳐 해방 후 국회의장이 될 때까지 계속되었다. 해방 후 1949년 국회의장이었던 해공은 장제스 총통을 정부 초청 극빈으로 초청해 진해에서 이승만 대통령과의 회담 때 동석한 바 있다.

1929년에는 난징에서 한국혁명당을 조직해 재중 한인과 독립 진영의 대동단결을 도모했다. 한국혁명당은 한국대일전선통일동맹에 참여해 독립 운동 단체의 대동단결에 노력했다. 한국대일전선통일동맹은 1932년 11월 한국광복동지회, 조선혁

명당, 의열단, 한국독립당 등이 참여한 동맹이다. 그 후 한국혁명당은 한국독립당과 합당해 신한독립당으로 발전적 해체를 했다. 신한독립당은 1935년 김원봉이 이끄는 좌익 계열의 조선의열단과 우익 정당인 한국독립당, 그리고 조선혁명당, 대한독립당을 통합한 민족혁명당을 창당했다. 민족혁명당은 독립운동사에서 최대 규모의 좌우 연합 정당인데, 해공이 이 과정에서 주도적인 역할을 담당했다. 실권자는 당시 당세가 강한 의열단의 김원봉이었으나, 대표는 의회주의자인 김규식이 맡았다. 해공은 선전부에서 부장 최동오와 함께 일하며 내부 골격인 강령과 정책 마련에 밑거름이 되었다. 해공은 민족혁명당에서 군사부에 편입된 중국중앙육군군관학교 한일특별반 졸업생들의 교양 훈련을 맡아 '국내외 정세'라는 과목을 강의하면서 민족 교육 운동을 전개했다. 이 학생들은 후에 민족혁명당의 당군인 조선의용대의 주력이 되었다가 후에 임시정부의 국군인 한국광복군으로 편입되었다. 즉, 1940년 9월 17일 충칭에서 김구 선생이 이끄는 임시정부에서 창설한 한국광복군에 김원봉과 해공이 이끌어온 조선의용대가 참여함으로써 명실공히 좌우 통합의 군대가 탄생하게 된 것이다. 해공은 민족혁명당이 지나친 좌경화로 치우치자 당을 떠나 의열단 단장이었던 김원봉과 함께 김구가 이끄는 한국독립당과 임시정부의 활동에 몰두하게 되었다. 혹자들은 해공이 좌익 이념 세력과도 잠시 동조했다고 주장할지 모르나 이렇게 된 연유는 해공이 평소 소신대로 항일 독립 투쟁의 노선은 무장 투쟁임을 강조해 온 소신의 결과로 생각된다.

임시정부는 1932년 윤봉길 의거를 주도한 후 상해에서 충칭에 자리를 잡았다. 해공은 충칭에서 한중문화협회를 설립하고 상무이사로서 실질적인 운영 책임을 맡았다. 한중문화협회는 실질적인 독립후원단체 역할을 했다. 카이로 선언을 앞둔 1943년 11월, 한중문화협회 회의 석상에서 한국인의 자치성 여부를 둘러싸고 격론이 벌어졌다. 이 자리에서 중국국민정부의 교육부장이며 정계의 실력자인 천리푸(陳立夫)가 "한국인은 오랫동안 일본의 학대 아래 있어서 민족성이 거세(去勢)되었으므로 독립을 해도 완전한 독립이 어렵다"는 회의론을 폈다. 그러자 해공은 "한국인은 4천년 문화 민족이라 그럴 리가 없다. 넓은 바닷물에 오물이 던져졌다고 해서 어찌 그 바다가 더러워지랴"며 "1910년 한일병합 후 한국인은 국내에서는 많은 사람이 자결했으며, 의병들이 봉기해 일본군에 대항해 싸웠다. 외국에서는 중국 간도, 러시아의 블라디보스톡, 미국의 하와이에서 독립군이 일본군과 전투를 했다. 의사 나석주, 김상옥 같은 분이 일본 기관에 폭탄을 던져 기관원을 사살했고, 윤봉길 의사가 중국 홍구 공원에서 폭탄을 던져 일본군 사령관 외 수십 명을 암살하는 등 꾸준히 일본과 싸워왔으니 어찌 독립의 능력을 의심한단 말이요"라며 장시간 반박 연설을 했고, 그의 해박하고도 논리 정연한 연설은 그 자리에 참석했던 국민 정부의 정계, 문화계, 학계의 지도자들을 감복시켰다. 이를 계기로 1943년 12월 1일 이집트의 카이로에서 미국의 루즈벨트, 영국의 처칠, 중국의 장개석이 모였을 때, 이 토론을 잊지 않던 장개석의 발의로 "적당한 시기에 한국이 자유롭고 독립될 것을 결정함"이라는 카이로 선언이 채택됐다.

좌우 통합의 군대인 한국광복군 창설에 이어 1944년 4월 20일에는 대한민국 임시의정원 제36차 임시 의회가 개최됨으로 좌우합작정부가 탄생했다. 정부 개편으로 해공은 내무부장에 선임되었다. 이 정부는 김구 중심의 한국독립당과 김규식 중심의 민족혁명당의 연합 정부가 된 셈이다. 이 임시정부는 한국광복군을 국내에 침투시키기 위해 맹훈련을 실시하고 있었다. 이런 준비를 착착 진행시키고 있던 중 마침내 1945년 8월 15일에 일제가 패망하고 광복을 맞았다. 1919년, 해공이 26세 때 중국으로 망명한 뒤 26년만에 맞는 해방이었다.

해방이 되어 국민들과 임시정부 요인들은 환호에 넘쳐 있었지만, 임시정부의 내무부장인 해공으로서는 향후 수행할 대책들이 너무 많았다. 우선 내무부장 자격으로 양쯔강 연안에 살고 있는 교포들을 위문했으며, 해외 세력의 집결, 임정 요인의 귀국 알선, 동포들의 귀국 편의 제공 등의 과업을 수행했다. 충칭에서 상해를 방문, 미국 대사관 측과 임정 요인들의 공식 귀국 절차를 논의했다. 그런데 미국 측에서는 "임시정부는 한국민 전체 의사(선거)로 된 것이 아니요, 해외에 망명한 독립 운동의 한 집단이므로 개인 자격으로 귀국하라"는 주장을 펴며, 임시정부를 인정하지 않았다. 아무리 반론을 해도 소용 없었다. 할 수 없이 임정요원들을 개인 자격으로 충칭에서 상해까지는 장개석이 제공한 중국 비행기로, 상해에서는 미군용 비행기로 입국하게 되었다. 해공은 2진으로 1945년 12월 2일에 귀국했다.

해공은 일본 유학 시절부터 일제강점기에 있던 우리나라가 국권을 되찾으려면 우선 우매한 국민의 계몽과 교육을 통한 민주화된 인재 양성이 급선무라고 생각했다. 방학 중에도 귀국해 광동강숙(廣東講塾)이라는 사설 강습소를 세워 80명의 학생들을 교육했는데, 남한산성에 있는 관립학교와 비교해도 조금도 손색이 없는 학교였다. 와세다대를 졸업한 후 귀국해서는 서울 중동학교, 보성법률상업학교(고려대 전신)에서 교편을 잡고 후진을 양성했다.

중국 망명 중에 독립 운동을 할 때도 국권이 회복되면, 기존에 있는 학교가 아닌 새로운 학교를 세워야겠다고 결심했다. 즉, 3.1 정신을 계승한 대한민국 임시정부의 법통을 이어갈 신생 국가가 탄생하면 이 바탕 위에서 새로운 학교를 설립한다는 것이었다. 중국의 만복초당, 장개석의 황포군관학교가 중화민국의 인재를 배출했고, 일본 송하촌숙이 유신 일본의 주역 거물 정치인들을 배출했던 것처럼 학교를 세워 나라를 짊어질 인재를 배출해야겠다고 생각했다. 해공은 해방 후 귀국한 지 엿새 되는 1945년 12월 6일 교수이자 극작가인 윤교중을 만나 건학에 대한 논의를 시작했다. 마침내 1946년 12월 18일 국민대학관(현재의 국민대학교)이 정부의 인가를 얻어 개교했다.

해공은 초대학장으로 부임해 민족학을 직접 강의했다. 고문에 이승만 박사, 김구 선생, 명예회장에는 김규식 박사와 조소앙 선생을 임명했다. 이 밖에 양주동, 윤길중, 조용만, 이병기 등 유명 인사들이 교수로 참여했다.

해공은 신문 언론에도 관여해 논조를 바로잡았다. 〈자유신문〉이란 신문은 1945년 10월 5일 창간되어 6.25 전쟁으로 인해 1950년 6월 28일까지 발행됐다. 해공은 1946년 6월 1일부터 폐간시까지 만 4년동안 사장직을 맡아 무보수로 이 신문을 경영했다. 이 신문은 초기에는 한 때 발행부수 7만 부까지 올랐으나 신문의 논조가 좌경으로 치우쳐 세칭 빨갱이 신문으로 변질되면서 위상이 추락했다. 해공이 〈자유신문〉을 맡았을 때 발행부수는 2만 부 수준으로 경영환경은 최악의 수준이었다. 해공이 사장직을 맡게 된 것은 이 신문의 초대 사장인 정인익의 간곡한 부탁 때문이었다. 정인익은 일제 총독부 기관지 〈매일신문〉의 동경지국장, 서울편집국장 출신으로 그가 주동이 되어 〈매일신보〉 출신들로 필진을 구성해 신문을 발행했다. 발간 초기 이 신문은 해공이 귀국한 12월 2일 상해임시정부 내무부장 해공과 외무부장 조소앙을 정사장이 직접 인터뷰 한 적이 있다. 이 인연으로 정인익과 해공의 긴밀한 유대 관계가 형성되었으며, 경영이 어려워지자 해공에게 〈자유신문〉의 경영을 요청하게 된 것이다. 해공은 기존 좌파 편집진을 바꾸는 대신 중역진을 교체했다. 중역진은 이 신문을 이용해 권력만을 추구하고 있었다. 경영을 맡은 해공은 일체 총독부 간부 출신들을 포함해 능력 위주로 출신과 관계 없이 임원진을 보강했다. 한편, 탄탄한 지식과 정연한 논리로 편집진의 시각을 점차 교정했다. 결국 해공이 사장을 맡은 후로 〈자유신문〉은 점차 정통 신문으로 논조가 바뀌면서 경영 정상화를 되찾았다.

임시정부의 내무부장으로서 귀국한 해공은 정권을 이양 받기 위해 정치 공작대와 행정 연구반을 전국적으로 결성하고 독립 정부의 행정조직으로 활용하고자 했다. 이 정치공작대는 중국 망명 시절 임시정부의 결의에 따라 이미 구상된 조직이었으며, 지방위원으로는 평안북도에 함석헌도 포함되어 있는 전국적인 조직이었다. 그런데 해방이 되자 독립에 대한 기대와는 달리 한반도의 북쪽에는 소련군이, 남쪽에는 미군이 주둔하여 외국군에 의한 군정이 이뤄지고 있었다. 더군다나 1945년 12월 16일부터 25일까지 모스크바 3상회의에서 한반도를 미영중소 4개국이 최소 5년간의 신탁통치하는 안건이 가결되었다. 항일 투쟁으로 가까스로 독립된 나라가 다시 외국의 신탁을 받게 된 것이다. 이에 반발한 해공과 김구는 임시정부 1, 2호의 포고문을 발령하고 정치공작대와 행정연구반을 활용해 전국적인 반탁 운동에 돌입했다.

그러나 임시정부를 인정하지 않는 미군정은 이와 같은 반탁 운동을 정부에 대한 쿠데타로 간주하고 미군방첩대(Counter Intelligence Corps)를 이용해 김구와 해공을 전국적으로 수배하고 중국으로 추방하려고 했다. 김구와 해공은 미군정에 의해 구속 수감되었으나, 해공의 설득과 민중의 반발을 의식한 미군정은 그들을 바로 풀어줄 수 밖에 없었다. 그런데 이 일이 있은 후 미군정의 압력으로 임시정부 의정원은 정치공작대 조직을 갑자기 해체하기로 결정했다. 이에 반대하고 크게 낙심한 해공은 이 사건을 계기로 김구와 노선을 달리하게 됐다. 이 일로 당원으로 있던 한국독립당을 탈당하고 김구와 임시의정원 요원들과 서원한 관계가 되었다. 그 후 해공은 이승만과 협의해 이 박사가 주축이 되어 있던 독립촉성회를 발전적으로 해체하고 문호를 개방해 대한독립촉성국민회(독촉국민회)를 결성했다. 이 국민회 발기대회에서 위원장에 이승만, 부위원장에 해공이 선임됐다. 결국 해공은 이런 과정을 통해 이승만의 남한단독정부 노선에 합류하게 된 것이다. 이 시기에 남한 정치인의 노선을 정리하면, 이승만 계열은 신탁통치반대와 단독정부수립, 김구 계열은 신탁통치반대와 남북통일정부수립, 좌익계열은 신탁통치찬성과 남북통일정부수립, 중도 세력은 신탁통치 문제 일단 보류 및 우선 통일된 임시정부 수립을 각각 주장했다.

미국은 1947년 11월 14일 한반도 신탁통치안을 포기하고 한국 문제를 UN으로 이관했다. UN 총회는 미국의 의도대로 'UN 한국임시위원단'의 감시 하에 남북한 총선거를 실시하고 독립 국가를 세울 것을 결의했다. 이에 따라 1948년 2월 UN 소총회는 'UN 한국임시위원단'의 접근 가능 지역인 남한만의 총선거 실시안을 가결했다. 이러한 일련의 사태는 이승만에게 매우 유리한 방향으로 전개되었으며, 해공은 현실론을 들어 단정 측인 이승만에 합류하게 되었다. 이에 앞서 해공은 UN 소총회를 앞두고 입법의원의 발의를 통해 '선거가능지역에서 총선거' 실시를 요구하는 긴급 동의안을 제안, 김규식 의장의 만류가 있었음에도 불구하고 동의안을 통과시켜 UN에 전달했다. 이와 관련해 김규식 의장이 입법의장직을 사퇴하고 대신 해공이 의장으로 선출되었다. 이 단선 결정에 대해 제주도에서는 4월 3일 무장 반대 항쟁이 일어났다. 미군정은 이를 무력으로 진압했다. 이러한 피의 역사를 겪으며 1948년 5월 10일 UN 소총회의 결의에 따라 남한에서만 총선거가 실시됐다. 김구, 김규식이 불참한 이 선거에서 이승만이 압승을 거뒀다. 해공도 대한민국 제헌 국회의원 선거에 출마해 경기도 광주군에서 무투표로 당선됐다. 선거에 따라 5월 31일 제헌국회 개원과 더불어 해공은 국회부의장으로 선출되었으며, 이어 8월 4일 이승만 의장이 대통령이 됨으로써 공석이 된 국회의장에 해공이 당선됐다. 이후 해공은 3회의 의장 연임, 7년간 명사회자, 명의장으로 명성을 높였다. 당초 헌법 기초위원회는 해공의 행정연구반에서 만든 초안과 유진오의 초안을 기초로 내각책임제를 권력 구조로 하는 헌법 초안이 마련되었으나, 이승만의 강력한 주장으로 대통령제로 바뀌게 되었다. 해공은 비록 노선은 다르지만 민족주의자이며 통일 정부를 염원했던 김구, 김규식, 조소앙 선생들을 부통령 후보로 대통령에게 건의했지만 거절당했다. 1948년 8월 15일 행정부 수반인 이승만을 대통령으로, 입법부에는 신익희, 대법원장에는 김병로로 하는 제1공화국이 탄생했다. 상호 0시를 기해 미군정 하지 중장은 군정

폐지를 공표했다. 대한민국 정부 수립이 만방에 공포된 순간이었다. 하지만 남한만의 단독 정부 수립에 반대해 임정계의 요인들은 조각에 참여하지 않았다.

해방 후 국민들의 염원은 통일 정부를 세우고 친일파 청산을 하여 새로운 민주국가를 세우는 일이었을 것이다. 그러나 이제 국민의 염원 중의 하나였던 통일 정부는 끝내 이뤄지지 못했고, 친일파 청산만이 민족적 과제로 남았다. 1948년 9월 7일 해공은 국회의장으로서 친일파 청산을 위한 특별법인 '반민족행위 처벌법'을 제정했다. 이 법에 따라 반민족행위특별조사위원회(반민특위)가 구성됐다. 반민특위는 국민의 기대를 모으며 1949년 1월 8일부터 6월 6일까지 나름대로 친일파 청산을 하려고 노력했다. 그러나 권력을 쥔 이승만과 그에게 기생하는 친일파 세력의 도발을 막는 데는 역부족이었다. 친일 경찰들이 특위 위원이면서 국회의원이었던 민족주의자들을 포함한 13명을 용공으로 몰아 체포하는 1, 2차 국회프락치사건을 겪으며 결국 폐쇄되었다. 이외에 친일 경찰들은 반민특위 주도자의 암살과 반민특위 해체 음모를 꾸몄다. 암살대상자에는 해공도 포함되었다. 그 결과 반민특위의 정신적 지주였던 김구 선생이 1949년 6월 26일 현역 육군소위 안두희에게 암살당하는 비극이 일어났다. 해공은 환국 후 김구와는 노선을 달리했지만, 중국 망명기에 그와 동고동락을 함께 하면서 그의 애국 정신을 존경했다. 그의 비보에 국회의장으로서 추도사를 발표하기도 했다.

이러한 일을 겪으며 해공은 이승만과 제1공화국을 같이 했지만, 민주공화제의 발전을 위해서는 점차 견제세력이 필요함을 절감했다. 더군다나 이승만 대통령의 오만과 독선, 인사의 전횡과 친일 경찰을 활용한 반민특위에 대한 적대 행위 등은 더 이상 간과할 수 없었다. 그래서 그와 결별했다. 그리고 1948년 대동청년단의 지청천, 배은희 등과 대한국민당을 결성했다. 이어 1949년 2월 10일에는 김성수가 주도한 한국민주당(한민당)과 합당해 민주국민당(민국당)을 창당했다. 최고위원에는 해공을 포함해 지청천, 백남훈, 김성수 4인이 선출됐다. 해공은 위원장을 맡았다. 이 민국당은 한국야당사의 첫 야당이며, 해공은 한국야당사상 최초로 전당대회에서 위원장에 선출됨으로써 한국야당사의 첫 당대표가 된 것이다.

1950년 5월 30일 제2대 국회의원 선거에서 해공은 경기도 광주에서 압도적으로 재선되었다. 이에 앞서 3월 해공은 국회의장으로서 국회 방미 사절단장으로 워싱턴을 방문해 정계 지도자들을 만나 하원에서 삭감된 대한 원조액 6천만 달러 전액을 부활시키고 뉴욕 UN본부를 방문해 북한군의 남침 가능성을 강조했다.

해공의 염려대로 한국전쟁은 발발했고 국회는 부산으로 피난하여 1950년 6월 30일 임시의회를 열어 해공을 다시 제2대 국회의장으로 선임했다. 이로서 해공은 초대 1, 2기와 2대 1, 2기를 합쳐 연 4회 국회의장 연임 기록을 수립했다. 한국전쟁이 끝날 무렵 해공은 1953년 5월 18일부터 9월 19일까지 4개월 동안 국회의장 자격으로 영국 엘리자베스 여왕 2세 대관식 에 참여하고 한국전쟁에 우리를 도와준 우방국들을 포함한 26 개국 순방을 마치고 귀국했다. 흥미로운 일인지 모르겠으나, 대관식 당시 27세였던 영국 여왕은 최근 2022년 9월 8일 96 세의 일기로 세상을 떠났다.

1954년 11월 29일 드디어 자유당 정권은 이승만 대통령의 종신 집권을 노리는 이른바 '사사오입' 개헌 파동을 일으켰다. 사사오입 개헌으로 자유당은 이승만의 삼선출마가 가능해져 영구집권을 획책할 수 있게 되었다. 사사오입 다음날 이에 반발한 야당계 의원들은 야당연합전선으로 호헌동지회(護憲同志會)를 결성하고 헌법을 유린한 이승만 정권과 자유당에 대해 투쟁할 것을 선언했다. 신당 창당을 할 것도 결의했다. 이에 동조한 해공은 그가 이끌던 민주국민당의 발전적 해체를 단행하기로 하고 재야정치연합전선을 규합해 범야를 아우르는 신당 민주당(民主黨)을 창당했다.

1955년 9월 18일 원내 자유당계, 무소속, 기타 야당세력들이 정파와 관계없이 한 뜻으로 모여 역사적인 민주당 결당 대회를 가졌다. 결당 후 중앙상위에서 민주당 대표 최고위원에 해공 신익희를 당수로 선출했다. 이 민주당은 야당사에서 현대 민주주의의 큰 뿌리가 되었다. 그런데 혁신세력들은 이 신당에 참여치 못했다. 해공은 당초에 당연히 혁신세력의 우두머리격인 조봉암을 신당 발기인에 추천하여 이들과의 제휴를 개인적으로 바랬지만, 한국민주당 지도층이 끝까지 제휴를 반대하여 성사되지 못했다. 해공은 혁신세력의 불참을 내내 아쉬워했지만, 이 혁신세력은 야당 진보당이 되어 제3대 대통령 후보에 조봉암을 내게 된 것이다.

이로부터 반년 뒤인 1956년 3월 27일 민주당 정, 부통령 지명 대회에서 해공은 대통령 후보 지명을 받게 되고 5.15 선거를 앞두고 승기를 잡아 대권을 목전에 두었으나 5월 5일 아쉽게 서거한 것이다.

해공은 떠났지만 한국의 더 나은 민주화를 향한 물결은 오늘도 도도히 흐르고 있다. 그의 조국 독립을 위한 노력, 민주화를 향한 열정과 통합의 리더십은 한국 민주화의 밑거름이 되었다. 정부는 1962년 3월 그에게 대한민국 최고 훈장인 대한민국 건국장을 수여했다.

---

**[ 참고 문헌 ]**
- 김상응, 〈해공 신익희 평전〉 (동아시아)
- 한수자, 〈버림〉 (글공작소 야독)
- 신창현 편, 〈신익희 선생 연설집 제1집〉
- 신창현, 〈해공 신익희〉 (해공신익희선생기념회)
- 국민대학교출판부, 〈해공 신익희 유목과 발자취〉
- 류중석, 엄강웅, 이해수, 이훈성, 이기영 공동 저술, 〈해공 신익희 이야기〉 (민족공동체연구소)

이윤옥

한국외대 문학박사. 일본 와세다대학 객원연구원, 한국외대연수평가원 교수를 역임했으며 한일문화어울림연구소장으로 활동 중이다. 지은 책으로는 『인물로 보는 여성독립운동사』, 『46인의 여성독립운동가 발자취를 찾아서』, 시와 역사로 읽는 『서간도에 들꽃 피다』(전10권), 『여성독립운동가 300인 인물사전』 등 여성독립운동 관련 저서 19권 외 다수.

○ 항일 부부독립운동가 104쌍 이야기

애국지사들의 이야기·7

# 항일 부부독립운동가 104쌍 이야기

이윤옥 (시인, 한일문화어울림연구소장)

1. 머리말

2. 각 지역에서 활약한 부부독립운동가

〈1〉 국내에서 활약한 부부독립운동가

1. 양양 만세운동을 이끈 조화벽 · 유우석
2. 파주 최초의 만세시위를 이끈 임명애 · 염규호
3. 어린 핏덩이 두고 독립운동에 뛰어든 박치은 · 곽치문

〈2〉 중국지역에서 활약한 부부독립운동가

1. 만주의 6형제 독립투사 이회영 · 이은숙
2 만주 서로군정서 동지 오광선 · 정현숙
3. 임시정부 의정원 동지 이규갑 · 이애라

〈3〉미주지역에서 활약한 부부독립운동가

1. 하와이서 번 돈 독립자금에 쏟아부은 이희경 · 권도인
2. 대한여자애국단 LA지부 부단장을 역임한 차인재 · 임치호
3. 재미한족연합회 동지 박영숙 · 한시대

3. 맺는말

## 【1】 머리말

"당신은 나를 만남으로 편한 것보다 고(苦)가 많았고 즐거움보다 설움이 많았을 것입니다. 속히 만날 마음도 간절하고 다시 만나서는 부부의 도를 극진히 해보겠다는 생각도 많습니다만 나의 몸은 이미 우리 국가와 민족에게 바치었으니 이 몸은 민족을 위하여 쓸 수밖에 없는 몸이라 당신에 대한 직분을 마음대로 못하옵니다."

-1921년 7월 14일 당신의 남편(안창호)-

이는 안창호 선생이 부인 이혜련 지사에게 보낸 편지의 일부다. 이들 부부는 독립운동으로 뿔뿔이 흩어져 지내느라 결혼생활 35년 가운데 함께 산 기간은 13년밖에 되지 않는다고 한다. 어디 이들 부부뿐이랴. 남편 안창호 선생이 집을 떠나 중국 등지에서 독립운동에 뛰어드는 동안 부인 이혜련 지사는 자녀 양육과 동시에 가정의 경제를 책임져야 했다. 그러한 가운데서도 1919년 3월, 미국 로스앤젤레스에서 조직된 부인친애회를 비롯하여 1944년 대한여자애국단 활동에 이르기까지 남편 못지않은 활동에 전념하였다. 그러나 한국 독립운동사에서는 이혜련 지사와 같은 여성독립운동가에 대한 언급이 거의 없다.

이러한 삶은 비단 안창호·이혜련 부부독립운동가에게만 해당하지 않는다. 숱한 부부독립운동가들이 이들 부부처럼 시련을 극복해나가면서 조국 광복의 찬란한 꽃봉오리를 피웠다. 이번 〈애국지사들의 이야기〉 제7권에서는 9쌍의 부부독립운동가의 삶을 살펴보기로 한다.

## 〈1〉 국내에서 활약한 부부독립운동가

### 1. 양양 만세운동을 이끈 조화벽·유우석

“목숨을 걸고 독립선언서를 전달한 여학생 조화벽, 행동하는 여성 독립운동가 조화벽 지사, 역사상 가장 치열하고 조직적인 만세운동의 숨은 공로자” 이는 강원도 양양 3·1만세운동의 중심지였던 양양읍 남문3리에 조성한 ‘조화벽 거리’의 벽화에 새겨진 글귀다. 남문3리 주민들은 강원도에서 가장 활발하게 만세운동이 일어났던 양양지역의 역사적 가치를 알리기 위해 조화벽

강원도 양양읍 남문리에 조성한 ‘조화벽 거리’의 벽화 〈강원일보(2021.8.13.)〉 제공

거리를 조성하였다고 〈강원일보(2021.8.13.)〉는 보도했다.

조화벽(1895.10.17. - 1975.9.3, 1990 애족장) 지사는 유관순 열사의 올케(오빠 유우석 부인)로 양양군 양양면 왕도리에서 아버지 조영순과 어머니 전미흠 사이에 무남독녀로 태어났다. 15살 되던 해인 1910년 원산으로 유학을 떠나 성경학원을 거쳐 원산 루씨여학교에서 공부했다. 조화벽 지사는 이후 개성의 호수돈여학교로 전학하여 고등과를 마치고 1919년 3월 졸업을 앞두고 있을 때 서울의 3월 1일 독립만세운동 소식을 들었다. 이에 조화벽 지사는 개성 호수돈여학교 학생들과 만세운동 계획을 세우고 독립선언서를 인쇄하여 개성 만세운동을 이끌었다. 만세운동이 빠르게 번져 나가자 개성지역의 각 학교들은 3월 5일에 휴교령이 내려졌다. 학교가 폐쇄되자 기숙사 생활을 하던 조화벽 지사는 고향인 양양으로 친구 김정숙과 함께 귀향하였고 이곳 양양에서 다시 만세운동을 이끌었다. 그 뒤 충남 공주영명학교 교사로 부임하였는데 이것이 유관순 집안과의 인연을 맺는 계기가 되었다. 영명학교로 부임하고 보니 당시 만세운동으로 유관순 부모가 현장에서 순국하고 유관순 역시 잡혀가 있었으며 유관순의 오빠인 유우석도 감옥에 있는 상황이라 천애 고아가 된 유관순의 어린 두 동생을 돌볼 사람이 없었다. 이에 조화벽 지사는 이들을 친동생처럼 돌보았고 그 인연으로 유우석이 공주지방법원에서 징역 6월형을 선고받고 출옥한 뒤 1923년, 부부의 연을 맺었다. 혼인 후 조화벽 지사는 호수돈여학교를 거쳐 원산 진성여학교 교사로 부임하여

조화벽 · 유우석 부부독립운동가

학생들에게 독립 의지를 심어주었다.

한편, 남편 유우석(1899-1968, 1990 애국장) 지사는 1919년 4월 1일의 공주 장날을 이용하여 독립 만세운동을 주도하였다. 유우석 지사는 당시 공주영명학교에 재학 중이었는데 학생대표로 만세운동 계획에 참여하여 기숙사에서 독립선언서 1천여 장을 등사하고 대형 태극기 4개를 만들어 거사에 참여하였다. 조화벽 지사와 혼인한 뒤 1927년에는 원산으로 가 원산청년회를 조직해 활동하다가 또다시 일경에 체포되어 함흥지방법원에서 징역 4년 형을 받는 등 연속적인 시련을 겪어야 했다. 이들은 1932년, 고향 양양으로 돌아와 문맹 퇴치를 위해 양양교회에서 운영하던 정명학원 교사로 활동하였으며 일제가 강제로 정명학원을 폐교하기까지(1944년) 가난한 청소년들에게 배움의 보금자리를 만들어 민족교육을 이어갔다.

광복 후 유우석 지사는 대한 노동총연맹을 결성하여 위원장을 역임했고, 전국 혁명자 총연맹 중앙집행위원, 통일 독립운동자 중앙협의회 간사, 유도회 청년회 총본부장, 순국선열 유족회장 등을 역임하다 1968년 5월 28일, 68세를 일기로 생을 마감했다. 한편 조화벽 지사는 건국사업을 위한 사회활동에 참여하였으며 임영신·박마리아 등과 함께 여성 권익옹호에 앞장서다가 1975년 9월 5일 80세를 일기로 숨을 거두었다.

## 2. 파주 최초의 만세시위를 이끈 임명애·염규호

임명애(1886.3.25.-1938.8.28. 1990 애족장) 지사는 경기도 파주군 와석면 교하리 578번지에서 태어났다. 1919년 남편 염규호 지사와 함께 구세군 활동을 이어가던 임명애 지사는 당시 33세의 나이로 파주 만세 시위에 앞장섰다. 임명애 지사는 1919년 3월 10일, 파주군 와석면 교하리에 있는 교하공립보통학교에서 학생 1백여 명을 이끌고 독립만세를 외치며 만세시위를 펼쳤다. 이 시위가 파주의 첫 만세시위였다. 3월 25일에는 자신의 집에서 남편 염규호, 그리고 16세의 학생 김수덕, 24세의 청년 김선명과 함께 '3월 28일 만세시위를 일으킬 테니 모두 둥글봉으로 모여라. 만약 이에 불응하면 방화할 것이다'라는 내용의 격문 60여 장을 인쇄하여 만세시위에 임했다. 이날 격문은 남편 염규호가 그 내용을 작성했고 김수덕이 등사판을 가져와서 인쇄했다. 이어 염규호·김선명·김창실은 격문을 당하리 일대의 주민에게 배포했다. 만세 시위에 모인

인원은 700여 명에 달했으며 임명애, 염규호 부부는 이들을 이끌고 만세시위 최일선에서 뛰었다.

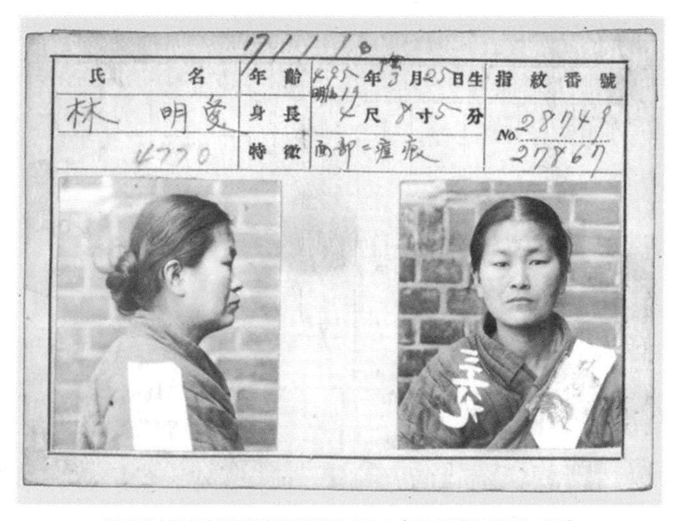

| 氏名 | 年齡 | 年3月25日生 | 指紋番號 |
|---|---|---|---|
| 林 明愛 | 身長 | 4尺8寸5分 | No. 28749 |
| 4770 | 特徵 | 面部ニ痘痕 | 27867 |

임명애 지사의 일제감시대상인물카드 (국사편찬위원회 제공)

이 일로 임명애 지사는 1919년 9월 29일 이른바 보안법, 출판법 위반 혐의로 징역 1년 6개월 형을 선고받고 옥고를 겪었다. 경기도의 만세시위는 개성을 제외하면 3월 중순에 들어가면서 점화가 시작되어 3월 22·23일 무렵부터 4월 초순까지 연일 시위가 계속되는, 폭발적인 에너지를 분출하였다. 3월 하순에 들어서자 이때까지 조용하던 파주·고양·부천·용인·이천·김포·포천·연천·광주·여주·장연 등지에서도 활발한 만세시위가 이어졌다. 3월 28일, 700여 명의 시위군중이 모이자 임명애 지사는 앞장서서 만세시위를 이끌었다.

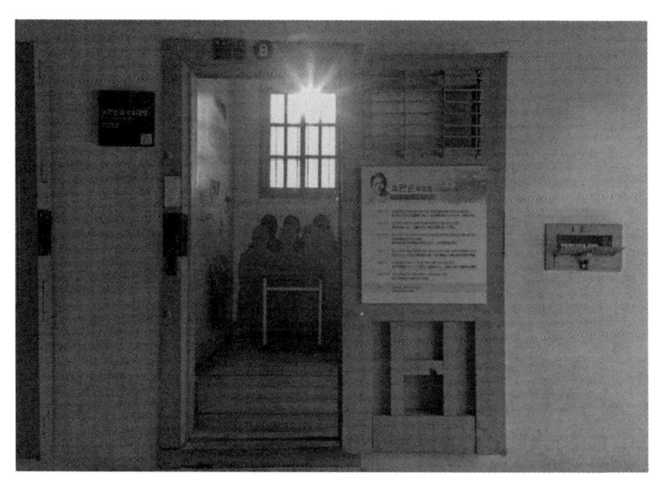

임명애 지사 등이 투옥되었던 서대문형무소 여옥사 8호감방

남편 염규호(1880.3.23.-1941.4.6.,1990 애족장) 지사 역시 파주군 와석면 교하리 출신으로 1919년 당시 임명애 지사와 함께 구세군 신자로 복음을 전파하고 있었다. 그러던 1919년 3월 25일 아내 임명애 지사와 격문 60여 장을 배포한 뒤 3월 28일 시위장소에 모인 700여 명의 시위대와 면사무소를 에워싸고 면 서기들에게 업무 중단을 요구하면서 강력한 시위를 펼쳤다. 이에 동조하는 주민들은 교하 헌병주재소로 행진했고, 놀란 헌병들이 파주 헌병분소에 병력지원을 요청했다. 이후 일제 헌병대의 발포로 최홍주(崔鴻柱)가 현장에서 피살되었고, 군중은 해산되었다. 이 일로 체포된 염규호 지사는 부인 임명애 지사와 함께 1919년 9월 29일 보안법, 출판법 위반 혐의로 징역 1년을 선고받고 옥고를 겪었다.

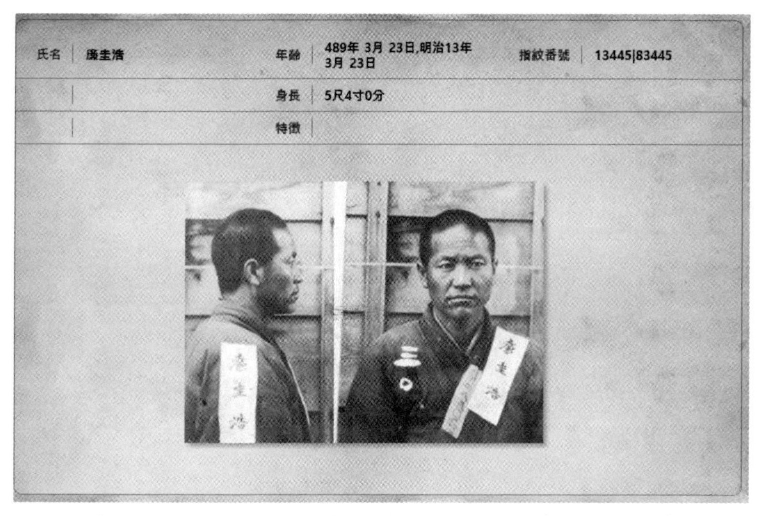


임명애 지사의 남편 염규호 지사의 일제감시대상인물카드 (국사편찬위원회)

## 3. 어린 핏덩이 두고 독립운동에 뛰어든 박치은·곽치문

박치은(1897.2.7. - 1954.12.4.:1990 애족장) 지사는 평안남도 대동 출신으로 1919년 8월 추도일·강희성 등 10여 명의 동지와 함께 대한독립부인청년단을 조직하고 부단장을 맡아 주도적으로 활동하였다. 기독교인을 중심으로 한 이 단체는 독립운동자금 모금과 독립투사들에 대한 편의 제공, 투옥 지사와 가족들의 후원 활동을 폈다. 또한, 박치은 지사는 1919년 8월 무렵, 남편 곽치문 지사와 김봉규·나진강·김국홍 등과 함께 국민향촌회를 조직하였으나 회원들이 잡히자 다시 같은 해 11월 대한독립대동청년단을 조직하였다.

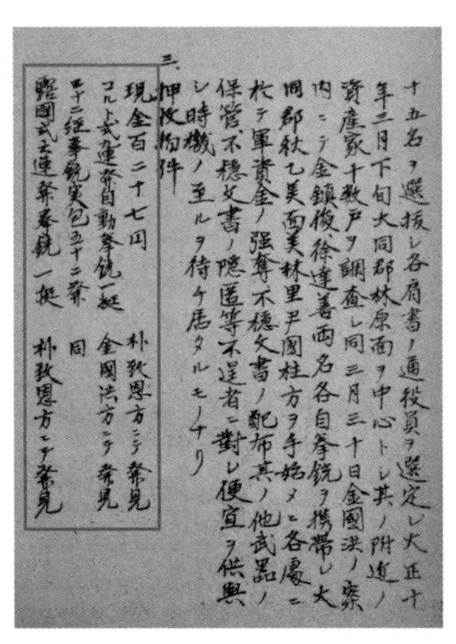

十五名ヲ選抜シ各肩書ノ通役員ヲ選定シ大正十
年三月下旬大同郡林原面ヲ中心トシ其ノ附近ノ
資産家十数戸ヲ調査シ同三月三十日金國洪ノ案
内ニテ金鎮俊、徐達善両名各自拳銃ヲ携帯シ大
同郡秋乙美面美林里尹國柱方ヲ手始メニ各處ニ
於テ軍資金ノ強奪不穏文書ノ配布其ノ他武器ノ
保管、不穏文書ノ隠匿等不逞者ニ對シ便宜ヲ供與
シ時機ノ至ルヲ待ケ居タルモノナリ

三、押收物件

現金百二十七円 朴致恩方ニテ発見
コルト式連発自動拳銃一挺 金國洪方ニテ発見
五十二径拳銃実包五十二発 同
露國式七連発拳銃一挺 朴致恩方ニテ発見

박치은 지사가 독립자금을 모금하다가 일제고등경찰에 잡혔다는 기록
(고경제24400호 '高警第24400')

이 단체는 중국 관전현(寬甸縣)에서 활동 중이던 대한독립광복군사령부와 연계하여 권총을 입수한 뒤 대동군의 자산가들을 대상으로 군자금 모금 활동을 폈는데 이곳에서 박치은 지사는 무기와 군자금의 보관을 담당하였다. 그러는 과정에서 1921년 5월 일경에 잡혀 1922년 4월 평양복심법원에서 징역 2년형을 선고받고 옥고를 치렀다. 당시 법정에는 박치은 지사의 열세 살 난 딸도 나와 어머니의 공판을 지켜보았는데 쇠고랑을 찬 어머니가 간수의 손에 이끌려 퇴정하는 모습을 보며 눈물을 흘렸고 이내 법정 안은 눈물바다를 이뤘다. 부부독립운동가로 부모 모두 옥살이를 하는 동안 일곱 살에서 열세 살에 이르는 어린 4형제 가운데 두 자매가 병사하는 불행이 닥쳤다.

『産母를 裸體訊問』

어미가정신업시 매맛는중에

자식은경찰서문압헤서죽어

義州에 學生盟休

업는죄도

무슨의견

악형을당

삼십여명

박치은 지사를 나체로 심문했다는 기사. 기사에는 박치은·곽치문 부부독립운동가의 이야기가 나온다.(동아일보,1921.12.15.)

박치은 지사는 2년의 형기를 마치고 출소하여 살아남은 두 딸과 재회했다. 한편, 남편 곽치문(1882.- 1922: 1991 애국장) 지사는 평안남도 임원 출신으로 1919년 8월 중순 만주 관전현 소재 대한독립광복군 사령관 이탁의 밀명을 띠고 광복군 국내 지부를 설치하기 위하여 파견된 김봉규의 권유를 받고 국민향촌회를 조직하고 그 의원이 되었으며, 광복군교통원, 청년단통신원과 동군 제1대원이 되어 군자금 모집, 격문 배포 등 항일활동에 주력하였다. 그리고 권총 등 무기를 구입하여 무장활동을 준비하던 중 임원면 청호리에서 김국홍·나진강 등과 함께 1921년 5월경에 일경에게 체포되었다. 같은 해 9월 15일 평양지방법원에서 재판 중 고문의 여독으로 법정에서 졸도하여 재판이 중단되었다가, 결국 징역 1년 형이 선고되었으며, 1922년 4월 6일 형이 확정되어 옥고를 치르던 중 옥사 순국하였다.

## 〈2〉 중국지역에서 활약한 부부독립운동가

### 1. 만주의 6형제 독립투사 이은숙·이회영

"그날 오후 이을규 형제분과 백정기, 정화암 씨 네 분이 오셨다. (중간 줄임) 강냉이를 사다가 죽을 멀겋게 쑤어 그것으로 연명하니 내 식구는 오히려 걱정이 안 되나 노인과 사랑에 계신 선생님들에게 너무도 미안하여 죽을 쑤는 날은 상을 가지고 나갈 수가 없어 얼굴이 화끈 달아오를 때가 여러 번이었다."

– 이은숙 지음 《서간도 시종기》 가운데서 –

이는 이은숙(1889.8.8. - 1979.12.11.: 2018 애족장) 지사가 만주에서 겪은 이야기 가운데 일부다. 이은숙 지사는 1908년, 당시 재산을 모두 팔아 서간도로 망명한 이회영 선생과 함께 독립을 향한 가시밭길을 내디뎠다. 이회영 선생을 포함한 6형제는 1910년 일가족이 척박한 땅 서간도로 망명한 이후 한국독립운동사에 남을 활동을 한 가족으로 유명하다. 이은숙 지사는 열악한 환경에서 독립운동가의 아내로서 50년 동안 겪은 고초를 다룬 《서간도 시종기》를 써서 당시 만주에서 독립운동가들이 겪은 참담한 실상을 낱낱이 알렸다. 위 글에 나오는 이을규(1990.애족장), 백정기(1963.독립장), 정화암(1983.독립장) 선생 등은 모두 독립유공자로 포상을 받은 분들로 이은숙 지사가 열악한 상황에서 어떻게 독립운동가를 뒷바라지했는가를 잘 말해주고 있다. 회고록에는 이 밖에도 이동녕, 김규식, 신채호 등 이회영 선생과 직간접적으로 관련 있는 독립운동가 200여 명이 등장하여 독립운동사의 커다란 흐름을 이해하는 데 중요한 정보를 제공해주고 있으며 그 중심에 이은숙 지사가 있었다.

아내, 엄마가 아닌 당당한 독립운동가 이은숙 전시회를 알리는 포스터
이회영기념관특별전 '나는 이은숙이다'(2022.11.17-2023.10.31)

남편 이회영 선생이 1932년 뤼순 감옥에서 순국한 뒤 이은숙 지사는 1979년 작고할 때까지 50년 가까이 혼자 살며 아들

이규창을 독립운동가로 키워냈고 《서간도 시종기》를 써서 남편 형제 일가의 항일투쟁을 기록하고 자신이 헤쳐온 노정을 뚜렷하게 밝혔다.

남편 이회영(1867.3.17.-1932.11.17.:1962 독립장) 지사는 일제의 국권침탈에 저항하여 이석영, 이시영 등 6형제가 독립운동에 투신했다. 이회영 지사는 1910년 봄, 일가권속과 함께 중국 추가장(鄒家莊)에 정착하여 1912년, 동포들을 위한 자치기구인 경학사(耕學社)를 조직하고 신흥강습소(新興講習所)를 설립하여 독립군 양성에 박차를 가했다. 그러나 1913년 동지들의 암살을 목적으로 일경이 파견되었다는 정보를 접하고, 다시 국내로 들어와 독립군 기지 건설을 위한 군자금을 모집하는 한편, 광무황제를 나라 밖으로 망명시키고자 하였다. 1919년 3·1만세운동이 일어나자 상해 임시정부 수립에 참여하였으며, 임시의정원으로 선출되어 활동하였다. 1931년, 정해리·김광주·원심창·박기성·이용준·유산방 등이 중심이 되어 조직한 남화한인청년연맹(南華韓人靑年聯盟)과 관련을 맺고 독립운동을 전개하였으며 같은 해 9월 만주사변이 일어나자 중국에 흩어져 있던 동지들이 상해에 모여 이회영 지사를 의장에 추대하여 의열투쟁을 계속하기로 결의하였다. 그러나 1932년, 만주에 연락근거지를 마련하고 주만일군사령관 암살 등을 목적으로 대련행 기선을 타고 만주로 향하던 중 일경에 체포되어 옥중에서 순국하였다.

이회영, 이은숙 부부독립운동가

## 2. 만주 서로군정서 동지 오광선·정현숙

"제가 스무 살이 되던 해 봄, 만주로 떠난 남편으로부터 소식이 왔어요. 압록강 대안(對岸)에서 2백 리 떨어진 합니하의 신흥무관학교에 와 있으니 그리로 오라는 것이었지요. 간단한 살림 도구를 챙겨 용인역에서 기차를 타고 평양을 지나 명죽리에서 내렸어요. 거기서부터 육로를 한 달 동안이나 걸어 만주로 들어갔지요."

이는 오광선(1962.독립장) 장군의 부인 정현숙(1995.애족장) 지사의 이야기로 1920년대 일이다. 오광선 장군은 열네 살에 혼인한 어린 신부를 용인 시가에 두고 독립운동을 하러 단신으로 만주로 떠났다. 그리고 여섯 해 만에서야 부부는 만주에서 재회할 수 있었다. 그러나 신혼의 단꿈도 꿀 수 없는 이역 땅 만주에서의 삶은 녹록지 않았다. 정현숙(1900.3.13. -

1992.8.3.: 1995 애족장) 지사는 경기도 용인 죽능골에서 태어나 남편 오광선 장군이 신흥무관학교에서 교관을 맡자 시아버지 오인수 의병장을 모시고 1919년 무렵 만주 유하현으로 떠났다. 정현숙 지사는 독립운동을 위해 만주로 몰려드는 독립운동가들 뒷바라지에 온 힘을 다했으며 이 일로 '만주의 어머니'라는 별명이 붙었다. 정현숙 지사는 1935년까지 만주 길림 일대에서 독립군 뒷바라지와 비밀 연락임무 등을 수행하다가 청산리 전투 이후 독립군이 크게 승리하자 일제의 간악한 보복 공격으로 유랑생활이 시작되었다. 특히 남편 오광선 장군은 임시정부의 특수임무를 맡아 활약하다 일경에 잡혀 들어가 가족들은 오래도록 그 생사를 알지 못한 채 지내야 했다. 1941년

한국혁명여성동맹창립기념사진
(가운데줄 왼쪽에서 5번째가 정현숙 지사. 1940년 6월, 중국 중경)

한국혁명여성동맹을 결성하여 맹활약하는 한편, 1944년 한국독립당 당원으로 조국의 독립을 위해 투쟁하다가 광복을 맞이하여 귀국하였다. 정현숙 지사 집안은 의병장 출신 시아버지와 서로군정서에서 활약한 남편 오광선 장군에 이어 맏딸 오희영과 사위 신송식이 광복군 출신이고, 작은 딸 오희옥(2023년 3월 현재, 생존)도 광복군에서 활약한 독립운동가 집안이다.

오광선(1896.5.13.-1967.5.: 1962 독립장) 장군은 경기도 용인 출신으로 만주로 망명하여 신흥무관학교를 졸업하고 서로군정서 제1대대 중대장으로 활약하는 한편, 신흥무관학교 교관을 지냈다. 1920년에는 국민회군의 홍범도, 서로군정서의 지청천, 청산리에서 대승한 북로군정서의 김좌진 등이 밀산(密山)에서 만주 독립군을 통일하여 대한독립군단을 조직하였는데, 오광선 장군은 중대장에 임명되었으며, 이 연합군은 노령 자유시(露領自由市)로 이전하였으나 그해 겨울에 흑하사변(黑河事變)으로 일대 수난을 겪었다. 1930년, 한족회와 생육사(生育社)를 모체로 한 한국독립당이 결성되었으며, 일제의 만주침략에 대비하여 한국독립군이 편성되자 오광선 장군은 의용군 중대장으로서 총사령장관 지청천, 부사령장관 남대관, 참모관 신숙 등과 함께 무장 항일투쟁을 계속하였다. 1940년 1월, 북경에서 일경에 체포되어 신의주 형무소에서 옥고를 치르고 재차 만주로 가서 독립운동을 계속하였다. 8·15광복 후에는 광복군 국내지대 사령관을 지냈으며, 육군대령으로 임관되었다가 육군 준장으로 예편하였다.

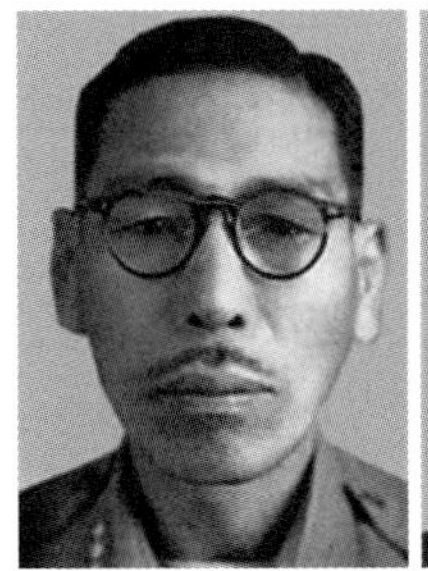

오광선, 정현숙 부부독립운동가

## 3. 임시정부 의정원 동지 이규갑·이애라

이애라(1894.1.7. - 1922.9.4.: 1962 독립장) 지사는 이화학당을 졸업하고 남편 이규갑 지사와 혼인한 뒤 남편과 함께 공주 영명학교와 평양 정의여학교에서 3년간 교편을 잡았다. 1919년 전국적인 3·1만세운동이 일어나자 남편 이규갑과 한남수, 김사국, 홍면희 등과 비밀연락을 하면서 1919년 '한성임시정부'를 수립하기 위한 국민대회 소집에 직접 관여했다. 이 당시 이애라 지사는 어린 딸을 업고 동분서주하였는데 서울 아현동에서 그만 일경에게 붙잡혔다. 아이를 일경에 빼앗겼지만 한성임시정부의 비밀누설을 하지 않기 위해 아이의 비명을 들으면서도 몸을 피해야하는 고통을 겪어야 했다. 이때 아이는 일경의 손에 죽어 애국부인회에서 장사를 지내주었다. 독립운동가 이전에 아기의 엄마로서의 고통은 그 누구도 헤아리기 어려울 것이다. 이애라 지사는 1921년 천안의 양대여학교 교사로 근무하던 중 나라 밖에서 독립운동을 하던 남편 이규갑의 행방을 추궁하던 일경의 박해가 심해지자 시숙인 이규풍(1865.11.2.- 1932.6.1.:1990 애국장)이 독립운동을 하고 있던 러시아로 탈출을 꾀했다. 그러나 함경북도 웅기군에서 일경에 잡혀 스물일곱의 나이로 이국땅에서 순국의 길을 걸었다.

이애라 지사의 일생을 그린 소설 《애일라》 표지, 김수호 지음

이규갑(1888.11.5.- 1970.3.20.: 1962 독립장) 지사는 충청남도 아산 출신으로 한성사범학교와 신학교를 졸업하고 기독

교 목사로서 종교와 육영사업에 힘쓰다가 3.1만세운동을 계기로 독립운동에 뛰어들었다. 이규갑 지사는 3월 20일, 인천 만국공원에서 열린 국민대회에 13도 대표로 참석하여 한성임시정부를 조직하고 평정관(評政官)에 선출되었다. 그 뒤 서울 독립단 본부 특파원으로 1919년 4월 10일 상해에 도착한 이규갑 지사는 대한민국임시정부 수립에 참여하고 임시의정원 충청도 대표의원에 선임되었다. 같은 해 7월에는 의정원의 청원위원(請願委員)이 되었으며, 국채통칙(國債通則) 및 공채발행조례(公債發行條例)를 통과시키는 등 의정원 활동에 전념하였다. 또한 상해한인청년단 서무부장 겸 비서부원으로 조국광복을 위해 헌신했다.

## 〈3〉미주지역에서 활약한 부부독립운동가

### 1. 하와이서 번 돈 독립자금에 쏟아부은 이희경·권도인

이희경(1894.1.8. - 1947.6.26.: 2002 건국포장) 지사는 1919년 4월 1일 하와이 호놀룰루에서 창립된 하와이 부인단체의 통일기관인 대한부인구제회회원이 되어 국권회복운동과 독립전쟁에 필요한 후원금을 모금하는 데 앞장섰다. 이른바 사진 신부로 하와이에 건너간 이희경 지사는 남편과 함께 가구사업으로 크게 성공했는데 특히 대나무 발을 떠올리며 만든 커튼

이 불티나게 팔리자 샌프란시스코에 공장을 세울 정도로 규모가 커졌다. 이희경, 권도인 지사 부부는 사업에서 나오는 돈을 독립운동자금으로 아낌없이 기부했는데 1945년 광복이 될 때까지 〈국민보〉에 기록된 금액만도 1만 달러에 이를 정도였다. 이희경 지사는 영남부인회를 15년 동안 이끌면서 한인여성사회의 발전과 독립운동 후원, 재미한인사회 구제사업 활동에 커다란 발자취를 남겼다.

이희경(왼쪽)·권도인 부부독립운동가 (대한인국민회 제공)

남편 권도인(1888.9.27.-1962.4.24.: 1998 애족장) 지사는 경상북도 안동 출신으로 1905년 2월 13일 청운의 꿈을 안고 하와이로 건너갔다. 힘든 노동 속에서도 1924년 가구 개발로 미국 특허를 받아 대성공을 거두었다. 그러는 가운데서도 대한인국민회에 가입하여 독립운동에도 소홀함이 없었다. 권도인 지사는 1937년 대한인국민회의 재무를 담당하면서 독립운동 자금모집에 앞장섰으며, 1938년에는 하와이 연합의회 대의원으로 활동하였다. 그러한 가운데 중국 지역에서 1938년 조선의용대가 결성되자, 미주에서도 이를 후원하기 위한 움직임이 일어나 1939년 4월 의용대후원회가 뉴욕에서 결성된 것을 시작으로 로스앤젤레스, 시카고 등 미주 본토와 하와이, 쿠바, 멕시코 등에 지부가 설치되자 이를 적극적으로 후원하였다. 1940년 5월, 대내외 공작의 통일을 위해 의용대후원회 연합회를 발족시켰을 때 권도인 지사는 연합회 대표로 선임되었다. 1941년 4월 하와이 호놀롤루에서 개최된 해외한족대회에 조선의용대 미주후원회 연합회의 대표로 참가하여 미주지역 독립운동단체의 연합에 힘을 쏟으며 독립운동에 매진하였다.

## 2. 대한여자애국단 LA지부 부단장을 역임한 차인재·임치호

차인재(1895.4.26. - 1971.4.7. : 2018 애족장) 지사는 이화학당을 나와 1920년 6월 수원의 삼일학교에 교사로 근무하던 중, 박선태 등이 조직한 비밀결사 구국민단에 참여하여 〈독립신문〉, 〈대한민보〉 등 독립사상에 관련한 신문을 국내에 배포하여 민족정신을 드높이는 일에 앞장섰다. 그러다가 1920년 8

월, 미국으로 건너가 임치호 지사와 혼인한 이래 로스앤젤레스 식료품 상회를 열어 새벽부터 밤늦게까지 온 힘을 다해 일했으며 경제적으로 어느 정도 기반을 잡자 이를 토대로 조국독립을 위한 활동에 적극적으로 뛰어들었다. 차인재 지사는 1933년 대한여자애국단 로스앤젤레스지부 부단장, 대한인국민회 로스앤젤레스지방회 교육위원, 재미한족연합위원회 선전과장 등을 맡아 활약하였으며 남편 임치호 지사와 함께 1922년부터 1945년까지 여러 차례 독립운동자금을 지원하였다.

임치호, 차인재 부부와 세 명의 딸들

임치호, 차인재 지사 외손녀 윤자영(71세) 씨와 대담하는 필자 (2018.8.17.)

남편 임치호(1880.-모름 :2017 애족장) 지사는 경기도 남양주 출신으로 미국으로 건너가 1906년 12월 샌프란시스코지방회 회원으로 활동하였으며 1909년 12월 와이오밍주 그린리버에 거주하며 그곳 한인들과 국민회 임시파출소를 설립하고 사무원이 되었다. 1920년 7월 캘리포니아주 윌로우스에 한인비행사양성소를 설립하고 양성소 간사로 활동하였다. 그해 8월, 이화학당을 나온 차인재 지사와 혼인한 뒤 로스앤젤레스로 옮겨 식료품 상회를 열었다. 1932년 5월 대한인국민회에서 상해사변 임시위원부를 설치하고 각지에 독립운동 자금을 모집하자, 남부 캘리포니아주 수전위원으로 선정되어 모금운동에 앞장섰다. 1941년 대한인국민회 총회 중앙집행위원 겸 교육위원으로 선정되었고, 1945년 중앙감찰위원으로 활동하였다.

## 3. 재미한족연합회 동지 박영숙·한시대

박영숙(1891.7.20. - 1965 : 2017 건국포장) 지사는 경기도 강화 출신으로 미주 독립운동사의 한 획을 그은 한시대 지사 부인이다. 박영숙 지사는 남편과 함께 사탕무 재배 등 이국땅에서 30여 년간 노력 끝에 경제적 기반을 탄탄한 반석 위에 올려놓았다. 1919년 3월 미국 다뉴바에서 신한부인회 서기를 시작으로 1921년 다뉴바 국민대표회 회원, 1922년 대한여자애국단 다뉴바 총부 재무, 대한여자애국단 총부 위원 등을 맡아 활동하였다. 1930년부터 1939년까지 대한인국민회 딜라노 지방회원, 1940년부터 1942년까지 대한여자애국단 딜라노 지부 재무, 1943년 동 지부 단장 등으로 활동하면서 1919

년부터 1945년까지 여러 차례 독립운동자금을 지원하는 등 남편 한시대 지사와 함께 조국독립을 위해 헌신했다.

한시대, 박영숙 부부독립운동가 가족.
왼쪽에서 둘째 줄 3번째부터 박영숙 지사, 시어머니 문성선, 남편 한시대 지사

남편 한시대(1889.9.18.-1981.5: 1995 독립장) 지사는 황해도 해주 출신으로 15살 되던 해 가족과 함께 하와이 노동 이민의 길을 떠났다. 하와이에서 억척스레 일하던 한시대 지사 가족은 이민 10년 만인 1913년, 미 본토로 건너가 처음에는 멘티카 지역에서 한인 60명과 사탕무를 재배했고, 다시 딜라노로 이주해서 포도농사를 짓는 등 30여 년간 노력 끝에 1950년 중반 무렵에는 약 40만 달러에 상당하는 한가기업회사(韓家企業會社)를 설립하여 재미한인사업가로 성공하였다. 한시

대 지사는 이와 같은 재력을 바탕으로 북미지역 한인민족운동 단체의 부흥을 위해 소집된 각 지방 대표자회의에 참석하여 북미(北美) 대한인국민회를 재건하고 미주 한인사회의 부흥과 항일운동, 임시정부의 재정 후원을 적극적으로 펼쳤다. 1941년 8월, 재미한족연합위원회가 결성되자 위원장으로 선임되어 대한민국임시정부의 후원과 외교 및 선전사업을 추진하는 등 조국독립을 위한 외교활동을 적극적으로 펼쳤다.

## 【3】 맺는말

〈애국지사들의 이야기〉 제7권에는 국내에서 활약한 3쌍을 비롯하여 중국지역에서 활약한 3쌍, 그리고 미주에서 활약한 3쌍 등 모두 9쌍의 부부독립운동가의 삶을 간략히 소개했다. 부부는 일심동체라는 말이 있다. 부부이기에 국난 극복의 대위업을 앞에 두고 서로가 더욱더 큰 힘을 발휘할 수 있었다고 믿는다. 국난의 시기에 부부가 함께 독립운동에 뛰어들었던 104쌍의 독립운동가들을 찾아 헤맨 지도 꽤 오랜 시간이 흘렀다. 올해 안에 필자는 104쌍의 부부독립운동가들을 소개하는 책을 낼 계획이다. 이 책이 독립운동을 함께 했던 부부독립운동가의 삶을 이해하는 데 작은 보탬이 되었으면 좋겠다.

황환영

○ 조선 왕족 중 유일하게 항일 운동에 참여한 인물!

의친왕 **이강**(李堈) 공

# 이강(李堈) 공

[1877년(고종 14) ~ 1955년]

개항기 제26대 고종의 다섯째 아들인 왕자. 1910년 일제에 나라를 빼앗긴 뒤에는 항일독립투사들과 접촉하여 1919년 대동단(大同團)의 전협(全協)·최익환(崔益煥) 등과 상해 임시정부로의 탈출을 모의하였으며, 계획을 실행에 옮기던 도중 그해 11월 만주 안동(安東)에서 일본경찰에게 발각당하여 강제로 본국에 송환되었다. 그뒤 여러 차례 일본정부로부터 도일을 강요받았으나 끝내 거부하여 항일의 기개를 굽히지 않았다. 1남 이우(李鍝)와 2남 이건(李健) 등의 자녀를 두었다.

독립되는 자유 한국의 한 백성이 될지언정, 합병한 일본 정부의 황족되기를 원치 않는다는 것을 우리 한인들에게 표시하고, 아울러 임시정부에 참가하여 독립운동에 몸바치기를 원하노라.

– '독립신문'에 의친왕의 성명

출처: 항목명 – 한국민족문화대백과사전

# 조선 왕족 중 유일하게 항일 운동에 참여한 인물! 의친왕 이강(李堈) 공

황환영 (비전펠로우십 대표)

## 이강, 그는 누구인가?

2022년 12월 11일 KBS 'TV쇼 진품명품' 1352회에서 진귀한 서예 한 점이 선보였고 이는 고종황제의 아들 이강(義親王 李堈, 1877. 3. 30 ~ 1955. 8. 16) 공(公)의 글월이었다. 조선 왕족 중 유일하게 독립운동에 참여한 독특한 캐릭터를 가진 인물로 소개되어 그의 진면목이 처음 대중에게 알려졌다. 만시지탄이다.

대한제국 의친왕 춘암 이강은 고종 후궁 귀인 장씨(貴人 張氏)의 소생으로 1877년 태어난 고종황제의 다섯째 아들로 초명은 이평길(李平吉), 뒤에 강으로 개명하였다. 모친 장씨는 명성황후의 미움을 받아 의친왕을 낳은 후 궐 밖에 쫓겨나 명성황후 사후에야 종4품 숙원을 받았고, 나중에 종1품 귀인으로 추증 받았다.

이강은 의화공(義和公)에 책봉되었다가 불과 한 달 후인

1892년 1월 '의화군(義和君)'으로 개봉되었으며, 2년뒤 김사준의 딸 김수덕(金修德)을 아내로 맞았다.

1894년 7월 내의원제조 겸 사옹원제조에 임명됐다. 1894년 청일전쟁에서 승리를 축하하기 위해 보빙대사가 되어 일본을 방문하였다. 이듬해 6개국 특파대사(特派大使)로 영국, 독일, 프랑스, 러시아, 이탈리아, 오스트리아 등을 차례로 방문하려다가 을미사변과 아관파천의 혼란 속에 1896년 중도취소하고 되돌아왔다. 그 뒤 을미년 왕세자 작위 선양 파동 사건(*대원군의 적장손 이준용을 고종 대신 추대하려고한 사건) 후에 일본 유학을 하여 일본의 게이오 기주쿠 대학교을 거쳐 1899년(광무 3년) 미국으로 건너가 오하이오 웨슬리언 대학교에 입학했으며, 1900년 8월에 친왕 작위인 의친왕(義親王)으로 승격했다. 1901년 3월에 미국 버지니아 주 세일럼의 로어노크 칼리지(Roanoke College)에서 수학했으며 이 때 로어노크 칼리지 학생으로 있던 우사 김규식 등과 인연을 맺어 같은해 6월에 매사추세츠 주 노스필드에서 열린 학생 대회에 수행원 및 김규식 등과 함께 참석하고 버팔로에서 열린 남, 북미 박람회에도 함께 참석하여 안창호 등과 교유하며 미국에 거주하는 재미 한인들의 복지를 위해 자금(금일봉)을 보태기도했다. 선진문명의 견문을 넓힌 의친왕은 '자주독립국가'의 필요성을 더욱 절감했다. 1905년 귀국 후에는 황실의 명을 받아 대한제국 육군부장과 대한적십자사 총재를 역임하며 강성한 국가를 만들기 위한 초석을 놓으려고 했다.

## 권력에서 멀어진 일심회 사건

한편 미국 유학 시기에 고국 대한제국에서는 본인도 알지 못하는 불행한 일이 터졌다. 다름아닌 의친왕을 추대하려는 황실 쿠데타. 1902년에 있었던 일심회 사건(一心會 事件)이 그것으로, 일본에 국비로 유학한 재일 유학생 일부가 고종 황제를 양위시키고 의친왕 추대를 획책한 사건이다. 당시 의친왕은 한창 미국 로어노크 칼리지(Roanoke College)에서 유학 중이었기 때문에 사건 자체는 본인의 의사와는 전혀 무관했다. 이후 전모가 밝혀져 유길준, 장인근 등 가담자들 일부는 일본으로 다시 망명하고 주동자 3인은 체포되어 처형당했다. 이 사건의 일면에는 당시 엘리트 계층이었던 신진세력들이 고종의 무능에 비해 이강의 능력과 사람됨을 일찍이 알아본 결과이다.

그러나 결국 이 사건으로 고종은 의친왕을 경계하기 시작했으며 그로부터 5년이 지나 순종이 즉위한 후 황태자를 책봉할 때에도 부정적인 영향을 끼치게 되었다. 황자 서열로는 순종의 다음 서열이었으나 순헌황귀비의 견제와 일본의 영향 등으로 황태자 자리에 오르지 못하였다. 또한1907년 부황 고종이 일제의 압력에 의해 강제로 순종에게 양위했을 때에도 그는 황태자 책봉의 기회가 박탈되었다. 이복 적형 순종이 즉위한 직후 1907년 7월 한달간 이복 형 순종황제의 대리청정을 잠시 맡았지만 여전히 황위계승 순위에서 서서히 멀어졌고 1907년 8월 7일을 기하여 태황제 고종은 후사가 없는 순종의 황태자로 영친왕 이은을 결정하였다. 이는 자신의 왕위를 계속 위협했던 이강을 견제하려는 순헌황귀비의 의도와 이강 파가 득세하면 자신의 실권이 잠식될 것을 우려한 매국노 이완용의 정략이 맞아떨어진 결과였다. 이로써 장기간 해외 망명생활 중에 끊임없이 잠재적 왕위계승자로서 대우와 주목과 견제를 받아왔던 이강은 졸지에 순종의 동생이자 황태자의 형이라는 지위로 격하되었다.

## 일제에 맞서기 시작하다

1905년 일본을 거쳐 귀국하려던 의친왕을 엄귀비를 위시한 몇몇 반대파 사람들은 귀국을 못하게 하려고 모략을 펼쳤지만 더이상 뜻을 굽히지 않고 마침내 귀국했다. 귀국후 대한제국 육군 부장이 되었고 1906년 대한적십자사 총재에 취임하였으며, 대한제국 최고의 훈장인 금척대훈장(金尺大勳章)을 수여받았다.

권력의 상층부에 있으면서도 주위의 견제를 받았던 이강은 기울어져 가는 나라의 운명을 바로잡기 위해 1907년 1월, 북한산성에 문관 3명, 군관 105명, 민간인 120명 등 총 228명을 비밀리에 소집하여 고향으로 내려가 정미의병 봉기를 독려하는 연설을 했는데 실제로 이들 중에는 의병을 일으킨 사람도 있었다고 한다.

의친왕(가운데), 큰아들 이건(왼쪽), 작은아들 이우(오른쪽) : 이혜경여사 제공

1910년 한일합방 직후 그는 친왕(親王)에서 공(公)으로 강등당하여 이강 공이 된다. 국권 피탈 이후에는 주색에 빠진 폐인 행세로 일본의 삼엄한 감시를 피하던 의친왕은 항일 독립 투사들과 비밀리에 끊임없이 접촉, 교신하며 묵묵히 독립 운동을 지원하였다. 1911년 11월에는 33인의 민족지도자들과 함께 11월 독립선언서에 서명하기도 했는데 의친왕과 손병희는 극비리에 우이동에서 만나 국권을 회복하기 위한 방도를 면밀히 모색했다. 1911년 8월 손병희가 우이동을 다시 방문하여 주변의 땅 3만평을 매입했고, 1912년 봉황각(鳳凰閣)을 세웠는데, 봉황각은 바로 3.1 운동의 발상지라고 할 수 있는 곳이다.

아무리 은밀한 회합과 지원이었다지만 의친왕의 기개와 움직임을 소상히 알고 있던 일제는 그의 행적을 낱낱이 파악하고 있었다. 의친왕의 궁가이자 처소인 사동궁(寺洞宮)에는 일제 경찰이 보초를 서면서 드나드는 모든 사람을 일일이 감시했고, 궁내 사무실에서는 일본인 이왕직 사무관이 파견나왔으며, 의친왕의 처소에는 감시를 위한 유리창이 달렸다. 그런데 이러한 삼엄한 감시를 받아 가면서도 의친왕은 3.1 운동 준비와 관련하여 손병희와 비밀리에 회합했다. 1919년 11월 24일자로 조선총독부 경무국장이 우치다 고사이 당시 외무대신에게 보낸 보고서에서 "공(公)은 즐겨 시정 잡배와 왕래했는데, 올 봄 독립운동의 주모자 손병희와는 몰래 회합 모의했고 손병희가 체포되자 공은 매우 낭패한 빛이 있었다고 한다."라고 말한 걸 봐도 알 수 있다.

또한 일제는 1915년 의친왕이 신한혁명당(新韓革命黨)이 고종 황제를 북경(北京)으로 망명시키려 한 보안법 위반 사건에도 연루되었다고 파악하고 있었으며, 1916년, 대한독립의군부 총사령관 임병찬이 타계하자, 이에 의친왕이 추모 제문을 보낸 것에 대해 문제 삼기도 했다. 이러한 사실은 임병찬 등 독립군과 연통 혹은 교류가 있었다는 증거이다.

1919년 늦가을, 의친왕은 훗날 봉오동 전투의 주역인 최진동 장군과 연통했다. 이후 독립군 단체인 군무 도독부(軍務都督部)가 조직되었다. 여기서 의친왕은 "3.1 운동을 통해, 침략한 일제를 몰아내려면 무력으로 독립투쟁을 해야 한다는 사실을 깨달았다."고 말했다. 후에 1939년, 의친왕은 최진동 장군이 아들을 얻자 족자를 보냈는데, 이 족자 사이에 항일 독립운동에 관련한 밀서를 같이 보내기도 했다.

## 실패로 끝난 상해로의 망명

1919년 11월 20일자 '독립신문'에 의친왕의 성명이 실렸다. 내용은 "독립되는 자유 한국의 한 백성이 될지언정, 합병한 일본 정부의 황족되기를 원치 않는다는 것을 우리 한인들에게 표시하고, 아울러 임시정부에 참가하여 독립운동에 몸바치기를 원하노라."고 선언했다.

3.1 운동 직후인 4월 11일, 여러 독립운동 세력들은 드디어

세를 규합해 상해에 대한민국 임시정부(大韓民國臨時政府)를 정식으로 창설한다. 이 상해 임시정부 내무총장 안창호는 아직 미약하고 주목받지 못하는 상해 임시정부에 내부적으로는 구심점, 대외적으로는 정당성을 강화하고 한국인들은 물론이고 전 세계의 관심을 증폭시킬 수 있다는 판단 아래 의친왕 망명을 구체적으로 계획한다. 만약 성공한다면, 황족의 입을 통해서 한국인이 마음으로 일본의 통치를 원한다는 일본의 선전전에 대항할 수 있을 거라 기대했다. 게다가 의친왕은 망명 정부가 수립되면 황족으로서의 특권과 예우를 버리겠다고 스스로

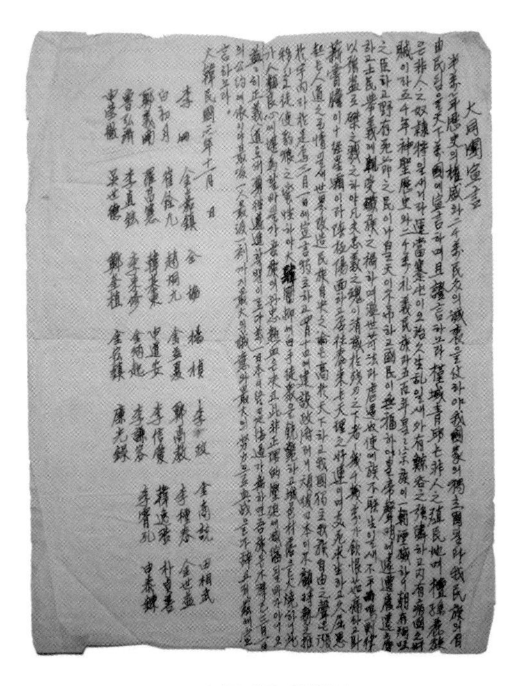
大同團宣言

大韓民國元年十一月 日

조선민족대동단선언서

선언했다.

이전부터 이강의 조선탈출과 망명을 극도로 의심하고 눈에 불을 켜던 일제는 1919년 11월 9일 대동단의 전협, 최익환, 나창헌 등의 주도로 상해임시정부로 탈출하려던 의친왕의 일행을 추적하여 11일 만주 안동(현 단동)에서 체포되어 망명계획은 수포로 돌아가고 말았다. 독립신문 기사에는 '의친왕의 친서', '의친왕 전하'라는 말과 함께 "의친왕 전하께서 상해로 오시던 길에 안동에서 적에게 잡히셨도다. 전하 일생의 불우에 동정하고 전하의 애국적 용기를 칭송하던 국민은 전하를 적의 손에서 구하지 못함을 슬퍼하고 통분하리로다."라고 쓰여 있다. 이후 일본은 그에게서 한반도 내에서의 여행의 자유를 빼앗아 사실상 강제 연금 당했다. 또 재판에 회부되었지만, 신분상 불문율에 붙혀져 사법 처벌은 받지 않았다고 한다. 조선총독부는 일본 정부에 보고하여 의친왕에게 형식적으로 부여되었던 이강 공이라는 공족의 작위를 박탈당했으며, 그의 공위는 장남 이건(李鍵公)에게 습공되었다. 그럼에도 그는 이런 상태에서도 대동단 총재 명의로 독립선언서를 공포했다. 이후, 총독부 관사에 연금된 채 일본으로부터 계속해서 도일 강요를 받았지만 그는 끝까지 거절, 저항하여 배일 정신을 지켜내었으며 일제에 의해 형식적으로 부여되었던 공족에서 강제로 물러났으며, 감시에 시달려야 했다. 의친왕은 이후 광인과 주색에 빠진 것을 가장하여 일제의 감시의 눈을 피해 살았다. 1940년 창씨개명령이 떨어졌을 때 그는 창씨개명을 거절하였다.

## 광복이후 쓸쓸한 말년

1945년 8월 15일, 광복 후에는 김구와 김규식이 상해임시정부 각료들과 방문하기도 했다. 해방 정국에서 그는 1947년 3월에서 1949년 8월까지 2년 5개월간 한국독립당 최고위원 겸 전임고문 직위를 역임한 것 이외에는 별다른 정치적 의사 표현을 삼갔고 단순한 사회원로 정도로 말년을 누렸으나 황족 재산이 국유화되고 황실을 철저히 배척하던 이승만이 정권을 잡으면서 물질적으로나 정치적으로 소외당했다. 황족으로 6.25를 몸소 겪고 1.4후퇴때 피난 등 고초를 겪다가 1955년 거처하던 사동궁에서 8월 16일, 79세로 타계하였다. 능은 부황인 고종황제의 능인 경기도 남양주군 미금읍(현 남양주시 금곡동)의 홍유릉 내에 위치한 의친왕묘(義親王墓)이다.

황족들이 일제강점기 당시 망국의 원흉으로 지탄받으면서 의친왕 이강 공에 대한 재조명의 기회가 없었고 1975년 다섯째 딸 이혜경(황실명 이공) 여사가 모친(생모 김금덕, 이강의 측실)의 위독 소식으로 귀국하여 아버지의 복권을 위해 30년간 운동을 펼쳤지만 결과는 미미하였다.

사동궁의 현재 사손인 의친왕가 종손 이준 황손을 중심으로 의친왕기념사업회가 2022년 설립되어 의친왕 기신제를 주관하고 있고, 의친왕 유물전시와 학술회 등을 진행하고 있다.

젊은시절 주색잡기에 빠져 이토 히로부미로부터 책망을 받을 정도로 방탕한 생활을 하였다지만 이는 일제의 감시를 피하기 위함이었고, 그의 행적을 통해 일제를 무너뜨리고, 나라와 백성을 살리기 위해 자신의 기득권을 모두 버리고 살신성인하려 했던 그의 마음을 다시 한번 확인하며 의친왕 이강 공을 다시한번 애국의 마음으로 추모한다.

경기도 양주 홍유릉 인근에 있는 의친왕 묘소

특집·1

# 국가와 민족을 사랑한 사람들의 이야기

김운영

## 6.25전쟁 '다부동전투 영웅' **백선엽** 장군, 60년대 후반 캐나다상주 초대 대사로도 활약

"광화문 광장에 동상 세워지는 날이…"

신경용

## 인촌(仁村) **김성수**(金性洙) 선생

# 6.25전쟁 '다부동전투 영웅' 백선엽 장군, 60년대 후반 캐나다상주 초대 대사로도 활약

"광화문 광장에 동상 세워지는 날이…"

김 운영

북한군의 기습남침으로 백척간두(百尺竿頭)에 선 조국 대한민국을 구해낸 영웅이 있다. '다부동전투'에서 값진 승리를 일구어낸 전설로 회자(膾炙)되는 참 군인 말이다. 그는 다름아닌 100세를 일기로 2021년 7월10일 별세한 예비역 육군대장 고 백선엽 장군이다. 그런 그가 캐나다상주 초대대사로 봉직하면서 동포들의 권익은 물론 토론토지구 한인회의 창립에 주춧돌을 놓은 인물이기에 캐나다 교민사회의 일원인 필자로서는 그에 대한 존경심이 몇갑절로 쌓인다.

그런데 심히 안타까운 마음이 있다. 이것이 가슴을 천근만근으로 누른다. 자유세계가 숭앙하는 수퍼스타급 영웅이자 대한민국의 번영을 이끌어 온 한미동맹을 반석 위에 올려놓은 분이 아닌가. 그런 그를 평가절하하다니. 시대착오적 처사가 아니고 무엇인가. 영결식과 안장식 그리고 1주기 행사가 이를 단적으로 보여준다.

국군 최초로 대장에 오른 백선엽 장군

서거 5일 후에 엄수된 영결식은 고작 육군장에 불과했다. 서욱 육군참모총장의 추도사가 냉혹한 현실을 대변한다. "국가장으로 동작동 서울현충원에 모시지 못한 현실이 아쉽다"고 언급한 대목이 바로 그것이다. 전투복 수의(壽衣) 차림을 한 고인의 영정사진 양쪽에 나란히 놓인 대한민국정부의 태극무공훈장과 미국정부의 은성(Silver Star)무공훈장 그리고 대전 국립현충원에서 열린 안장식에서 관 위에 뿌려진 다부동 등 고인이 겪은 8개 격전지의 흙들이 통곡하지 않았을까.

문재인 대통령과 더불어민주당의 지도부는 누구도 영결식에 모습을 드러내지 않았다. 안장식 때 어느 친여단체는 국립묘지 안장 반대시위를 펴기도 했다. 어디 그 뿐인가. 보훈처는 일부 단체의 항의를 받들어 고인의 묘지 이정표를 철거하기에 이르렀다. 정부당국의 이같은 처사에도 불구하고 일반 국민들의 시각은 전혀 달랐다. 애국 청년단체가 서울 광화문광장에 마련한 분향소를 찾은 추모객이 넘쳐났다. 무려 1만명이 넘었다.

일제강점 말기 만주국에서 초급장교로 잠시 복무한 이력을 부각해 일부에서 그를 친일파로 폄훼(貶毁) 매도해 온 측면과는 다르게 미국측의 예우는 대단했다. 로버트 에이브람스 주한미군사령관과 해리 해리스 주한미국대사는 고인의 업적을 높이 평가하면서 깊은 애도를 표했다. 에이브람스 사령관은 고인을 결코 깨질 수 없는 철통같은 한미동맹의 창시자중 한 분이라고 했다. 해리스 대사도 마찬가지였다. 빈소를 찾아 애도를 표한 후 '고인은 현재의 한미동맹의 틀을 구축하는데 기여했다'고 방명록에 적었다.

1주기 추모행사는 어떠했는가. 정부에서는 물론 군차원에서 마저도 추모행사를 마련하지않았다. 이 사실이 알려지자 애국 시민들이 나서 1주기 행사를 주선하기에 이르렀다. 성금이 모아졌고 사단법인 국가원로회의 등이 주축이 된 추모위원회가 구성됐다. 이렇게 해서 6월25일 경북 칠곡군 격전지에 세워진 다부동전투기념관에서 추모행사가 치러졌다.

추모위원장인 송영근 전 국군기무사령관은 추모사를 통해 "자유민주주의가 흔들리고 한미동맹이 약화되고 국군이 무너지는 것을 보시면 많이 불편하실 것"이라며 애도했다. 추모위 경북지부장은 "백 장군을 원수로 추대하는 운동을 벌릴 예정"이라고 했다. (이명박정부 때 원수 추대 안이 재기됐으나 일부 세력에 의한 친일 프레임이 씌어진 탓에 묵살됐다.) 이 날 한 참석자는 만세삼창을 한 뒤 "광화문 광장에 백장군 동영상이 서는 날을 고대한다"며 목청을 높이기도 했다.

뒤 이어 7월9일 또 하나의 1주기 추모행사가 한미동맹재단과 주한미군 전우회의 공동 주관으로 거행됐다. 추모 헌화 행사에 이어 제10회 한미동맹 포럼이 열렸다. 헌화행사는 다부동 구국용사 충혼비에서, 한미동맹 포럼은 미국 거주 백 장군의 장녀 백남희 여사를 초청, 칠곡 호국평화 기념관에서 각각 거행됐다.

1주기 추모행사에 즈음하여 전직 주한미군 사령관(한미연합사령관) 8명이 가슴을 뭉클하게 하는 추모 메시지를 보내왔다. 이는 백장군이 우방인 미국에게 얼마나 귀중한 존재인가를 여실히 보여준다. 빈센트 부룩스 전 사령관은 추모사를 통해 "다부동전투에서 그의 용맹한 저항과 적과 기꺼이 맞서는 투지는 미8군 전원에게 결의를 불어넣었고 결국 이를 통해 전세를 바꿀 수 있었다"고 밝혔다. 98년부터 2001년까지 한미연합 사령관을 지낸 토마스 슈워즈 예비역 대장은 "제가 군에서 복무했던 35년동안 만난 위대한 지도자중 한 분"이라며 "나라를 구했고 우리를 하나로 만들었다"고 추모했다.

백 장군은 미국 측으로부터 에이브람 링컨 장군에 버금가는 영웅대접을 받는 인물이다. 미보병학교 박물관에는 그의 전투경험담 육성녹음이 소장되어 있다. 영문판 회고록은 미국의 여러 군사학교에서 수업교재로 사용하기도 한다. 주한미군은 2013년 백 장군을 명예 미8군 사령관으로 위촉해 각종 공식행사때 미8군사령관과 같은 예우를 해왔고 역대 주한미군 사령관들은 취임사에서 그의 영웅담을 빼놓지않고 언급해 오고 있다.

그는 어떻게 살아왔는가. 어린시절부터 차례로 조명해 본다. 일제 강점기인 1920년 평남 강서군에서 빈농의 아들로 태어났다. 다섯 살 많은 누나와 3살 어린 남동생 인엽과 함께 유년을 보냈다. 7세에 부친이 작고하자 모친은 삼 남매를 데리고 평양으로 옮겨 힘든 생계를 꾸렸다. 머리가 명석해 평양사범학교에 진학해 교사가 됐다. 그러나 군인의 꿈을 버리지 못해 만주국으로 가서 봉천 군관학교에 입교, 41년 말 졸업했다. 소위로 임관됐으나 43년 2월에 간도특설대에 부임했다. 약 2년반 정도 근무하다 중위 때 광복을 맞아 평양에 돌아왔다.

평양에 머물 때 독립운동가이자 교육자(평양 오산학교 교장 역임)인 고당 조만식을 찾아갔다. 조만식과는 평남 강서군 동향이다. 이 때 고당은 그를 비서로 채용했으나 소련군이 이북지역에 진주하기 시작하자 그 해 12월 24일 월남을 결심했다.

서울에 도착한 그는 군사영어학교 1기생으로 입학했다. 군사영어학교는 광복군, 일본군, 만주군 등에서 장교생활을 하던 한국인 군 경력자를 대상으로 한 미군정청의 영어 교육기관이었다. 46년 졸업과 동시에 임관한 그는 제3여단 제5연대 1중대장, 제5연대 1대대장을 거치는 동안 중령으로 진급되고 제5연대 연대장을 지나 제3여단 참모장으로 승진했다. 한때 부산에 내려가 항구에 도착한 미군정청의 군수물자를 관리하고 감독하는 임무를 맡게 되면서 미군정청의 신뢰를 얻게 됐다. 48년 4월 통위부(오늘날의 국방부) 정보국장과 국방경비대 총사령부 정보처장을 거치게 됐다.

대한민국 정부가 수립되면서 국군으로 재편된 후 육군본부 정보국장을 맡게 됐다.

48년 5월10일 총선거를 통해 제헌국회를 구성했다. 국회는 헌법을 제정하여 7월17일에 공표하고 초대 대통령으로 이승만을 선출했다. 이승만은 행정부를 구성하고 8월15일 대한민국 정부의 수립을 국내외에 선포했다. 대한민국은 우리국토에 우리민족의 손으로 세운 최초의 민주공화국이다. 대한민국 국군은 정부수립과 동시에 미군정 하의 조선경비대와 조선해안경비대를 모체로 8월15일 창설됐다.

그는 육군본부 정보국장으로 재직하는 동안 군 내부의 남로당 계열 좌익 군인을 색출하는 숙군(肅軍)사업에 주력했다. 여순사건의 여파로 생긴 숙군사업 과정에서 박정희 소령이 체포됐다. 형 집행이 임박한 즈음에 백 정보국장은 박 소령을 면담했다. 이때 박 소령이 만주국 군관학교와 일본 육군사관학교를 졸업한 군 이력과 재능을 아깝게 생각하여 그에게 전향을 권고했다. 이에 박 소령은 전향의사와 함께 선처를 호소하면서 군부내 남로당 조직을 폭로했다.

백 국장은 정보국의 미군 고문관을 설득한 후 참모총장의 재가를 얻어 형 집행정지를 얻어 불명예 재대시키는 선에서 문제를 해결하고 정보국에서 문관자격(현 군무원)으로 근무하게 배려해 주었다. 이렇게 해서 목숨을 부지하게 된 박정희는 6.25 전쟁이 나자 당시 정보국장이던 장도영의 건의로 포병 소령으로 복직하게 됐다.

육본 정보국장을 거친 백선엽은 29세 때인 49년 대령으로 진급하여 제5보병사단장에 부임했다. 이어 전쟁 직전인 50년 4월 개성과 문산 등 경의선 축을 지키는 제1보병사단의 사단장이 됐다. 그는 시흥에 있던 보병학교에서 재훈련을 받다 전쟁 발발 소식을 접하고 급거 전선으로 달려갔다. 그러나 전차를 앞세우고 파죽지세로 밀려오는 북한군 앞에서 속수무책으로 밀릴 수밖에 없었다. 더욱이 우측의 7사단이 북한군 전차여단에 의해 괴멸되면서 서울이 점령됨에 따라 한강 이남으로 철수해야 했다. 후퇴하는 도중인 7월 준장으로 진급했다. 대전에 있던 임시수도는 대구로, 다시 부산으로 이전됐다. 파죽지세로 내려온 북한군이 호남지방마저 휩쓸자 백선엽의 제1사단은 마지막 남은 낙동강 방어선(마산-왜관-영덕)에서 배수진을 치면서 필사적으로 막아내야만 했다. 북한군은 낙동강 방어선을 뚫기위해 4개사단을 집결시키면서 1사단을 무차별 공격했다.

8월 1일 경북 칠곡군 가산면 다부동까지 밀린 1사단은 미군 단에 배속되어 다부동 계곡에서 처절한 전투를 벌였다. 이 때 그의 참군인다운 면모가 유감없이 발휘됐다. 거의 지친 부대원들의 이탈이 발생하기 시작하자 백 장군은 퇴각을 시도하는 부하들을 막아서면서 "내가 앞장설 테니 나를 따르라. 만약 내가 물러나면 나를 쏴라. 대신 너희들이 물러나면 내가 너희들을 쏠테다"며 다그쳤다. 이에 부하들이 뒤따르면서 북한군 점령 고지로 돌진해 패퇴(敗退) 직전의 전세를 뒤집는데 성공했다. 이렇게 해서 기사회생의 교두보를 마련하고 반격의 기회를 잡는데 혁혁한 공을 세웠다.

유학산과 팔공산 사이의 큰 골짜기에 위치한 다부동은 낙동강 방어선에서 전략적으로 가장 중요한 곳. 대구로 향하는 길목인 대한민국의 생명줄이었다. 대구에서 불과 20km 떨어진 다부동 전선이 무너지면 부산까지 밀려 남한 전역이 적화될 가능성이 컸다. 특히 대구에는 육군본부와 미8군 사령부가 주둔하고 있었기 때문에 더욱 그러했다. 9월24일까지 하루도 쉬지 않고 이어진 다부동 전투는 얼마나 치열했는가. 양측에 엄청난 인명피해를 가져온 것으로 알 수 있다. 국군과 미군의 전사자만도 3,500여 명에 이르렀다.

턱없이 부족한 병력에도 불구하고 다부동 전선을 미군과 어깨를 나란히 하면서 철통방어한 결과 유엔군의 인천상륙 작전이 순조롭게 진행되는데 지대한 도움을 주었다. 9월15일 월미도를 시작으로 한 인천상륙작전의 성공으로 대대적인 반격이 전개됐다. 1사단은 유엔군과 함께 진격을 거듭해 9월28일 서울을 수복했다. 그후 평양을 탈환하는 선봉부대가 되고 압록강 부근까지 진격하는 전과를 올렸다.

이렇게 해서 6.25전쟁이 북한의 패망으로 종식되기 일보직전이었다. 그런데 이 어찌된 운명의 장난인가. 중공군이 개입하기 시작했다. 무지막지한 인해전술을 앞세운 중공군의 출현으로 전세가 뒤집혔다. 해산진까지 진격한 국군은 10월 하순 중공군과 마주친 이래 속수무책으로 후퇴를 이어가야만 했다. 마침내 정부는 12월24일 서울시민들에 대한 소개령을 발표한 후 급거 부산으로 다시 내려가고 미8군사령부도 대구로 후퇴하게 됐다. 중공군의 제3차 공세에 밀려 38선 이남으로 밀리게 되면서 1월4일 서울은 다시 공산군에 함락되기 시작했다. 이것이 이런 바 치욕적인 '1.4후퇴'이다. 6.25개전 직후인 28일 새벽 한강인도교와 한강철교가 끊겨 미처 피난을 가지 못해 적치하의 악몽을 경험한 바가 있는 서울시민들은 너나없이 피난짐을 싸들고 남으로 남으로 걸음을 재촉했다.

함경도 일원 동부전선의 전황은 어떠했는가. 퇴각한 국군과 유엔군 그리고 피난민들은 흥남부두로 밀려들었다. 흥남항은 미군과 한국군 10만5천명 외에 엄청난 수의 피난민이 몰려들었다. 이렇게 해서 흥남부두 철수 작전이 시작됐다. 미국 군함과 비행기가 중공군에 포격을 가하는 동안 군함과 상선 약 200척이 철수작전에 동원됐다. 마지막 배인 상선 빅토리아호가 부산에 군수물자를 내려놓고 12월22일 흥남부두에 도착했다. 미

육군 10군단 민사부 고문으로 통역을 맡은 현봉학 의사와 한국군 1군단장인 김백일 장군(소장)이 선장에게 애원했다. 무기 대신 피난민들을 태워달라고. 미군이 피난민을 외면한다면 한국군 1군단도 수송선에 타지않고 피난민을 엄호하며 육로로 퇴각하겠다고 엄포를 놓았다. 이러한 간청을 선장이 받아들여 무기를 모두 배에서 내리고 대신 피난민을 실었다. 피난민들의 짐을 모두 버리게 하고 무려 1만4천명을 태웠다. 이렇게 해서 빅토리아호는 28시간 운항해 부산항에 도착했다. 그러나 부산이 이미 피난민으로 가득하다는 이유로 하선을 거부해 포로수용소가 있는 거제도로 기선을 돌렸다. 이렇게 해서 피난민들이 천신만고 끝에 크리스마스 날인 25일에 거제도에 도착하기에 이르렀다. 항해 도중 5명의 새 생명이 태어났다. 이러한 공적 때문에 김백일 장군의 동상이 거제도 포로수용소 유적공원에 세워져 있다. 그는 51년 3월 강원도 대관령 인근 상공에서 비행기 추락사고로 사망했다. 사후 육군 중장으로 추서되고 무공훈장 태극장을 받았다.

1.4후퇴 때의 서울시민의 피난은 어떠했는가. 그야말로 생지옥 바로 그것이었다. 전쟁 직후 피난 때와는 달리 살을 파고 드는 듯한 추위때문에 더욱 그러했다. 한강인도교 아래 떠있는 다리 부교(浮橋)는 피난민 행렬로 인산인해를 이루었다. 얼어붙은 한강을 건너 간 피난민들은 남으로 남으로 향했다. (1.4후퇴 피난 때 필자가 겪은 기억의 편린(片鱗)들을 모아 본다. 한

남동에 살던 나는 부모와 함께 부교를 통해 서울을 벗어날 수 있었다. 철로를 따라 남하하다 화물열차를 만나 가까스로 지붕에 기어 올라가 자리를 잡을 수 있었다. 머리위로 이불을 덮고 그 속에 들어가 추위를 견디어 낼 수 있었다. 그러나 기차 굴이라고 불리던 터널이 문제였다. 긴 터널에 들어가면 기차 화통에서 뿜어대는 석탄연기가 피난민들을 질식 직전으로 몰아넣었다.) 피난 행렬과 함께 국군도 수원과 오산까지 밀렸다. 그러나 장호원-제천-영월-삼척 방어선에서 반격을 개시, 1.4후퇴 2개월 후인 3월4일 마침내 서울을 되찾게 됐다.

백 장군은 다부동 전투로 대한민국을 벼랑끝 위기에서 구한 것을 필두로 평양 최초 점령, 중공군 참전 직후 성공적인 후퇴, 1.4후퇴로 빼앗긴 서울 재탈환, 중공군 1951년 춘계공세 방어, 동부전선 북상 등 숱한 작전을 진두지휘했다. 51년 4월에는 소장으로 제1군단장에, 51년 11월에는 야전군 사령부 사령관으로 각각 활약했다.

52년 1월에 중장으로 진급한 백장군은 지리산 일대에서 활약하던 빨치산 토벌을 위한 백(白)야전군 사령부를 창설했다. 52년 4월 한국군 최초의 근대화된 제2군단의 태동은 백야전군을 모태로 한 것이다. 52년 7월 최연소(32세) 육군참모총장(제7대)에 오른 그는 미군의 밴프리트 장군과 함께 한국군 증강계획을 세워 추진했다. 53년 1월 한국군 최초로 대장에 오른 그는 병력 40만 명의 제1야전군 창설에도 기여했다.

전쟁이 막바지로 접어든 53년 5월 백장군은 급하게 미국으

51년 1.4후퇴 당시 한강인도교 아래 부교를 건너는 피난민 행렬.
한강인도교와 철교는 6.25전쟁 직후 폭파로 끊어졌다.

1.4후퇴 당시 기차 화물칸 지붕에 올라앉아 남으로 내려가는 피난민들

로 건너갔다. 미육군 참모총장의 초청이다. 물론 급하게 잡힌 일정이었다. 그러나 방문기간이 한달이 훌쩍 넘었다. 이승만 대통령이 정전협정 조인을 반대하면서 북진통일을 주장했기 때문이었다. 미국은 이를 못마땅하게 생각해 백장군을 미국으로 불러들인 것이다. 미국에 체류하는 중에 드와이트 아이젠하워 대통령을 만나기도 했다. 이렇게 해서 정전협정이 백 장군이 귀국한 직후인 7월27일 22시를 기해 판문점에서 조인됐다. 백장군은 정전회담에서 한국군을 대표해 참가하기도 했다.

군서열 1위인 합참의장을 마지막으로 이듬해인 60년 5월 예편된 그는 곧바로 외교관으로 발탁됐다. 중화민국(대만)대사를 필두로 주프랑스 대사(유럽5개국과 아프리카 7개국 대사 겸임)를 역임했던 그는 65년 8월 주캐나다 특명전권대사로 부임했다. 수도 오타와에 상주대사관이 뒤따라왔다. 한국과 캐나다 간의 외교관계가 63년 1월14일 수립된 지 2년7개월이 되는 때였다. 초대대사로 이수영 씨가 63년 1월에, 다음으로 김용식 씨가 2대 대사로 64년 7월에 각각 부임했지만 이들은 주유엔 대사를 겸하면서 뉴욕에 상주하고 있었다.

백 대사는 65년 10월 부임 인사차 함병춘 참사관 및 박종상 서기관과 함께 토론토를 방문했다. 이들을 맞아 윤여화 씨 등이 주축이 된 환영 리셉션이 열렸다. 백 대사는 인사말을 하는 가운데 교민회의 창설을 적극적으로 권유했다. 참석자들이 이를 찬성하면서 윤 씨를 초대 회장으로 추대하자고 이구동성으로 말했다. 그러나 윤 씨가 사양했다. 그래서 없던 일로 끝이 나고 백 대사는 오타와로 돌아갔다.

그러던 중 12월18일 스카보로 지역의 킹스턴과 맥카완 부근 연합교회에서 연말파티가 열렸다. 90여 명이 모였다. 이를 계기로 교민회 창립총회를 열자는 분위기가 자연히 무르익었다. 그렇게 해서 회장선거가 뒤따랐다. 참석자들은 윤 씨와 김창우 씨(교회장로)를 추천했다. 즉흥적으로 조직된 선관위는 두 후보를 잠시 회의장 밖으로 나가게 한 뒤 거수로 표결을 붙였다. 아슬아슬한 단 1표 차이로 윤씨가 당선됐다.

윤 회장은 당선 후 부회장 겸 총무인 김경원 박사 등과 함께

10조로 구성된 회칙 초안을 만들어 교민들에게 우송, 의견을 수렴하는 형식적인 절차를 밟은 후 원안 그래로 확정시켰다. 회칙 초안은 워싱턴 한인회의 회칙을 모방한 것으로 백 대사가 함 참사관에게 부탁해 가져온 것이었다. 이렇듯 백 대사는 토론토의 한인회가 태동하게끔 멍석을 깔아놓은 장본인 것이다.

경성약전을 졸업 후 56년 7월 토론토로 유학온 윤 회장은 59년 토론토대학 약대를 졸업한 후 영주권을 취득했다. 부회장겸 총무인 김경원 박사는 서울법대 출신으로 63년 하버드대에서 정치학 박사 학위를 받고 그 해부터 토론토의 욕대학에서 정치학 조교수로 재직한 학자였다. 그 뒤 뉴욕대 교수를 거쳐 1971년 귀국, 고려대학교 교수로 재직하다 75년 박정희 대통령 국제정치담당 특별보좌관으로 발탁됐다. 전두환 정권때 대통령 비서실장을 거쳐 주유엔대사와 주미대사로 한미동맹을 다지는데 그게 공헌했다.

당시 교민수는 약 250명으로 추산됨을 감안할 때 창립총회에 90여 명이 모인 것은 많은 숫자였다. 백 대사가 윤 회장에게 보낸 서신의 내용중에 '등록된 교민 세대수만 하더라도 250에 가까우므로'라는 문장이 근거이다. 대사관이 효율적인 영사업무를 위해 교포등록을 실시한 결과 밝혀진 숫자이다.

67년 6월 적십자 총재인 최두선 박사가 대통령 특사로 캐나다를 방문했고, 그를 맞이하기 위해 환영객을 토론토공항으로 보내야 했다. 그래서 토론토교민회는 교민들에게 온타리오 주청사 광장에 모이라고 공고한 결과 90여 명이 왔다. 그러나 차

량이 10대 정도에 불과했다. 하는 수 없이 전세버스를 대절해야 했다. 하지만 신설 교민회로서는 전세버스 비용을 낼 자금이 없게 되자 대사관 측에서 100달러를 내놓았다. 당시 재외국민보조금은 교민회 주최 연말 행사비 명목의 50달러가 전부인 시절이었으니 거금인 셈이다.

67년 캐나다정부가 유색인종에게도 이민문호를 개방하자 교민수가 늘어났다. 백 대사가 다음해 9월 교민방문차 토론토에 왔을 때 환영행사가 열린 스파다이나의 낙스교회에는 600여명의 교민이 모였다. 이렇듯 교민들이 늘어나자 행사도 많아지면서 백 대사가 토론토로 출장 오는 횟수도 잦아졌다. 당시에는 토론토총영사관이 없다보니 자연히 대사가 총영사 역할까지 겸해야 했다. 토론토총영사관이 설립된 해는 백 대사가 캐나다를 떠난 지 5년째 되던 1975년도이다.

백 대사는 오타와 재임중 만난 많은 캐나다인들 중 특히 기억에 각인된 인물이 있을 것이다. 프랭코 윌리엄 스코필드 박사이다. '34번째 푸른눈의 민족대표'로 불리우며 한국인을 무던히도 사랑하던 그를 그의 고국에서 만난 것이 영광스러운 추억으로 남아있다고 밝혔다. 캐나다의 선교사이자 수의학 학자인 스코필드는 일제강점기의 조선과 독립후의 대한민국에서 거주하면서 조선의 독립 및 인권 상항을 서방 세계에 알리는 혁혁한 공을 세운 인물이다. 68년도에 고국 캐나다에 와서 휴식을 취하고 있을 때 대한민국정부는 그에게 건국공로훈장을 수여했다. 백 대사는 스코필드가 머물던 온타리오의 임시거처를 찾아가 전달했다. 한국에 돌아온 스코필드는 2년 후 영면했다. 장례는 광복회 주최 사회장으로 진행되어 동작동 서울현충원에 안장됐다. 석호필(石虎弼)이라는 자신이 만든 한국식 이름을 가진 그의 묘비에는 "내가 죽거든 한국 땅에 묻어주세요"라는 유언이 새겨져 있다. (필자는 한국방문기 연재를 하면서 현충원에 들려 스코필드 묘지를 찾아 참배하고 현충원에 묻힌 유일한 외국인이라는 기사를 쓴 적이 있음.)

백 장군의 가슴속에는 캐나다에 남다른 감사함이 있었다. 이를 가슴속에 품고있던 그는 보답으로 캐나다군 한국전 전사자 516명에 대한 추모비를 2001년 부산유엔묘지에 설립하게끔 추진했다. 한국전 50주년 기념사업회 위원장이였기에 이 일이 가능했던 것이다. 캐나다정부는 백 장군에게 보답으로 무공훈장을 수여했다. 한국전 참전 캐나다병사는 총 2만 6,791명으로 미국과 영국 다음으로 많은 숫자였다. 전사자중 378명의 유해가 부산 유엔기념 묘지에 안장되어 있다.

캐나다군이 가장 치열하게 전투를 벌인 곳은 경기도 가평전투였다. 전쟁이 한창이던 51년 4월24일 700여 명의 캐나다군이 가평의 전략 요충지인 677고지를 사수하기 위해 5천여 중공군의 인해전술에 맞서 14시간동안 치열한 전투를 벌였다. 이를 기념하기 위해 가평 북면 내천에 캐나다 한국전참전 기념공원과 기념비가 세워져 있다. 처음의 기념비는 1975년 11월 7일 유엔한국참전국협회와 가평군민들이 주관하여 건립됐다. 그 후 83년 12월30일 가평군, 캐나다정부, 유엔한국참전국협회 공동주관으로 새로운 기념비를 세우고 주변을 공원으로 조성했다.(필자는 존 스타일스 대사 재임기간 중인 1974년부터 2년간 대사관 행정 보좌관으로 근무할 당시 캐나다군 참전비를 두차례 방문한 바 있다. 그후 캐나다 이민후 고국방문 길에 다시 그곳을 찾아갔을 때 새로운 기념비와 공원이 조성되어 있는 것을 보고 가슴이 뿌듯했다.)

캐나다 주재 대사를 마지막으로 외교관 생활을 마친 그는 국토교통부장관으로 발탁되어 서울지하철 1호선 공사를 성공적으로 마무리지었다. 군인, 외교관에 이어 행정가로서도 수완을 발휘한 그는 그 후 충주비료, 호남비료, 한국종합화학 등의 사장을 역임하면서 한국의 중화학공업의 토대를 닦는 데에도 기여했다. 그의 동생인 백인엽 예비역 육군 중장과 함께 선인(善因)재단을 만들어 육영사업을 하기도 했고 말년에는 강연 등으로 여생을 보내기도했다.

---

**[ 참고자료 ]**


- 토론토한국일보 기획시리즈 '동포 이민역사를 돌아본다'
- 토론토한인회 편찬  캐나다한인사
- 조선, 동아일보 등 전통적인 유력 일간지
- 위키 백과

# 인촌(仁村) 김성수(金性洙) 선생

신 경용

## 글을 시작하며

인촌 선생에 대한 글을 쓸 생각을 하면서 가장 먼저 머리에 떠 오른 걱정은, 좌와 우로 판이하게 갈라져 있는 우리나라의 민심이었다. 인촌 선생은 어느 누구보다도 우리 조국 대한민국을 위해서 엄청난 일을 하고서도 좌익정권 아래서 친일 매국노로 평가되고 1962년 박정희 대통령 때 수여된 건국공로훈장 대통령 장을 2018년 문재인이 대통령에 당선되자마자 바로 박탈해 버렸다.

여기서 한번 생각해 볼 수 있는 문제는 좌익들은 왜 돈 많은 사람을 미워하는가 하는 점이다. 명색이 가난한 민중, 노동자 농민을 위해서 혁명의 기치를 높이 들었던 좌익의 대표자들은 혁명이 성공한 뒤에는 하나의 예외도 없이 권력을 독점하고 종신제를 만들었으며 돈이 많은 아라비아의 왕자가 깜짝 놀랄 정도로 사치하고 호화로운 생활을 즐겼다는 사실을 어떻게 보아야 한단 말인가.

소련의 스탈린, 중공의 모택동, 유고슬로비아의 티토, 리비아의 가다피, 쿠바의 카스트로는 말 할 것도 없고, 우리의 저 북한의 친애하는 수령 김일성에 이르러서는 입을 다물 수가 없을 정도다. 좌익들, 사회주의 혁명을 꿈꾸는 무리들에게 변함없는 사랑을 한 몸에 받는 혁명의 스타, 체 게바라의 얘기를 들어보고는 기절초풍을 할 지경이었다. 카스트로와 쿠바의 혁명에 성공하고 정권을 잡자 게바라는 침실이 열 몇 개가 되고 목욕탕이 여덟 개, 실내 수영장이 달린 호화로운 저택에서 거들먹거리며 살았다고 하니 그게 정말 가난하고 핍박받는 노동자 농민을 위한 혁명이었을까? 그들은 부자가 얼마나 부러웠으면 권력을 손에 넣자마자 부자 흉내를 내는 것일까?

기독교의 경전에서는 돈이 천국에 가는데 걸림돌이 된다고 하지만 돈에게는 사실 아무 잘못이 없다. 유태교의 경전에는 돈은 오히려 축복이라고 되어 있다.

돈 이야기를 이처럼 장황하게 이야기 하는 것은 인촌이 대단한 부자였다는 사실 때문이다. 그는 부자 집에서 태어나 큰 아버지 댁의 양자로 갔는데 그 큰 아버지도 못지않은 부자였다. 어려서부터 이렇게 부자로 살았지만 인촌은 평생을 검소하게 살았으며 기회가 있을 때마다 어려운 친구들을 돕는데 열심이었다.

소년시절 선생을 모셔다가 집에서 한학을 공부할 때 인촌은 같은 동네의 가난한 친구들을 불러 같이 공부하도록 배려했으며 한 번도 가난하고 어려운 아이들을 홀대하지 않았다고 한다.

## 그의 인간성(人間性)

1908년, 그가 17세 되던 해에 평생의 친구이던 송진우와 함께 신학문을 공부하기 위해서 일본으로 간다. 그 후 15년 동안 일본에서 고등학교와 대학을 마칠 때까지 한국의 유학생들을 유심히 관찰하면서 장래 인물이 될 만한 사람들을 골라 친구로 지내며 경제적으로 어려운 사람들에 대한 지원을 아끼지 않았다. 이 때에 사귄 친구들 중에는 최남선, 신익희, 안재홍, 김병로, 김준연, 이광수 등 나중에 쟁쟁한 인물이 된 사람들을 포함해서 인촌의 도움을 받은 사람들이 50여 명이나 되었다. 특히 이광수는 학비 때문에 도중에 공부를 포기하고 귀국해 오산학교에서 교편을 잡고 있었는데 인촌이 전 학비를 부담하면서 다시 일본으로 유학을 보냈던 사람이다.

그의 돈에 대한 인식을 잘 나타내는 일화가 있다. 동아일보에 연재소설을 쓰고 있던 친구이던 작가 하나가 어느 날 원고를 들고 신문사를 찾아 갔을 때, 사장이던 인촌은 반가워하면서, 오래간만에 점심이나 같이 하자고 권해서 식당엘 갔는데 그냥 아무나 사 먹는 곰탕을 주문하더란다. 좀 뜻밖이라는 생각에 작가가 물었다. "자네는 그렇게 돈이 많다면서 왜 돈을 좀 넉넉하게 못 쓰나?" 라고. 그랬더니 인촌이 대답하기를, "나는 작은 돈은 될 수 있는 대로 아끼면서 꼭 써야 할 큰 돈은 아낌없이 쓴다네." 라고 대답하더란다.

인촌은 일본에 있는 동안 틈틈이 산업자본의 기본 시설들을 살펴보며, 결국 우리나라가 자립하기 위해서는 경제적으로 자립해야 하고 그러기 위해서는 우리나라에도 현대적 산업시설을 만들어야 한다는 생각을 굳혔다. 인재양성, 언론창달과 함께 이 경제자립은 인촌이 필생의 목표로 삼고 온 정성을 다하여 힘을 기울인 분야였다.

1914년, 와세다 대학 정경학부를 졸업하고 바로 귀국하여 우선 교육계몽에 뜻을 두고 최남선, 안재홍 등 대학 동창들과 함께 백산학교라는 학교를 설립하려고 총독부에 설립계획을 제출했으나 백산이라는 이름이 백두산을 뜻하는 이름이라며 허가하지 않았다.

이때 경영난에 빠져있던 중앙학회가 중앙학교를 맡아달라는 부탁을 받고 인촌이 24세 때인 1915년 4월에 중앙학교를 인수하고 교장에 취임한다. 이때, 생부모는 지나친 모험이라고 반대했으나 사흘 동안 단식하며 고집을 부려 승낙을 받아냈다고 한다.

중앙학교를 인수한 지 2년 후 1917년에는 경성직뉴회사라는 광목 생산 회사를 인수하여 경영하는 중에 1919년에는 스스로 경성방직주식회사를 설립한다. 이때는 이미 일본 방직회사들이 한반도에 진출하여 광목 판매를 독점하고 있었기 때문에 한국 사람이 일본기업에 경쟁하는 회사를 만드는 것이 쉽지 않았지만 인촌은 끈질기게 총독부를 설득하여 허가를 받아낸다.

방직회사를 설립할 때, 인촌은 일본회사들이 이미 한반도의 시장을 장악하고 있었기 때문에, 지방 각지에 있는 우리나라 부자들을 설득하여 일본제품을 사면 우리 돈이 일본으로 빠져나가서 민족 경제에 큰 타격을 준다고 설득하며 전국에서 주주를 모집하여 경북 경주의 이름난 부자 최준을 비롯하여 3,790주의 발기인 주주를 모집하는데 성공하였고 일반 공모주도 16,210주나 모으는 대 성공을 거두어 경성방직주식회사가 태어났다.

그로부터 1년 후, 1920년 인촌은 양기탁, 유근, 장덕수 등과 함께 민족 언론 창달을 위한 동아일보를 창간한다.

인촌은, 경성방직 초대사장에는 박영효를, 동아일보 초대 사장에는 장덕수를 앉히면서 그 자신은 항상 뒷전에 물러나 있고, 앞에 나서는 법이 없었다. 그러다가 손기정 선수의 일장기 말소 사건이 일어나 동아일보가 강제로 폐간 되는 등, 위기에 닥쳤을 때, 스스로 사장 자리를 맡아 어려움을 극복하는데 앞장을 섰다.

한때 동아일보의 기자로 활약하기도 하고 한겨레신문을 창간했던 송건호는 나중에 말하기를, 학교를 인수하여 운영하고 방직회사를 세우고, 신문사를 창간하는 등, 일본의 식민지 아래서 결코 쉽지 않은 일을, 단 5년 사이에 이루어 놓았을 뿐만 아니라 그때 인촌의 나이 겨우 30도 되기 전이었다는 사실이 믿어지지가 않는다고 하였다.

1930년 미국 유럽 등으로 세계일주 여행을 하고 1931년에 귀국하여 경영난에 빠져있던 보성전문을 인수하고 그해 6월 보성전문학교 제 10대 교장에 취임한다. 인촌은 여러 가지 사업에 손을 대고 나중에는 마지못해 정치에도 관여하지만 그가 평생 꿈으로 간직하고 있던 이상은 교육시설을 확장하여 무지몽매한 국민들을 일깨우면서 교육인으로 살아가는 것이었다.

1948년 정부가 수립되면서 헌법이 제정되었는데, 이 헌법 제 86 조에는 농지 개혁 조항이 들어 있었다. 인촌의 가족과 그 친척들이 가지고 있는 토지가 그때 약 3,247정보, 평수로 따지면 거의 1천만 평이나 되는 방대한 면적이었기 때문에 인촌과 그 주변 친척 사람들과 마찰이 불가피하게 되었다.

이 헌법이 제정되는 과정에서 헌법 초안을 기초하던 고려대학 유진오 교수는 인촌을 찾아와 '농지 개혁이 공산당을 막는 길'이라고 설득하여 그의 주변에서는 반발이 심했으나 인촌은 아무 말도 하지 않고 유진오의 건의를 받아들였다.

이때 이미 북한에서는 농지개혁이 실시되어 무상몰수 무상분배, 즉 농지를 소유한 지주의 토지를 강제로 빼앗아 소작농들에게 무상으로 나누어 주었다. 그러나 공산주의 아래서는 개인의 토지 소유가 금지되어 있기 때문에 무상분배라는 말은 그저 허울일 뿐 사실은 모든 국토가 한 푼의 보상도 없이 강제로 국가의 소유로 되고 만 것이다.

남한에서는 헌법 제 86 조에 따라 1949년 6월에 농지개혁법이 제정 공포되었는데, 그 주요 내용은 3정보(1정보는 3000

평)를 초과하는 농지는 정부에서 1년 소출 액의 1.5배의 보상액을 지불하고 사들여서 소작인들에게 같은 값으로 나누어 주되 농지를 분배받은 농가는 1년 소출의 1.5배의 금액을 1년 소출의 30%씩 5년간 상환하는 것이 그 골자였다.

이 농지개혁법은 그 제정과 시행 과정에서 지주와 소작인들 사이에 많은 분쟁과 말썽이 있었으나 일단 문제가 가라앉은 뒤에는 소작인이 아니라 이제는 자기 땅이라는 애착심 때문에 전체의 소출이 눈에 띄게 증가하여 국가 경제 전체로 보아서는 여러 가지 긍정적인 효과가 있었다고 한다.

1963년에 국회에 입성하여 모두 여섯 번에 걸쳐 국회의원을 지낸 우리나라 정치사의 거물인 이중재(李重載)는 그가 보성전문에 입학원서를 내러 학교에 갔더니 잔디밭에서 어느 허름한 영감이 잡초를 뽑고 있었는데, 나중에 입학식 때 훈시하는 교장 선생님이 바로 그 사람, 인촌선생이었다는 이야기를 한 적이 있었다.

## 인촌의 애국심

젊어서부터 우리 민족을 위한 인재양성, 언론창달, 민족기업 창설을 필생의 목표로 정하고 온 힘을 기울인 것 자체가 이 나라를 사랑하는 순수한 애국심에서 우러나온 것이지만 인촌은 실제로 일본의 지배를 벗어나기 위한 일에 직접 간접으로 많은 일에 관여한다.

1918년 미국의 윌슨 대통령이 민족자결의 원칙을 발표할 때 감동을 받고 스스로 독립운동에 가담할 것을 결심하고 자기가 교장으로 있는 중앙학교의 숙직실에서 모임을 갖고 일본 유학생들과 연락하며 독립선언을 준비해 나간다. 1919년 3.1운동이 일어나던 때, 인촌은 이승훈, 한용운, 최남선, 최린 등이 자신의 거처에서 모여 3.1운동을 구체적으로 의논하게 하는 한편 거족적인 참여가 필요하다는 생각으로 천도교의 손병희, 기독교의 이승훈, 불교의 한용운 등과 만나 각계각층의 지도자가 마음을 모아서 만세운동을 일으키도록 설득하고 도왔다.

상해 임시정부 출범 후, 인촌은 일제의 눈을 피해 익명으로 여러 번 돈을 보냈고 이 사실은 나중에 안창호와 김구에 의해서 확인이 되었다고 한다. 한 번은, 임정에서 보낸 독립단 요원이 계동의 인촌 자택에 찾아와 도와줄 것을 요청하자, 돈을 준 것이 나중에 알려지면 일본 경찰에 문제가 될 것 같은 생각에, 금고문을 열고 돈을 찾는 척하다가 문을 열어 둔 채 화장실에 가는 척하고 자리를 피해 독립단원이 가져갈 수 있을 만큼의 돈을 마음대로 가져가도록 했다는 일화도 있다.

장덕수가 동아일보 사장으로 있을 때, 인촌은 동아일보를 통해서 3-4백 명 규모의 독립군을 거느리고 있는 것으로 알려진 김좌진 장군에게 네 번에 걸쳐 1만원씩을 보냈다. 이 때 1만원은 황소 100마리를 살 수 있는 액수였다고 한다.

1926년 6월 10일 순종의 국장 인산 날에 중앙학교 교사 조철화가 학생들을 이끌고 종로 단성사 근처에 모여 가두시위를 벌였다. 순종의 상여가 종로를 지날 때 한 학생이 군중에서 뛰쳐나와 삐라를 뿌리며 대한독립만세를 외치자 주위에 정렬해 있던 상복 입은 군중들이 호응하여 같이 대한독립만세를 외쳤다. 이 6.10만세 사건으로 구속된 학생 중 100여 명이 중앙학교 학생이었다. 이 만세운동 당시 중앙학교 학생들이 주도하거나 참여했다는 이유로 학교가 폐교될 위기에 빠졌지만 인촌은 "학교 걱정 말고 나가서 싸우라."고 오히려 독려했다고 한다.

광주학생 운동이 일어나자 동아일보는 이를 대대적으로 보도하여 총독부 경무국에서 보도 정지령을 내렸으며 인촌은 사태 확산을 획책한 것으로 의심받고 총독부에 소환되어 조사를 받았다.

1937년 수양동우회 사건으로 병 보석 중이던 안창호가 다시 체포되어 구속되자 이광수가 인촌을 찾아와 도와달라고 부탁하여 인촌은 그 자리에서 보석금을 마련하여 주었고 안창호는 석방되었으나 병이 위중하게 되어 경성대학병원에 입원시키고 그의 치료비도 부담했지만 안창호는 끝내 회복하지 못하고 1937년 3월 17일 세상을 떠났다.

1936년 베를린 올림픽에서 우리나라 선수 손기정이 마라톤 경주에서 우승하였을 때 동아일보는 금메달을 받고 우승대에 선 손기정의 가슴에서 일장기를 지운 채로 보도했다. 이 사건으로 인촌은 다시 총독부에 연행되었고 결국 동아일보는 이 사건으로 강제 폐간되었다.

아무튼 동아일보는 1920년 창간 이래 1940년, 마지막 폐간까지 네 차례 강제 폐간되었고 그때마다 인촌은 총독부를 찾아가 사정하고 설득하여 복간하도록 끊임없이 애를 썼고 요 주의 인물로 지목되어 수시로 총독부 경무국에 불려가 협박과 멸시 폭행을 당하기도 했다.

1942년 조선어학회 사건이 일어나 이희승, 이병기, 김선기 등이 잡혀가 옥고를 치렀는데 총독부는 인촌을 배후 인물로 보고 연행 심문하였으나 이때 인촌은 이미 그 2년 전, 동아일보 강제 폐간이 된 뒤 고향으로 내려가 칩거 중에 있었음으로 혐의점을 찾을 수 없어 옥고는 면했다. 그러나 인촌은 오래 전부터 음으로 양으로 한글학회를 도왔다. 연세대학 교수 최현배는 "인촌을 울다." 라는 추모의 글에서 인촌으로부터 도움 받은 내용을 잘 말해 주고 있다.

1937년 중일전쟁이 일어나자 일제는 민족말살정책을 펼치면서 한국의 지성인들을 강압적으로 동원하기 시작한다. 1939년 11월 10일, 조선총독부는 '조선민사령(朝鮮民事令)'을 개정(제령 제19호)하여 조선에서도 일본식 씨명제(氏名制)를 따르도록 규정하고, 1940년 2월 11일부터 8월 10일까지 '일본식 성씨(氏)'를 정해서 제출할 것을 명령하였다. 그러나 1940년 5월까지 창씨 신고 가구 수가 7.6%에 불과하자, 조선총독부가 권력기구에 의한 강제, 법의 수정, 유명인의 동원 등을 이용하는 방법으로 그 비율을 79.3%로 끌어올렸고 창씨를 거부하면 학교입학을 거부하고 사업에 큰 지장을 주었으며 학생들의 창씨개명을 시행하지 않는 학교는 폐교조치한다는 강경책을 폈다. 동아일보와 경성방직 등 언론과 기업의 중요책임자로써 인촌은 엄청난 압력과 회유에 시달렸으나 그 자신이 끝까지 창씨개명에 따르지 않은 것은 물론, 보성전문과 중앙학교 학생들에게도 각자 자신의 양심대로 하라고 권고했다.

일본의 한국민족 말살정책을 전개하면서 총독부는 지식인들과 각계각층의 지도자들을 동원하면서 일본의 작위를 주거나 경제적 도움을 주면서 회유하기도 했다. 인촌은 일본으로부터 중추원 참의(상원의원에 해당)를 제안 받았으나 그 자리에서 거절했다.

보성전문학교의 교장으로 일할 때, 인촌은 조선어(한글), 한국사, 교련과목을 필수 의무과목으로 지정하여 가르쳤으며 총독부에서는 이를 두고 불령선인 양성 목적이라고 트집을 잡고 귀찮게 굴었으나 조선인에게 조선말과 조선의 역사를 알게 하는 것 외에는 다른 뜻은 없다고 학무국 관리를 무마하였다.

1922년에 우리나라 기술로는 맨 처음으로 광목을 생산하기 시작했는데 한국인에게 친근감을 줄 수 있는 상표를 만들려고 고심하던 중, 구한 말 박영효가 창안한 태극기에서 힌트를 얻어 태극마크 주위에 8 개의 별이 둥글게 배치된 상표를 만들고 "우리가 만든 것 우리가 쓰자"는 표어를 달고 선전했다. 이때 총독부에서는 태극기와 같은 상표를 붙였다고 트집을 잡았으나 인촌은 그게 아니라 섬유라는 영어의 spinning 이라는 단어의 머리글자를 나타낸 것이라고 둘러대고 무사히 넘어갔다고 한다.

## 인촌의 정치활동

왜정치하에서는 물론이고 해방 후에도 인촌은 정치에 관심을 가지지 않고 자신이 필생의 목표로 삼는 언론, 교육, 산업, 이 세 분야에만 매진하려는 생각이었으나 해방이전부터 이 세 가지 분야에서 눈에 띄는 성공을 거두면서 그의 이름이 세상에 알려지자 저절로 정치계에서도 그를 불러내게 된다. 사실 정치란 어느 분야보다도 일반 사람들의 생활에 직접적으로 큰 영향을 주는 것이기 때문에 다른 분야에서 일을 하는 사람일지라도 결국 정치 돌아가는 것에 관심을 가지지 않을 수가 없는 법이다. 더구나 교육, 언론, 산업 분야에서 지도적으로 활약하는 인촌에게야 더 말을 할 나위도 없는 일이었다.

1945년 9월 16일, 인촌은 송진우, 백관수, 장덕수, 윤보선 등과 함께 한국민주당을 창당한다. 한국독립당과의 통합 논의가 난관에 빠지면서 당수를 맡았던 송진우, 장덕수가 차례로 암살당하자 당수의 자리가 인촌에게 돌아오게 되었을 때 그는 한사코 사양하면서 김규식에게 당수를 맡아주기를 부탁하였으나 김규식이 끝내 거절하는 바람에 결국 인촌은 한국민주당의 당수 일을 맡게 된다.

1949년까지 한민당을 이끌어오다가 2월 10일, 신익희의 대한국민회와 통합하여 민주국민당을 창당하면서 인촌은 그 최고위원에 취임한다. 당 대표 격이었다.

1951년 5월 18일, 이승만 정부에서 이시영 부통령 후임으로 부통령에 당선되지만 사사건건 대통령 이승만과 의견이 달라 다투다가 1952년 5월에 이승만이 소위 부산 정치파동을 일으키며 헌법 개정을 시도하자 부통령직을 내 던지고 사퇴한다.

1952년 8월 직선제로 개정된 헌법에 따라 이승만이 다시 출마하자 야당이었던 민국당에서는 이시영을 대통령, 김성수를 부통령 후보로 내세워 경쟁하였다.

1954년 이승만의 자유당 폭정에 맞서기위해 민주당 창당을 주도하면서 진보당을 창당했던 조봉암을 합류시키려고 노력했으나 민국당의 일부 세력들이 강력히 반대하는 바람에 뜻을 이루지 못하고 만다. 이때, 인촌은 이미 중풍과 심근염에 걸려 거동이 불편하였으니 비서실장 신도성을 시켜 끝까지 조봉암 합류를 주장했으나 끝내 결과를 보지 못하고 사망하게 된다. 신도성은 인촌 사망 후에도 인촌의 유훈을 받들어 반대자들을 설득하려고 했으나 결국 실패하고 크게 실망하여 민국당을 탈당하고 만다.

이때, 인촌이 사망하지 않았더라면 조봉암은 결국 민주당에 가입이 되었을 것이고 이승만에 의하여 공산주의자로 몰려 사형 당하지는 않았을 것이라는 것이 당시 정계의 공통된 의견이었다. 민국당 기존 세력들, 조병옥, 김준연, 박순천 등이 조봉암의 합류를 적극 반대한 것은 표면적으로는 그가 공산당원이라는 것이 이유였으나 실제로는 조봉암이 들어오면 자기들이 가지고 있는 민국당 내에서의 기득권이 침해되지나 않을까 하는 개인적인 욕심이 더 컸던 것이 사실이었다. 나중에 합류한 신익희조차도 조봉암의 합류에는 소극적이었다고 한다. 1959

년에 억울하게 사형된 조봉암은 결국 2011년 대법원의 판결로 무죄가 되고 정식으로 복권된다. 조봉암은 소련에 가서 공부를 하였고 한때 공산당원으로 활약한 적이 있었으나 공산당의 실체를 일찌감치 깨닫고 공산당과 결별한 사람이었다. 인촌이 알고 있었던 대로 그는 공산주의자는 아니었던 것이다.

인촌은 조봉암에게 공산주의자가 아니라는 것을 선언하라고 설득하고, 우리 정부에서 초대 농림부 장관과 국회 부의장을 지낸 조봉암은 이러한 요구에 굴욕감을 느꼈으나 그것이 야당 통합을 위한 인촌의 의견이라면 기꺼이 따르겠다고 선언하고 실제로 2월 22일, 자기는 공산당원이 아니라는 성명서를 발표했다. 그러나 정작 인촌은 그 성명서를 보지도 못한 채 1955년 2월 18일, 계동 자택에서 65세를 일기로 사망하고 말았다.

## 인촌의 친일논란

지금까지 이 글을 따라 읽은 사람이라면 인촌이 과연 어떤 인물인가를 대충 짐작할 수 있으리라고 생각한다. 그는 매우 돈이 많은 사람이었지만 자기 자신의 호강이나 사치를 위해서는 돈을 쓴 적이 없고 나라를 위한 교육, 언론창달, 산업장려를 위해서 거액의 돈을 아낌없이 투자한 것을 알 수 있다.

그런데 어째서 인촌은 친일 매국노로 평가되는 것일까?

1998년 김대중 대통령 취임 직후 설립된 민간단체인 민족문제연구소라는 단체는 객관성이 의심스러운 면이 많았다. 첫째, 명예이사장으로 발탁된 강만준이라는 사람은 6.25는 민족 통일전쟁이라고 주장한 사람이며 3대 소장을 지낸 임준열이라는 자는 김일성에게 “피로써 충성을 맹세한다.”는 편지를 보냈던 남조선 민족해방전선(남민전)에서 활약했던 자이며 지도위원으로 위촉되었던 리영희는 중국공산당 혁명을 통해서 수천만의 백성을 학살한 모택동을 절세의 영웅이라고 극구 찬양하며 숭배하는 사람이다.

뿐만 아니라 천안함 폭침은 북한의 소행이 아니라고 성명을 발표했으며 박근혜 정부 때 역사 교과서를 국정으로 지정하려할 때 완강하게 반대하여 지금의 좌경된 중고등학교의 교과서를 만들게 하는데 결정적 원인을 만들어 준 단체다.

2005년 노무현 대통령 임기 중에 친일인사명단 작성을 시작하여 2008년에 완성 발표했는데 여기에는 모두 4,776명의 이름이 실려 있고 그 가운데 인촌의 이름도 들어 있는 것이다. 그런데 이 명단에는 좌익 성향의 여윤형 같은 인사는 왜정 말 장문의 친일 기고문을 신문지상에 발표한 기록이 있음에도 이 명단에 들어있지 않다.

한마디로, 민족문제연구소는 좀 더 객관적 관점에서 검토해야 할 필요가 있고 어느 때인가는 반드시 검토 수정되지 않으면 안 되리라고 생각한다.

아무튼 1937년 중일전쟁이 일어나자 일본의 민족말살행위는 점점 극렬하게 자행되었다. 창씨개명, 강제징용, 정신대 동원 등을 강제로 시행하며 지식인, 각계지도자들을 앞세워 선동하도록 압력을 가했다.

동아일보, 경성방직과 같은 대표적 민족 기업의 사주로써, 또 중앙학교와 보성전문 등 학원의 대표로써, 식민정부 아래서 이러한 기관을 유지 경영해야 하는 인촌은 일본 정부의 직접적인 압력과 강요를 피할 길이 없었다.

중일전쟁이 일어나자 경성군사후원연맹에 국방헌금 1000원을 헌납했고 그해 9월 총독부 학무국이 주최하는 시국강연대의 일원으로 춘천, 철원 등 강원도 일대에서 연설자로 나서기도 했다. 1938년에는 친일단체 국민정신 총동원 조선연맹 발기인, 이사 및 산하의 비상시 생활개선위원회 위원 등으로 선발되기도 했다.

이밖에 국민총력조선연맹발기인 및 총무위원(1943), 흥아보국단 결성준비위원(1941), 조선임전보국단 감사(1941) 등으로 활동하면서 매일신보와 경성일보, 등 신문과 〈춘추〉 라는 잡지에 학병제, 징병제를 찬양하는 내용의 논설 및 사설을 기고하기도 했지만, 이때는 이미 동아일보가 폐간(1940)되고 그 자신은 시골 고향집으로 내려가 은둔하고 있었을 때였다.

인촌의 행적을 쓴 글들을 읽으면서 나는 인촌이 마음에도 없는, 오히려 전혀 반대의 생각이 굳건한 인촌이 강제로 끌려 다니면서 연설을 하고 글을 쓸 때 그는 얼마나 마음이 괴롭고 고통스러웠을까를 생각하며 마음이 아팠다. 인촌은 친일파가 아니었다. 그가 친일파였다면 창씨개명을 끝까지 반대했을 리가 없고 일본이 주는 작위나 훈장을 거절했을 리가 없지 않은가.

고려대학 총장을 지낸 유진오는 그의 회고록 『양호기』에서, 김성수의 이름으로 총독부 기관지 매일신보에 실린 학도병 지원 기사는 그 신문사의 기자 김병규가 유진오와 의논한 뒤에 대필하여 승인을 받고 낸 글이라고 언명하고 있다. 인촌 김성수가 세상을 떠난 지 한참 뒤에 본인은 변명할 기회도 없는 상태에서 이런 당치도 않은 비난을 하는 것이 도대체 말이나 되는가?

우리는 윤봉길 의사나 안중근 열사가 뛰어난 애국자이며 열렬한 반일주의자라는 것을 의심하지 않는다. 그러나 윤봉길 의사가 일본의 상하이 파견군 총사령관 등을 폭사하기 위해서 일본인으로 가장하고 홍구공원으로 들어갈 때, 검문을 무사히 통과하기 위해서 일본 관헌에게 웃음을 지으며 친한 척하면서 자신을 감췄다. 그렇다고, 윤봉길 의사를 친일파라고 비난할 수가 있을까?

진주에서 왜장을 끌어안고 절벽으로 몸을 날려 남강으로 투신자살했던 논개를, 왜장에게 웃음지으며 접근해서 그의 몸을 끌어안고 잠깐 교태를 부렸으니 그를 친일파라고 비난할 수가 있을까?

특집·2

# 우리나라를 사랑한 캐나다 선교사들의 이야기

**박정순**

## 조선을 조선인보다 더 사랑했던 사람들

**석동기**

한국의 충청도 근대교육과 선교에 지대한 영향을 끼친 내한 캐나다 선교사

## 로버드 A 샤프 선교사와 앨리사(사애리시) 선교사를 탐구하며

# 조선을 조선인보다 더 사랑했던 사람들

박 정순

## 에필로그 -이민자로서의 나라 사랑의 발자취-

애국지사협의회의 사업으로 그동안 내가 알지 못한 선교사들의 이야기는 또 다른 감동을 느꼈다. 우리에게 알려진 분들보다 알려지지 않은 선교사들이 더 많을 것이라는 생각이 드는 것은 기록의 중요성이다. 기록되어있지 않는 발자취를 찾는 일, 기록되어 있음에도 우리가 찾지 못해서 세상에 알려지지 않은 애국지사들의 이야기이다. 그래서 애국지사이야기를 쓰는 시간만큼은 나 자신도 그분들에게 동화된다.

한민족은 역사의 굴곡마다 우리가 겪어야 했던 무수한 고통과 불행의 상처를 안고 있다. 근·현대사에서 일제 강점기와 한국전쟁을 겪어야했던 수 많은 사람들 중, 나의 조부모님과 부모님 또한 그랬다. 돌아가신 친정아버님께서는 한번도 아버지의 유년 시절을 말씀해 주시지 않으셨다. 조부모님들께서 왜,

어떻게, 갑자기 어린 자식들을 두고 돌아가셨는지 말이다.

또 어머니의 하나밖에 없는 여동생은 광복과 한국전쟁이후 생사를 모른 채 그리워하시다 몇년전 어머니께서도 돌아가셨다. 아버지께는 두분의 형님이 계셨는데 첫째 큰아버지는 징병 후 행방불명이시고, 둘째 큰아버지는 일본에서 돌아가셨다. 여전히 두분은 친정호적에는 살아계시는 것으로 되어 있다. 둘째 큰아버님께서는 일본으로 가시게 된 사연은 모르나 좋은 일본인을 만나 일을 하셨고 일본인 큰어머니를 만나 결혼하셨다. 둘째 큰아버지께서는 일본인의 사업을 인수하여 태평양전쟁과 한국전쟁을 거치면서 부를 쌓으셨다고 했다. 친정호적에 한국이름옆 당신들의 일본이름을 적어 놓으셨다. 그것은 언제든지 당신의 자료를 찾을 수 있게 하라는 배려였는지 모르겠다. 어머니께서 나를 잉태했을 무렵 큰아버지(50대 정도?)는 한국에 세 번정도 방한하셨다고 하니 1959년에서 1962년사이로 짐작된다. 당시 한일교류가 자유롭지 않아 방한을 하기 위해서는 아주 어려운 절차를 거치거나 밀항을 통해서 오셨다고 했다.

큰아버지께서는 도쿄에서 조선인들을 음으로 양으로 많이 도와드렸다고 했다. 큰아버지께서는 성공한 한국계 일본인(?)으로 살다 가신 것인지 아니면 조선인으로 살으셨던 것인지 일본 호적에는 큰아버지의 한국명은 없었다.(큰어머니의 성으로 당시 주소를 찾았지만 큰아버지의 흔적은 찾지 못했다)

큰아버님께서 부산 광안리에 오실 때면 서울에서부터 검은 세단차가 동네길을 가득 채웠다고 했다. 자동차가 흔하지 않았던 그 시절에 누가 어디에서 보내주었을까?

큰아버지께서 사업적인것은 어머니께 알려드리지 않았을터 다만 검은 세단차가 일렬종대로 큰아버지를 모시고 왔다는 사실만으로도 사사로운 일을 계획하신 것은 아닐것 같다. 큰아버지는, 한국으로 가져올 사업체와 자금을 위해 조선호텔(반도호텔)에 머무셨다. 부산에 오셔서 어머니께 "조금만 더 고생해 주시면 다음 한국에 나올 때는 고생 끝"이라던 위로의 말씀이 영영 이별의 말씀이었다고 했다. 조선호텔에서 복통이 있어 급하게 일본으로 가셔서 동경의 병원에 입원을 하셨고 그리고 수술중에 돌아가셨다고 했다. 그마지막 남긴 말씀을 이루지도 못하고 조국땅에 묻히지도 못한채 말이다. 큰아버님의 꿈의 발자취를 찾지 못한 못난 후손의 죄송스런 마음은 이렇게 애국지사들의 발자취를 찾아 타임머신을 타고 그분들의 생각을 공감해보는 것만으로도 의의가 있다 할 것이다.

## 조선인보다 더 조선을 사랑한 사람들…

2023년은 한국과 캐나다의 수교 60주년을 맞이한 해이다. 육십갑자로 60을 가리켜 갑자생으로 다시 돌아왔다는 뜻 '환갑'이라고 칭한다. 요즘은 환갑잔치를 잘 하지 않지만 한국사람들에게 제일 큰 생일상은 부모가 해 주는 첫번째 생일(첫돐)이며 그 두번째 큰생일상은 60번째의 생일(환갑)이다. 서양에서는 60번째의 생일을 '다이아몬드'라 부르듯 동·서양의 문화적 측면에서 60은 인생의 가장 빛나는 시기임을 암시하는 것 같다. 한국과 캐나다 수교 60주년인 2023년, 그러나 더 거슬러 올라가보니 캐나다 선교사들이 한국에 들어와 선교복음을 통한 의료및 교육활동의 시작은 약 140년에 가깝다.

캐나다에서 가장 먼저 한국선교에 관심을 표명한 것은 당시 영국과 북미 전역에 일고 있던 학생자원봉사운동(Student Volunteer Movement)의 영향을 받고 있던 토론토대학이었다. 1887년 토론토 대학신문(The Knox College Monthly)는 중국에서 활동하던 조나단 고포드(Jonathan Goforth)의 말을 인용해, *"복음에 문을 연 마지막 나라, 조선이 소리 높여 도움을 요청하고 있다. 1,500만의 영혼들이 주님의 메시지를 기다리고 있다."*며 한국선교를 촉구했다.

1886년 개인적 복음을 전하러 왔던 윌리엄 맥켄지, 1893년 고종이 임명한 광혜원 원장 에비슨이 조선에 왔다. 캐나다 장로회 해외선교부가 공식적으로 조선으로 선교사 파견을 결정한 것은 1896년 맥켄지의 죽음이었다. 맥켄지의 죽음이 계기가 되어 캐나다 장로회 해외선교부는 그리어슨(제동병원을 세움), 맥레, 푸트 세명의 선교사를 조선으로 보냈다. 캐나다 장로회는 영국과 미국에 비해 규모도 적었고 늦게 출발하여 조선에 왔기에 다른 교파들과 성격도 구별되었다. 캐나다 장로회 해외선교부는 노바스코샤에 위치해 있었으며 미국의 북장로회가 관할하던 원산과 함경남북도를 선교지역으로 배정받았다. 그 이후 1901년 맥밀란을 비롯한 3명의 선교사가 증원되어 성진과 함흥에 선교부가 세워졌다. 캐나다 선교부가 영·미 선교부와 달랐던 것은 노바스코샤와 함경도의 위도가 같고 바다가 인접한 지형과 사회적 경제적 환경이 비슷하였던 것이다. 캐나다 선교사들이 조선에 왔을 당시, 조선 국민은 절망에 빠져 있었던 불행한 시기였다. 1894년 청·일전쟁과 1895년 일제의 자객으로부터 국모가 시해를 당했고, 일본은 러일전쟁의 발판을 내세워 1905년 을사조약이 체결되었으며 1910년 일본의 강제합방을 목도했다.

영국과 미국의 대부분의 선교사들은 일제의 회유와 소속 선교부의 정치 불간섭 정책 때문에 친일로 기울거나 어정쩡한 중립적인 입장을 고수하였다. 그러나 함경도와 간도, 연해주 지역 선교를 담당했던 캐나다 장로회 소속 선교사들은 비교적 일관되게 반일적 태도와 조선인에 대한 우호적, 동정적 태도를 가지고 조선인 선교에 힘썼다.[1] 일제에 반대하는 의병들과 독립 만세운동을 했던 양민들을 탄압하는 일제의 만행을 캐나다 본부에 보고하므로서 최초로 세계기독교협회에서 캐나다 장로회가 일제의 만행을 규탄했다. 어디 그 뿐이랴! 1950년 한국전쟁이 발발하자 유엔 참전국으로 3번째로 많은 군인들을 대한

1) 김승태 [한말 캐나다 장로회선교사들의 한국선교에 관한 연구(1898~1910, 한성대학교 석사학위논문)]

민국에 보낸 것도 캐나다 정부였다. 가평전투에서 수많은 캐나다 젊은 군인들이 피를 흘리며 대한민국을 지켜내는데 도움을 주었다. 산업화가 시작한 1970년대 원자력 발전소 건설은 미국이 허락하지 않은 천연우라늄으로 중수로 발전을 할 수 있는 캔두 원자력 기술을 전수해준 나라 또한 캐나다였다. 이렇게 보니 캐나다는 조선인과 대한민국을 위해 우방국으로서 정의를 실현하고자 하는 파수꾼의 역할을 해 주었다.

캐나다 장로회 해외선교부는 186명의 선교사를 조선에 보냈다고 기록되어 있다. 광복이후 한국정부로부터 독립유공자로 서훈을 받은 외국인 선교사는 총 8명중 5명이 캐나다 선교사로서 그리어슨, 에비슨, 스코필드, 바크와 기자였던 맥켄지다. 수 많은 선교사들이 조선의 독립운동과 교육및 의료활동을 했지만 이들 선교사에 대한 공로를 국가보훈처로부터 받지 못했다. 1890년대의 조선을 사랑했던 머레이, 맥밀란, 맥레, 게일, 빌링주, 하디 등은 *"외세에 고통받는 은둔국가 조선은 밀폐되어 남의 눈에 띄지 않았다."*[2] 라고 했던 그들이 남긴 조선의 사역 자료들은 더욱 많은 연구자들을 통해 더 많은 선교사들의 이야기가 세상에 알려지기를 촉구한다.

### 1) 윌리엄 맥켄지의 선교

맥켄지(김세, William John McKenzie)는 1861년 캐나다

2) 허윤정, 조영수 [일제하 캐나다 장로회의 선교 의료와 조선인 의사]

케이프 브레톤에서 8남매중에 막내 아들로 태어났으며 댈하우지 대학(Dalhousie College)과 장로교 대학의 교육을 받았다. 캐나다 북극 원주민 선교중 조선에 선교사가 필요하다는 말을 듣고 독자적으로 조선으로 왔다. 1893년 10월 맥켄지가 한국으로 떠나기전 한국 선교에 대한 비전을 핼리팍스에 있는 메리타임 연회의 선교위원회에 설명했지만 맥켄지의 선교계획을 장로회에서 받아들이지 않았다. 그의 일기에 *"하나님, 이제부터는 조선이 내가 받아들일 땅이 되게 해주소서. 나로 하여금 하나님의 영광을 위해 오랫동안 조선에 머물며 일하게 하소서! 그리하여 죽음이 나를 삼킬 때, 예수님께서 재림하시는 큰 나팔소리가 울릴 때까지 내 유골을 그들과 함께 썩게 하소서."*라고 자신의 심정을 기록하였다.[3]

맥켄지는 선교사 모펫의 소개로 1894년 1월에 황해도 장연군 송천(솔내)에 와서 열심히 전도하였다. 그는 한국인과 동일하게 초가집에서 한복을 입고 열악한 생활하였다. 그는 조선인들과 함께 교회 건축을 짓고, 학교를 세우며, 전도를 하였다. 벅찬 노동과 열악한 환경으로 과로에 시달렸던 그는 1896년 6월 24일 소래교회 건축봉헌을 하루 전 날, 말라리아 열병과 일사병으로 세상을 떠났다.

그는 세상을 떠나기 전, 캐나다장로회에 편지를 보내 해외선교위원들이 한국 선교 사업에 참여해달라고 독촉했다.

---

3) 윌리엄 스코트 [한국에 온 캐네디언들]

맥켄지를 잃은 한국교회 교인들은 메리타임 총 해외선교회에 편지를 보냈다. '선교사를 기다리는 현지 교우들의 간절한 호소'의 편지를 받은 선교회는 3년동안 결정하지 못했던 한국의 선교사를 파견을 만장일치로 결의하였다.

## 2) 성진에 그리어슨 오다

그리어슨은 1868년 핼리팍스에서 태어났다. 1890년 달하우스 대학을 졸업하고 1893년 파인힐신대학과 1897년 감리교 신학교를 졸업했다. 1898년 2월 해외선교위원회는 그리어슨(구례선, Robert Grierson)과 푸트(부두일, William Rufus Foote)의 지원을 받아들이고 선교사로 임명하였다. 그리어슨이 조선에 오게 된 것은 신학교 친구였던 소래교회의 맥켄지의 영향이 컸다.[4)]

캐나다 선교본부는 그 후 4월에 던칸 맥레(마구례, Duncan M. McRae)를 세 번째 한국 선교사로 결정하였다. 이들 세명의 선교사들은 한국 선교의 개척자로서 1898년 7월 20일에 메리타임을 출발하여 8월 14일 요코하마와 24일에 나가사키에서 히고마루 호를 타고 9월 8일 제물포에 도착하였다.

'성진은[5)] 일본과 러시아의 전략적 요충지였으며 훗날 독립운동과 노동운동의 근원지였다.' 그리어슨은 일본군을 내 보

---

4) 김재현 [한반도에 심어진 복음의 씨앗] 2014.1.14

5) 김택중 [의사 전종휘의 생애와 사상] 인제대학교박사학위논문

내고 욱정교회, 보신남학교, 보신여학교, 제동병원을 세웠다.[6] 1902년 원산에서 맥밀란이 와서 진료소를 지켜 주었고 그 이후로는 조선인 조수에게 일임했다. 1914년 안식년에 귀국(캐나다)하여 병원신축자금 7천불을 모금하여 장비를 구입하고 교단에 인력증원을 요청했다. 마틴과 머레이가 각각 용정과 함흥에 부임했지만 성진에는 충원되지 않아 그리어슨은 과중한 업무에 시달려야했다.[7]

성진에서 만세운동 다음날 전교인이 감옥에 갇히자 그리어슨은 오랫동안 종을 쳐서 감옥에 있는 교인들이 종소리를 듣고 힘을 얻었다는 일화는 유명하다. 3.1운동 당시 그리어슨은 자신의 집을 시위 준비 장소로 제공했고 조선인들을 보호하려고 노력했으며 외국인이 운영하는 병원은 치외법권 공간인 제동병원을 적극활용하여 독립운동가들을 치료해주며 숨겨주었다. 그리어슨은 1909년 애국운동가이자 교육자인 이동휘가 찾아와서 선교구내의 설교자로 채용해 달라고 했다. 이동휘는 교육 및 전도사업뿐만 아니라 선교사들의 신변보호를 받으며 구국사업을 펼칠 수 있었던 것도 그리이슨의 도움이었다. 그는 1935년 귀국하여 1965년 세상을 떠났으며 대한민국훈장을 수여했다.

---

6) 그레슨 [선교수기] 강만스역(서울, 청해출판사, 1970)
7) 이만열 [한국기독교의료사](서울, 아카넷, 2003)

### 3) 함흥 선교부는 맥레(D.M. McRae)와 맥밀란이 맡았다

맥레는1898년부터 1937년까지 선교 활동을 하며 세브란스 어전에서 교수를 역임했다. 맥밀란은 원산을 오가면서 1903년 함흥에 방 2칸 초가집에 진료소를 차려 영어와 의술을 가르쳤다.

1905년 반룡산 중턱 신창리 망덕 기지에 땅을 마련했다. 일본군이 무단점령하여 외교문제로 확대되어 통감부와 영국 영사관의 합동조사를 거쳐 해결하였다.[8] 1913년 낙민정에 한·양식이 절충된 40병상 규모의 제혜병원이 완공되었으며 교단의 선교 목표에서 의료사업의 우선순위가 높아졌던 결과였다. 신창리교회, 영생학교, 제혜병원을 세웠다. 신창리 교회는 양옥에 한식 기와를 올려 아름다웠으며 영생여학교는 관북지방 최초의 여성교육기관이었고 붉은 벽돌로 선교병원 건너편에는 여성 숙소가 있었다.[9]

맥밀란은 볼티모어의대를 졸업하고 코넬의대 3년을 수련한 후 캐나다 장로회 여성해외선교회 후원으로 1901년 조선에 왔다. 복음주의에 충실했던 맥밀란은 자신의 역할을 의료에 한정하지 않고 성경공부, 순회전도, 교육과 의료를 통해 사회변화를 추구하는 선교사업을 했다. 1922년 맥밀란이 영생여학교 기숙사에서 디프테리아에 걸린 학생을 치료하던중 감염되어

---

8) 서정민 [이동휘와 기독교:한국사회주의와 기독교 관계 연구](서울:연세대학교 출판부, 2007)

9) 닥터 머레이 [내가 사랑한 조선], 김동열역(서울:두란노,2009)

세상을 떠났다. 맥밀란은 자신의 전 재산을 선교부에 기부했다.

### 4) 1921년 함흥에 머레이 도착

성진과 함흥 선교부에서 교회, 학교, 병원은 서로 유기적으로 협력하는 선교 공동체를 형성했다. 즉 복음, 교육, 의료 세 기능의 공동체가 상호 구성원의 교류와 시설의 상호지원형태를 보이는 삼각 연결구조로서 조선은 캐나다 장로회의 해외 선교 사업에서 큰 비중을 차지했으며 선교부 규모도 꾸준히 성장하였다.[10]

머레이는 1894년 2월 캐나다 노바 스코샤 주 팩토우랜딩에서 목사의 딸로 태어났다. 웨일즈 대학을 졸업하고, 달하우지 대학교 의과 대학을 입학하였다. 의과 대학 시절인 1914년 제1차 세계대전이 일어나서 남학생들은 군대에 입대하여 10명이 남아서 수업을 받았다. 1919년 의과 대학을 졸업하고, 보스톤 롱 아일랜드 병원에서 인턴 과정을 마치고, 외과 해부 실습 강사로 일했다. 이 시기 함흥에서 의료 선교하던 케이트 맥밀란으로부터 조선에 여자 의료 선교사가 필요하다는 요청을 듣고 지원했다.[11] 1921년 9월 캐나다 장로교로부터 의료 선교사로 임명받고, 교육 선교사인 아네타 로즈와 크리스티나 커리와 함

---

10) 길원필 : 플로렌스 머레이 [크리스찬저널], 닥터 머레이의 회상록 [내가 사랑한 조선]

11) 길원필목사 : 크리스찬 저널

께 한국에 왔다. 그녀의 나이는 27세였다. 함흥 선교부에서 맥아라취란(영생여학교 교장), 제니 롭, 맥밀란(제혜병원 초대원장), 고든 맥컬 등의 선교사가 있었다.

1927년 한국 최초의 결핵 요양소를 설립하여 결핵퇴치 운동에 앞장섰다. 또한 간호사 양성소를 설립하여 간호사 양성에도 앞장섰다. 그녀는 함흥에서 지속적으로 환자를 돌보고 복음을 전하다가 1942년 일제에 의해 강제 추방 당한 뒤 1947년 한국으로 돌아왔다. 그녀가 쓴 〈내가 사랑한 조선〉은 한국 의료계에 괄목할 만한 발자취를 남긴 한 캐나다 의사의 선교일지라고 평했다.

"스물일곱 살의 나이에 조선에 와 한평생 상처입은 조선인의 몸과 마음을 사랑으로 치료한 여의사가 조선 말 당시의 모습을 단정한 어조로 담아냈다. 조선 말 당시의 척박한 의료 현실과 초기 그리스도인의 생활상을 밀도 있게 그리고 있다. 저자는 각종 질병와의 싸움, 조선 사회에 뿌리박힌 인습과의 마찰, 병원 울타리 안팎에서 벌어지는 흥미진진한 선교행전을 고스란히 전달한다.

닥터 머레이는 한국 의료계에 기념할 만한 화려한 의학적 업적을 이루었다. 이는 의사로서, 선교사로서 그만큼 매일매일 힘겹고 치열한 삶을 살았음을 반증한다. 싱글 여성으로 이 땅에서의 누릴 수 있는 많은 것을 내려놓고, 하늘에 상급을 쌓은

저자의 헌신과 믿음, 개척 정신이 눈물겨운 감동을 준다.[12]"

그녀는 한국땅에 와서 의사, 선교사로 예수님의 가르침을 따라 살다간 뜨거운 가슴으로 조선인보다 더 많이 조선을 사랑했다.

### 4) 아치발드 바커는 용정 선교지부 개척

캐나다에서 출생한 아치발드 바커는 토론토 대학을 졸업했다. 레베카와 결혼한 후 1911년 선교사로 부임하여 1913년 명신여학교를 설립하였다. 1909년 6월 29일 캐나다 선교부가 만주지역을 접수하게 된 것은 함경남북도 이북인 만주지역을 감리교의 선교지역이라고 감리교는 주장하였다. 그랬던 감리교는 종래의 주장을 철회하고 캐나다 선교부에 만주지역을 감리교대신 관리해달라고 요청했다.

캐나다 장로회에서는 선교인력난에 부딪히면서도 함경도의 조선인들이 만주로 이주하여 복음선교를 그리어슨에게 요청하였다. 그리어슨은 북간도지역을 조사한 이후 바커와 마틴이 관리하기로 했다. 바커와 마틴은 북간도지역 용정에서 독립운동을 도왔고 그 활동의 중심은 병원이었다. 그리이슨이 그랬던 것처럼 외국인이 세운 치외법권 지대인 병원은 일본이 함부로 할 수 없음을 이용했던 것이다. 독립운동 물밑작업을 하도록 도와주면서 독립운동가들을 숨겨주거나 부상자들을 치료해준

12) 닥터 머레이 회고록 : [내가 사랑한 조선]

까닭으로 선교사들은 일본경찰로부터 고초를 당하기도 했다.

1919년 3.1독립운동이 일어난 후 바커와 마틴이 도와준 용정의 만세운동은 만 명 이상이 모여 역대 만세운동 가운데 규모가 제일 컸다. 이들은 간도지방의 만세운동과 경신참변의 현장을 캐나다 선교본부에 적극적으로 알렸다. 은성학교 교장으로 있던 그는 일제가 금지했던 한글과 역사를 가르쳐 민족혼을 일깨우는데 앞장섰다. 그로 인해 캐나다로 돌아간 후에도 일본의 부당한 만행을 널리 알렸으며 1927년 토론토에서 숨졌다. 그의 이러한 공로를 인정한 한국정부는 1968년 건국훈장 독립장을 추서했다.(국가보훈처)

### 5) 제중원 원장 올리버 에비슨

올리버 R 에비슨(1860~1956)은 42년간 한국에서 의료선교를 펼치며 국내 서양의학 발전의 기틀을 놓은 인물이다. 제중원(고종의 명에 의하여 1885년 4월 10일 개원한 최초의 서양식 왕립병원으로 설립 당시에는 광혜원(廣惠院)이었다. 개원 13일 만인 4월 23일 고종은 '대중(백성)을 구제한다'는 뜻의 제중원(濟衆院)이란 이름을 하사하여, 〈광혜원〉의 이름이 〈제중원〉으로 바뀌게 된다.) 1892년 9월 선교 모임에서 만난 호레이스 그랜트 언더우드(영어: Horace Grant Underwood, 한국어: 원두우, 元杜尤, 1859년 ~ 1916년)로부터 해외 선교의 제안을 받자 토론토 대학 교수직을 사임하고 1893년 미국 장로회 해외

선교부의 의료 선교사가 되었다. 1893년 6월 가족과 함께 캐나다 밴쿠버를 떠나 부산을 거쳐 8월 서울에 도착하였다.

제중원 원장으로 부임한 에비슨은 1894년 제중원의 운영을 두고 조선 정부와 6개월간 협상을 벌여 9월에 제중원을 선교부로 이관받았다. 1904년 9월 제중원을 새로 신축하였고 기부금을 낸 미국인 사업가 루이스 헨리 세브란스(Louis H. Severance, 1838년 ~ 1913년)의 이름을 따서 세브란스 병원(Severance Memorial Hospital)으로 이름을 변경하였다. 제중원 의학교는 세브란스 병원 의학교로 불리게 된다. 1908년 6월 에비슨에 의해 조선 최초의 면허 의사인 첫 졸업생 7명이 배출된다. 1934년에 에비슨은 세브란스 의학전문학교 교장에서 물러나 1935년 12월 조선을 떠났으며, 벤쿠버에서 1956년 사망하였다.

에비슨은 조선의 신분제 타파에도 기여했다. 에비슨은 1895년 10월 내무대신 유길준에게 편지를 썼다. *"내무대신 각하, 조선의 백정들이 극히 하잘것없는 생활을 하고 있음을 환기할 필요는 없을 것 같습니다. 이들은 비록 유능한 사람들이고 지능이 남보다 뒤떨어지지 않는다 해도 이들에게 조선에서 남자의 상징인 상투를 틀고 갓을 쓰는 영예로운 관습이 허용되어 있지 않습니다. 조정 내에 도량이 넓고 진보적인 인사가 많은 차제에 감히 이런 상황이 개선되기를 바라는 바입니다. 이것은*

*조선에 있는 모든 외국인의 생각이며 오랫동안 고난받아 온 백정들에게 정의로운 조처가 취해진다면 우리 모두 크게 기뻐할 것을 밝혀 두는 바입니다. 선처를 바랍니다. 귀하의 충실한 종이 씁니다.”*

유길준은 에비슨의 편지를 받고 당장 이런 내용의 포고문을 썼다. *“지금부터 백정을 사람으로 간주한다. 이에 따라 백정은 남자들의 일반적인 관습에 따라 상투를 틀고 갓을 쓸 수 있을 것이다.”*[13)]

이로 인해 백정이었던 박성춘의 장남 박서양은 우리나라 최초의 의사 7명 중 한 명으로 훗날 독립운동에 참여했다. *“신분제 철폐가 새 세상을 향한 문을 열었다.”*고 밝혔다.[14)]

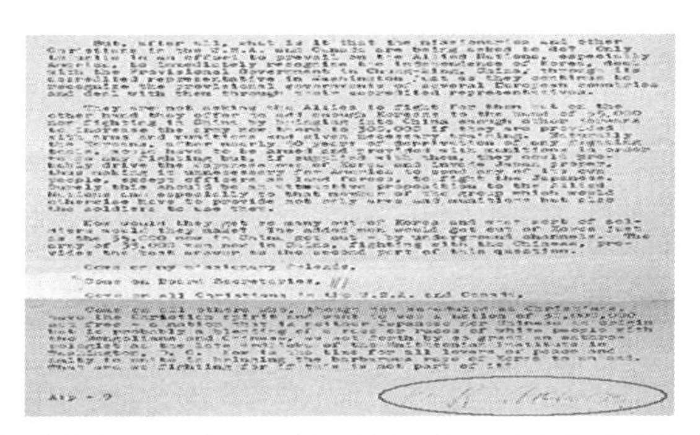

박명수 서울신대 현대기독교역사연구소장이 14일 공개한 올리버 R 에비슨의 편지. 한국 선교 자료를 모아둔 미국장로교(PCUSA) 홈페이지의 콜렉션에서 발견했다. 사진 속 동그라미에 에비슨의 자필 서명이 흐릿하게 남아 있다.[15)]

---

13) 구한말비록 상권, 200~201

14) 국민일보 2020년 2월 14일

15) 대한민국 임시정부 수립 100주년 관련 논문을 작성하다 이 문서를 발견했다며 국민일보에 공개했다. 논문은 지난달 독립기념관 한국독립운동사연구소가 발간한 ‘한국독립운동사연구 65집’에 수록됐다.[출처 – 국민일보]

캐나다에 돌아와서도 조선의 독립을 지지하는 편지를 기독교회와 선교사들에게 보냈다. 캐나다 선교사들이 미국과 영국의 선교사들보다 더 많이 독립운동가를 도와준 것은 이러한 움직임이었음과도 무관하지 않을 것 같다. 그는 *"(독립운동에 참여하지 않는 게) 과연 선교사로서 옳은 태도인가"* 물으며 선교사는 복음 전파에만 힘쓸 뿐, 정치행위인 독립운동엔 관여치 않는다는 미온적인 태도에 1943년 보낸 편지의 논리이다. 편지는 기독교인친한회 서기 겸 재무였던 그와 이 단체 회장이자 감리교 폴 F 더글러스 아메리칸대 총장 공동 명의로 발송됐다.

그의 뒤를 이은 아들 드글라스 에비슨 또한 아버지의 뒤를 이어 세브란스에 몸을 담았다. 드글라스 에비슨은 1803년 7월 22일 부산에서 태어나 1920년 토론토 의대를 졸업하고 북장로교회 선교로 한국에 들어와서 1947년까지 한국에 헌신한 뒤 벤쿠버에서 1952년 8월 4일 세상을 떠났다. 아버지 에비슨은 1956년 세상을 떠났다.

### 6) 스코필드 박사 에비슨의 초청으로 조선에 오다 (1889 ~ 1970)

스코필드는 영국에서 태어나 토론토로 와서 토론토대 교수가 되기까지의 삶과 에비슨 박사의 초청으로 한국에서의 삶과 한국을 떠나 캐나다에서 한국의 독립을 위한 기고글과 다시 한국에 온 그의 마지막 삶으로 나눠어 볼 수 있겠다. 토론토 한인 사회는 스코필드(석호필)를 기념하기 위해 캐나다 한인사회에서 토론토에 〈스코필드 재단〉을 만들었다. 그의 한국이름은 석호필(石虎弼), 그 발음이 스코필드와 비슷할 뿐 아니라, 돌석(石), 호랑이 호(虎) 도울 필(弼), 그의 한국이름처럼 약자편에서 수 많은 사람들을 도왔다.

1916년 스승이었던 에비슨 박사(고종황제가 세운 제중원 초대원장)의 초청으로 한국의 세브란스병원 교수로 부임하였다. 1919년 3.1 독립운동이 일어나기 전 세브란스병원에 근무하던 이갑성이 스코필드를 찾아와 독립선언문을 보여주며 3.1 만세시위에 대하여 알려주었다. 그 독립선언문의 사본을 영어로 번역하여 최대한 미국과 서방세계에 보내 줄 것을 요청했다. 3월1일 오전 이갑성은 다시 스코필드를 찾아와 오후 파고다공원에서 일어날 학생시위 사진을 찍어 달라고 부탁했다. 그는 이갑성의 부탁을 거절하지 않고 자전거를 타고 만세시위현장의 사진을 찍어 해외에 알렸다.

스코필드가 세계에 알린 3.1운동과 1919년 4월 15일 제암리 학살사건은 일본의 만행을 알리는 중요한 역할을 했다. 일제가 제암리예배당에 마을사람들을 몰아넣고 총을 쏘고 마을전체를 불을 지른 학살의 현장을 사진으로 남겼다. 제암리의 대학살(The Massacre of Chai-Amm-Ni)」이라는 제목의 보고서는 중국 상하이에서 발행되던 영자신문 [하이 가제트(The Shanghai Ga ette)] 1919년 5월 27일자에 서울 주재 익명의 특별통신원(Special Correspondent)이 4월 25일 보내온 기사로 실렸다. 스코필드가 작성한 같은 무렵 작성한 〈수촌 만행

보고서(Report of the Su-chon Atrocities)〉는 비밀리에 해외로 보내져 미국에서 발행되던 장로회 기관지 『Presbyterian Witness』 1919년 7월 26일자에 실렸다. 캐나다 해외선교부는 직접 내한하여 이를 조사하였고 최초로 세계기독교협회에서 일제의 만행을 규탄하였다. 그는 이렇게 적극적으로 조선독립을 전세계에 알리는 기여를 했기에 '34번째 민족대표'로 불린다.

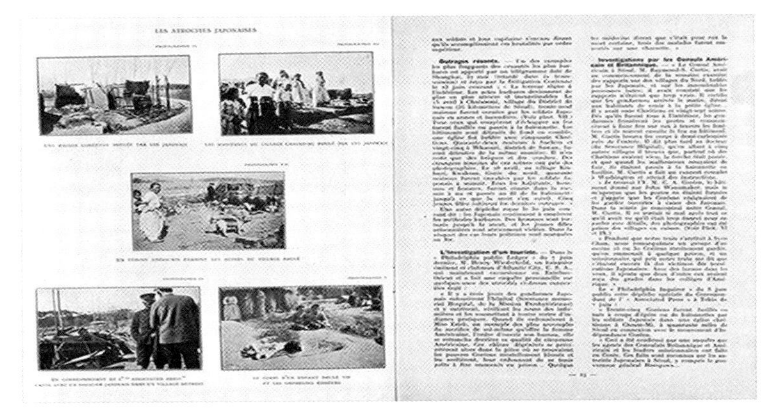
LES ATROCITES JAPONAISES

제암리 만행사건 보도기사

스코필드는 일본에서 발행된 영자 신문 『재팬 애드버타이저(Japan Advertiser)』와 캐나다 토론토에서 발행된 『글로브(The Globe)』 등에 기고한 글에서 일제 고관들의 안일한 한국 상황 인식과 피상적인 개혁을 비판하면서 근본적인 동화정책과 민족차별을 철폐하고, 한국인에 대한 강압과 만행을 중단할 것을 촉구하고, 한국의 독립과 자치를 허용하도록 요구했다.[16)]

16) 이장락, 『민족대표 34인 석호필』, 바람출판사, 2007.

서울대학교총장을 역임한 정운찬 동반성장 이사장 또한 스코필드박사의 제자였다. 정운찬 전 총리는 "스코필드 박사께서 내주신 학비로 중학교와 고등학교를 다녔다"며 "박사는 위대한 독립운동가일 뿐만 아니라 개인적인 은인"이라고 전했다. 정 전 총리는 *"그의 가르침을 따라 경제학을 공부했으며 학업을 마치고, 10년 전부터는 사회에서 동반성장 운동을 벌이고 있다"*고 말했다.[17] 스코필드는 고국에 돌아와서도 기고를 통하여 한국의 상황을 알리고 일제의 불완전한 개혁을 비판하였다. 1926년 크리스마스 무렵에 보낸 '나의 경애하는 조선의 형제여'에서도 *"조선은 나의 고향과 같이 생각됩니다."*라고 말하고, 1931년 크리스마스에 보낸 '경애하는 조선 형제에게' 라는 공개편지에서도 *"나는 '캐나다인'이라기보다 '조선인'이라고 생각됩니다."*라고 고백했다.

1958년 정부 초청으로 다시 한국을 찾은 스코필드 박사는 서울대 수의과학대에서 후학을 양성했고 1959년 대한민국으로 영구귀국했다. 1960년 대한민국 문화훈장과 1968년 대한민국 건국공로훈장 국민장을 받았다. 1970년 4월 12일 *"내가 죽거든 한국 땅에 묻어주오"*란 그의 유언에 따라 국립서울현충원에 안장되었다. 스코필드의 묘비에는 '캐나다인으로 우리 겨레의 자주 독립을 위하여 생애를 바치신 거룩한 스코필드 박사 여기에 고요히 잠드시다.'라고 새겨져 있다.

---

17) 연합뉴스 2019.04.04

그날 그때 1919年3月1日
오늘 이때 1963年3月1日

그氣槪 되살리라

國民의 政府여 선안된다

그함성 온장안에

동아일보, 1963.2.28.　　동아일보, 1969.2.28

## 7) 문학 전도사 제임스 게일(James S. Gale, 1863~1937)

게일은 1863년 2월 19일 캐나다 온트리오 주 알마(Alma)에서 아버지 존(John George Gale)과 어머니 마이애미(Miami. B.Gale)의 6남매 중 다섯째로 태어났다. 게일은 토론토대학에서 문학사로 졸업하고 선교사로 1888년 YMCA를 통해 조선에 왔다. 한국어를 배우는 와중에도 해주와 소래, 의주와 원산 등지에서 견문을 넓혔다. 토론토 YMCA의 파송을 받아 조선에 왔던 게일은 3년 만에 미국 북 장로회 선교사로 소속을 바꾼다. 선교사 게일에 깊은 영향을 준 헬리 데이비스(1856-1890), 존헤론(1860-1908)과 함께 부산과 서울 곤당골과 서울의 정동(정동은 한국최초의 서양식 근대 교육기관인 배재학당, 한국최초의 여성교육기관 이화학당등이 있었던 교육의 중심지)에서 선교활동을 했다.

게일은 목사가 아닌 평신도 신분으로, 이미 성경번역위원회의 멤버로 일하면서 신약 몇 권을 번역하기도 하였다. 그가 목회자로 변신한 것은 조선에 선교사 신분으로 들어온 지 10년이 지난 1897년이었다. 36년간의 조선 선교사 생활 중에 10년간을 목사가 아닌 평신도로 살아온 셈이다. 그가 평신도 선교사로 머물렀던 이 10년 기간 중에 조선어를 익히던 몇 해를 제외한다면 단지 몇 해 동안에 《천로역정》과 《한영사전》을 편찬함은 물론, 신약성경의 많은 부분을 번역해 내었다. 기독교계의 작업 이외에도 《구운몽(九雲夢)》이나 《영한사전》 편찬과 한국문학을 영역하여 국내외에 소개하였다.

**[ 코리언 스케치 중 - 조선의 마음-조용한 아침의 나라에 숨겨진 저류(底流) ]**

• 정반대의 세계 -

극동에서 무슨 일을 하건 간에 당연히 부닥치게 되는 가장 중대한 문제는 동양의 마음이다. 그들에게 접근해서 애정과 존경을 얻기는 비교적 쉬운 일이지만, 모든 일의 기초를 이루고 있는 특별한 지적 구조때문에 몹시 어리둥절하게 되는 수가 있다. *"만일 세계가 둥글다는 것이 사실이라면 서방에서 사는 우리들은 파리들처럼 저 아랫 세계의 천정 위에 꺼꾸로 달라붙어서 걸어다니는 힘을 가지고 있어야 한다"*는 것이다. 그러나 우리들은 *"아니다, 밑에 있는 것은 당신네들이다."*라고 대답한다. 이와 같이 우리들은 별도리 없이 반대되는 입장을 취하고 있는데, 우리들이 거꾸로 서서 다니며, 우리들의 형제인 동양인들한테서 뭔가를 배울 재주가 없는 한 우리들로서는 반대 의견을 고집하는 수밖에 없다.

조선의 경우는 무엇보다도 사랑이 필요이상으로 결핍되어 있다는 것을 알아야 한다. 헌신적인 사랑은 동양의 마음과는 거리가 멀다. 사실 조선어에는 사랑을 표현하는 데 알맞는 단어가 없다. 그것을 표현하려면 여러 단어를 한데 묶어야 한다. 조선인은 몹시 생색내는 말, 경의를 표하는 말, 존경하는 말 따위는 쓰지만 사랑을 표현하는 일방적인 말은 가지고 있지 않다

• 대구에서 만난 조선인들 -

경상도의 대구에 다다른 것은 정월 초하루를 하루 이틀 앞둔 때였다. 관찰사는 나졸을 보내어 도성에 들어오지 못하도록 하였다. 옷자락이 펄렁거리는 저고리를 입고 붉은 벙거지를 쓴 나졸들이 나타나서 구부러진 칼을 찬 장교인 듯 한 자가 큰 목소리로 '노조(일종의 신분증)'를 요구했다. 관찰사가 *"노조를 보고 처분을 내릴 것이니 남문 근처의 작은 방에서 기다리라"*는 것이었다. 그곳에서 기다리는 동안 지방 주민들이 몰려와서 구멍마다, 모퉁이마다 안을 들여다 보려는 얼굴들로 메워졌다. 이때 좋은 자리를 차지하려는 구경꾼들 간의 싸움은 대단히 치열했다. 그들이 지껄인 촌평이나 의견은 하나도 좋은 게 없었다. 나의 용모에 관한 나의 착각은 바로 그 정월에 그 구경꾼들의 다음과 같은 말을 들었을 때 사라져버리고 말았다.

*"저 눈 좀 보래이! 파란 것이 곤두박혀 있네! 코 참 크다! 저고리는 짧고, 바지는 짝 달라붙었구나! 그놈의 나라에는 천이 없는가? 별 수 없는 오랑캐구나!"*

• 중략

관찰사가 부른다는 전갈이 왔다. 청색 저고리와 붉은 벙거지를 쓴 나졸들의 호위를 받으면서 조선인 친구와 나는 문간을 지나서 10여 개의 돌계단을 올라가 관찰사 앞에 닿았다. 그의 양쪽에는 시종들이 죽 늘어서 있었다. 그는 내게 몇 가지 질문을 하였다. 지금 생각나는 것은 대강 이런 질문들이다. *"너희 나라에는 눈이 하나뿐인 족속이 사는가, 아니면 두 눈이 다 있는 족속이 사는가? 서양 사람들은 제 이빨을 뽑아냈다가 마음대로 다시 낀다는데 사실 그런가?"*

• 중략-

부사는 아주 쌀쌀하게 맞이했다. 내가 들어가자 그는 심하게 기침을 하기 시작해서 인터뷰가 거의 다 끝날 때까지 계속했다. 호위 나졸들도 사라지고 조선인 친구와 나만이 남아서 밖으로 나왔다. 밖에서는 여전히 흥분한 군중들이 남아있어 나의 조선친구에게 난폭하게 굴었다. 다행히 군중들 가운데 관찰사의 보좌관 같은 옷차림을 한 관리가 끼어있어서 나는 그에게 도움을 청할 수 있었다.

*"사실 오늘 밤은 서양에서도 섣달 그믐날이요. 좀 조용한 곳에 가서 부모님께 편지를 쓰고 싶소. 언제나 나는 섣달 그믐날 편지를 올렸소"*

*"아니, 당신 아버지가 살아 계시단 말이냐?"* 하고 그 보좌관은 약간 놀라며 물었다.

*"그렇소, 살아 계시오. 더구나 조선에 대해서는 참으로 깊은 관심을 가지고 계시다오."*

그는 내 부모가 살아 계시다는 것과 '고요한 아침의 나라'에 대해서 편지를 써야 한다는 것을 들은 즉시 자기 곁에 있는 사람들한테 말하였다.

그 말은 내가 생각했던대로 퍼져 나갔다. 나는 사람의 자식임에 틀림없었고, 또 지극한 효성을 가지고 있음을 드러낸 셈이다. 차차 조용해졌다. 사람들은 떠나기 시작했다. 몇몇 노파는 앞문에 다가와서, 나의 어머니에 대해 큰 소리로 물었다. 동양인은 성스러운 이름, 아버지와 어머니를 가장 중시하므로 언제, 어디서나 그 혜택을 받을 수 있다.[18]

게일은 조선에 온 지 8년이 지난 1896년 일본 잡지에 [조선의 문명사]를 간추려 기고하였다. 조선의 생활과 음식, 문화적 이해가 어느 정도 익숙해질 무렵이었다. 게일의 조선 이해는 서양문화와 문명을 최고의 가치로 여기며 살기 쉬운 당시 조선에 온 외교관들이나 선교사들의 일반적인 행태와 거리가 멀었다. 죽음을 지상에서의 종말로 인식하는 것이 아니라 조선인들이 망자(亡者)에게 올리는 제사가 살아 있는 사람이 주관하는 행위가 아닌 죽은 영혼이나 혼백(魂魄)이 살아 있을 때와 같은 적극적인 개념으로 받아들였다. 그런 점에서 조선 사람의 조상 산소에 대한 경외감과 존중은 서양인들이 일상적으로 즐기는 벽난로보다 더 친근한 생활의 일부로 이해하고 있다. 어떻게 보면 전통적인 기독교나 본인이 소속된 장로교의 교리적 한계를 벗어나 가톨릭교의 문화적 접근법과 유사한 점까지 보인다.

그는 1927년 한국을 떠나 캐나다에서 머물다 영국으로 건너

18) 제임스 게일 저 〈코리언 스케치-장문평 역〉 현암교양신서 에서

가 1937년 사망하였다.

### 8) 일본군의 잔인한 살상행위를 세계에 알린 스탠리 마틴 선교사

스탠리 마틴(Stanley Haviland Martin)은 1870년 7월 23일 캐나다 뉴펀들랜드주 세인트존스에서 태어났다. 1920년 10월 일본군이 간도 참변을 자행하자, 마틴은 간호사들과 함께 일본군의 방화 및 학살 현장을 방문해 사진을 촬영했다. 그는 이러한 자료를 기반으로 '노루바위(장암동) 학살 사건' 이라는 보고서를 만들어 일본군의 학살 만행의 진상을 해외에 폭로했다.

1916년 캐나다장로회 소속 선교사로 한국을 방문한 스탠리 마틴은 중국 길림성 용정에서 제창병원 원장으로 의료선교 활동을 하였다. 1919년 3월 13일 독립만세운동으로 다수의 사상자가 발생하자 이들을 제창병원으로 이동시켜 치료했다. 그는 독립운동을 위한 지원도 아끼지 않았으며 병원과 부속건물

을 집회 장소로 제공하고 독립운동 선전물 인쇄를 도와주었다. 1920년에는 경신참변의 지역을 방문해 피해 상황을 촬영한 보고서를 캐나다 토론토의 장로회 전보본부에 전달하여 일본군의 잔인한 행위를 국제사회에 알리는데 힘썼다.(국가보훈처)

스탠리 마틴은 마르고 얼굴은 창백했지만 파란 두 눈은 하찮은 사물 하나도 놓치는 법이 없었다. 그는 가리지 않고 닥치는 대로 아무 일이나 다했으며 그의 두손은 못하는 것이 없었다. 그는 훌륭한 기계공일 뿐만 아니라 자격있는 무선 전신 기술자였으며, 아마튜어 천문가이기도 했다. 또 뛰어난 내과 의사요 훌륭한 외과 의사였다. 그의 마음은 언제나 가난하고 고통받는 사람들에 대한 애정으로 가득 차 있었다. 그는 선교사들과 교인들에게 하늘의 별자리 이야기를 들려주는 것을 좋아했다.

용정에서 유일하게 자격을 갖춘 의사였고, 일 년에 이만 이천 명이나 되는 많은 환자들을 돌보았다. 또 그는 의료 일 외에도 행정 사무, 의료 요원 훈련 등 엄청나게 많은 일을 도맡아 했다. 그는 조수에게 의학훈련을 잘 교육시켰기에 그의 조수는 의과대학을 가지 않았음에도 불구하고 대강의 병세 진단 뿐만 아니라 간단한 수술도 할 수 있었다.

*"근래에 우리가 볼 수 있는 훌륭한 병원들은 초기의 선교사들이 숱한 난관을 극복해 가며 고생스레 이룩해 놓은 것이다.*

*초기의 캐나다 선교사들이 요즘의 병원들을 볼 수 있다면, 그들의 마음이 얼마나 뿌듯할까 하는 생각이 가끔씩 들었다"*고 Dr. 머레이는 기록하고 있다. 그는 1940년 한국을 떠나 캐나다를 거쳐 미국인 아내와 함께 미 버지니아에서 사망했다.

대한민국 정부는 1968년 스탠리 해빌랜드 마틴에게 건국훈장 독립장을 추서했다.[19]

**9) 한국의 독립운동을 세계에 알린 프래드릭 맥켄지 기자**

프래드릭 맥켄지(Frederick Arthur McKenzie, 1869년 ~ 1931년)는 1869년 퀘벡에서 출생한 스코틀랜드계 캐나다인이다. 언론인이자, 저술가로서 영국에서 해외 특파원으로 활동하였고 러·일전쟁때 극동 특파원으로 조선에 왔다. 1904년과 1907년 두 차례에 걸쳐 한국을 방문했으며 1906년 순종 황제 즉위식에 참석하여 1907년 고종의 강제 퇴위를 계기로 일어난 의병을 취재하기 위해 충주와 제천을 찾은 맥켄지는 일제의 학살과 방화를 목격하며 조선의병들의 사진과 기록을 남기게 되었다.

맥켄지 기자가 의병을 만났던 장면은 드라마 '미스터 션샤인'에서 연출되어 화제가 되기도 했다.

*'그들은 매우 측은하게 보였다. 전혀 희망이 없는 전쟁에서 이미 죽음이 확실해진 사람들이었다. 그러나 몇몇 군인의 영롱*

19) 국가보훈처

*한 눈초리와 얼굴에 감도는 자신만만한 미소를 보았을 때 나는 확실히 깨달은 바가 있었다. 가엾게만 생각했던 나의 생각은 아마 잘못된 생각이었는지도 모른다. 그들이 보여주는 표현방법이 잘못된 것이었다 하더라도 적어도 그들은 자기의 동포들에게 애국심이 무엇인가를 보여주고 있었다.'*[20]

영화 미스터 선샤인의 모티브/맥켄지가 의병을 만나 찍은 사진

일본군들은 조선의 땅 곳곳에서 돋아난 의병이라는 가시를 철저하게 발라 내려고 작심하고 있었다. 1909년 일본군이 호남 일대의 의병들을 전멸시킨 남한 대토벌 작전 이후 의병들은 거의 사라지다시피 했다. '사방을 그물 치듯 해 놓고 마을을 수색하고 집집마다 뒤져 조금이라도 혐의가 있으면 죽였다. 나그네들의 발길이 끊기고 이웃과의 연락이 두절됐다. 맥켄지의 사진 속에 있는 의병들은 삼삼오오 도망가거나 몸을 감출 데가 없어 힘 있는 이들은 싸우다가 죽었고 힘없는 이들은 도망가다

20) 멕켄지 [한국의 독립운동], 1920

가 칼을 맞아 죽었다.'[21]

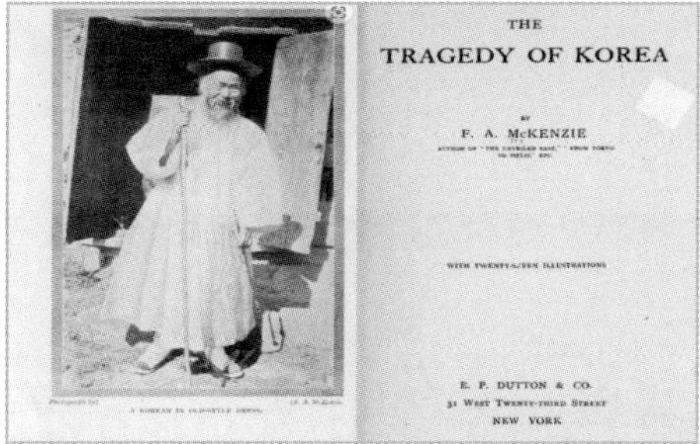


또한 맥켄지는 안중근 의사에 의해 하얼빈 역에서 암살당한 이등박문(이토 히로부미)의 조선통치의 실상을 다룬 〈이토 히로부미의 통치〉를 소개했다.

**[ 이토 히로부미(이등박문)의 통치 ]**

이토 히로부미가 초대 조선통감으로 부임했다. 한국인들은 그에 대해 아무런 선택의 여지가 없었으며, 싫어도 싫은 내색을 보일 수가 없었다. 비록 그가 천황(天皇) 을 대신하여 한국의 독립을 빼앗은 장본인이기는 하지만 그와 친근한 일본의 고위층들은 아무도 그가 충동질하지 않았다고 아직까지 생각하고 있다는 것은 주목할 만한 사실이다. 그와 접촉해 보면 그가 일본의 정책을 위해서 택하지 않을 수 없었던 방법이 본질적으로 어떤것이든지 간에 그는 아직 한국인에 대해 진정으로 호의를 품고 있다고 느껴진다.

21) 매천 황현의 기록

이토는 매우 유능한 고위 관리 몇 사람을 대동하고 부임했으며, 그들의 직책을 확정시켜주는 법령을 공포함으로써 그의 새로운 통치를 시작했다. 이와 같은 상황에서 통감은 원하는 바를 모두 할 수 있는 권한을 갖는, 사실상 한국의 최고 지배자가 되었다. 그는 공익을 해친다고 여겨지는 법령을 철폐할 수 있는 권한을 가졌으며 1년 이하의 징역과 200원 이하의 벌금에 해당하는 형벌권도 가지고 있었다. 이와 같은 형벌권의 상한선은 순전히 명목적인 것이었다. 왜냐하면 한국은 군법에 지배되고 있었으며 군법정은 사형권도 가지고 있었다.

– 생략 –

맥켄지는 1907년에는 당시에 있었던, 조선 통감부에 의한 대한제국 군대의 해산 명령에 항의하여 대한제국 각지에서 일어난 의병의 활약상을 취재해, 이를 사진으로 남겼다. 1907년 [베일을 벗은 동양]의 부록에서 맥켄지는 조선인들은 일본의 통치에 반대하고 있다는 글을 올렸다. 1908년에는 〈한국의 비극〉을 간행하였다. 일제강점기를 맞은 한국을 다시 방문하였다. 그 동안에 맥켄지는 1919년에 당시 한반도 전역에서 벌어지고 있던 3·1운동을 목격하였고, 특히 그 해 4월에 있었던 제암리 학살 사건에 주목해, 당시 그 현장을 목격한 프랭크 윌리엄 스코필드의 증언을 토대로 일본 제국이 일으킨 학살 사건의 진상을 세간에 폭로하였다. 이 때의 경험을 바탕으로 1920년에는 〈한국의 독립운동〉을 집필하였다.

1921년에는 미국의 일간지인 데일리 뉴스로 이직하고, 유럽

각국에서 강연을 하였다. 1931년에 캐나다의 자택에서 사망했다. 〈The Tragedy of Korea〉, 1908,〈The Colonial Policy of Japan in Korea〉, 1906,〈The Peace Conference - The Claim of the Korean People and National Petition〉, April 1919, 〈Korea's Fight For Freedom〉, 1920 등 조선의 독립과 일본의 만행, 그리고 일본의 침략적 야심을 예리한 기자의 눈으로 작성했다. 일부 그의 글에서 맥켄지는 일본의 정책이나 이토에 대한 호의적인 글을 썼음을 알 수 있다. 그렇지만 2014년 대한민국정부로 부터 건국훈장을 받았다.

## 맺는 말

영국 성공회는 영국인과 일본인까지 선교대상으로 하였다면 캐나다 장로회는 선교대상을 조선인으로 국한하였다. 성공회 선교사들은 대부분 옥스브리지 졸업생들로 부유층 출신인 점도 캐나다 선교사들과 대비되었다. 이 두 교파는 선교 방침과 사회적 배경이 서로 달랐고 1919년 3.1운동 당시 캐나다 장로회는 일제를 강력히 비판하였으나 성공회는 총독부를 옹호하는 입장을 취하였다.[22] 캐나다 장로회 해외선교부 총무 암스트롱은 직접 조선을 방문하여 상황을 파악하였고 교단 총회는 결의문을 채택하였는데 이는 조선의 선교 교단 중 유일한 사례

22) 문영식 [한국 근대화과정에서 캐나다 선교사들이 끼친 공헌과 평가],[캐나다 연구]

였다.[23] 또한 캐나다 선교사들은 미국 북장로교 선교사들과 같은 '근본주의적이거나 극단적 교파주의적 성향은 없었으며 평등주의이고 민주적이고 진보적이었다.' 성진과 함흥에서 육성한 의료인은 성진에서 8명 함흥에서 13명을 배양했으며 이들은 3.1독립운동에 실형을 받았다. 그들의 반 이상이 사립 세브란스의전을 졸업하였으며 선교병원에서 사임 이후는 개업을 전환한 이들을 통해 캐나다 해외선교부가 조선에 지대한 의료기관과 학교 및 복음을 성공적으로 전파한 사실을 이들을 통해 확인할 수 있었다.

한국과 캐나다의 수교 60주년을 기리기 위해 조선에 왔던 140년 전의 186명의 선교사중 9명에 대해서 우선적인 기록과 그들이 남긴 글들을 인용하였다.캐나다의 한국이민자들은 1895년 초기 유학생들과 이후 선교사, 파독광원·간호사, 월남파병 기술자들, 축산 연수생, 남미를 경유한 재이주자들이 있다. 이후 캐나다로 들어온 한국이민자들은 독립이민과 기술이민, 투자이민 등으로 나누어진다.

1994년 이민을 온 나로서는 한국의 눈부신 발전과 더불어 대한민국의 국격이 올라갔음을 피부로 실감한다. 무엇보다 오늘날 우리가 누릴 수 있는 이 호사스러운 구축의 밑바닥에는

---

23) 김승태 [한말 캐나다 장로회선교사들의 한국선교에 관한 연구(1898~1910, 한성대학교 석사학위논문

아무도 알아주는 이 없더라도 나라를 위해 몸을 던진 분들이 있어서 또 하느님의 말씀을 실천하기 위해 조선인보다 더 조선을 사랑한 무수히 많은 선교사들이 있었다는 것을 잊지 말아야 할 것 같다.

이글을 쓰기 위해 많은 자료를 읽으면서 독립운동가들이나 선교사들의 이야기가 논문마다 혹은 책마다 조금씩 다른 연대와 이름의 영문표기와 오타 등을 발견할 수 있었다.

이러한 것들은 학계와 캐나다에 사는 우리가 또 한국의 보훈처가 이분들의 희생을 더 많이 발굴하여 기리는 일을 지원해주기를 청한다.

### 한국의 충청도 근대교육과 선교에 지대한 영향을 끼친 내한 캐나다 선교사

# 로버드 A 샤프 선교사와 앨리사(사애리시) 선교사를 탐구하며

석 동기

19세기 말, 조선은 신문명의 개화와 함께 급속히 변화하는 세계 흐름에서 소외되고 결국 주변 강대국의 식민지로 전락하고 말았다.

1905년 을사보호조약 이후 거의 40년간 이 땅은 지배국 일본의 수탈의 대상이 되고 1931년 만주사변에서부터 1932년 상해사변, 1938년 중일전쟁 그리고 1941~1945년 태평양전쟁까지의 15년 전쟁의 병참기지로 사용되다가 일본의 패망으로 도적같이 해방을 맞이하지만, 해방을 우리 스스로 이루지 못하여 해방 직후부터 남북이 나누어지고 연이어 6.25 전쟁이 일어나 이 땅은 남북한 400만 가까운 인구가 사망하고 1000만 이산가족이 생기며 그나마 있던 적은 자원마저 전쟁으로 큰 손실을 입게되어 외국 원조가 아니면 도저히 자력으로 생존해 나갈 수 없는 지구촌 국가 중 최빈국이었다.

그랬던 이 나라는 이후 세계사에서 유래를 찾아보기 드문 성장과 발전을 거듭하여 원조를 받던 나라에서 원조하는 나라가 되고 경제적으로는 세계 10대 경제 대국이 되었다.

그 이유를 여러 가지로 생각해 볼 수 있지만 특별한 소명의식으로 이 땅에서 순직하며 사명을 감당한 선교사들의 희생을 기억해야 할 것이다.

이런 저변에는 이를 가능케 한 선교사들이 있었고 또한 그 사람들을 길러낸 기독교가 있었다.

이 땅이 외국에 문호를 개방하기 시작한 초창기부터 서구의 기독교 선교사들은 이 땅을 찾아와 복음을 전하면서 병원과 학교를 세워 병든 자를 치료하고 아이들에게 근대교육의 기회를 주었으며 여기서 교육을 받은 아이들은 지식인들로 성장하여 작게는 주변을 계몽시키는 지도자가 되고 크게는 나라를 이끌어가는 선각자가 되었다.

서구의 기독교가 중국과 일본에 기독교를 전래하면서 중국과 일본에 거주하는 선교사들과 조선인들의 교류와 성서의 번역등 선교의 가능성을 가지고 본격적으로 선교사 파송을 결정하게 되는데 1884년 북감리교 선교사인 알렌이 내한한 이래 해방 이전까지 이 땅을 방문한 기독교 선교사는 1,500여 명에 이르며 이들 중 많은 이들이 열악한 환경과 풍토병으로 인해 가족들이 질병으로 고생하거나 목숨을 잃는 슬픔을 겪었다.

그러나 이런 슬픔에도 하나님이 주신 사명을 놓지 않고 죽기까지 이 땅에 헌신하였으며, 그들의 헌신이 밀알이 되어 대한민국의 근대화에 많은 영향을 미치게 되었다.

이들 선교사 중에는 내한 캐나다 선교사들의 희생을 거론하지 않을 수 없으며 이 글에서는 최근 서울이남의 충청선교 130주년을 맞이하여 새롭게 조명되어지는 캐나다 온타리오 남부지역 출신으로 공주지방에서 학교를 세워 많은 인재들을 길러냈던 초기 충청도지역 선교와 공주지방 선교사인 샤프 선교사와 앨리사(사애리시) 선교사를 중심으로 글을 쓰고자 한다.

로버트 A 샤프 선교사와 앨리사 H 샤프 선교사 부부는 공주에서 상주하며 충청도 일대에 기독교 복음을 전하고 학교를 세워 청소년과 여성들에게 기독교 정신으로 한 민족의 근대화에 역사적인 족적을 남긴 분들이다.

온타리오 남부 해밀톤 서북쪽에 위치한 케이스토빌을 여러 차례 방문하며 샤프 선교사의 고향교회와 케이스토빌 도서관 및 케이스토빌 지역의 고문서를 소장하고 있는 도서관을 찾아서 샤프 선교사의 발자취를 더듬어 보려고 하는 중에 샤프 선교사의 생가로 여겨지는 장소를 찾기도하며 연합교회 고문서 가운데 기록된 샤프 선교사의 유아세례 및 형제들의 신앙의 이력들을 찾으면서 온타리오 남부지역 출신의 내한 캐나다 선교사 중에 로버트 A 샤프 선교사에 대한 탐구를 이어가게 되었다.

지금도 케이스톨 연합감리교회에 자리하고 있는 지역 묘지에는 샤프 선교사의 어머니 묘비 뒷 면에 새겨진 아들 샤프 선교사의 한국 순직에 관한 기록을 보면서 아들의 순직을 일생 간직하며 살았던 어머니의 애절함과 그리고 그의 동생들이 목회의 길을 가는데는 샤프 선교사의 한국선교에 대하여 그의 가족들의 가슴속에 남아 있었던 그리움과 사랑을 볼 수 있었다.

충남 공주시 영명고등학교 뒷산 기슭에는 대한제국 말기 그리고 일제의 강점기에 조선의 개화와 기독교를 전하기 위하여 왔던 선교사와 그 가족들이 잠들어 있는 묘원이 있다.

그 가운데 온타리오 남부 케이스토빌 출신인 로버트 A 샤프 선교사의 묘지가 있다.

샤프 선교사는 1903년 4월에 제물포 항에 도착하여 1906년 3월에 발진티푸스에 전염되어 순직할 때까지 3년을 한국에서 선교사로 살았지만 그의 선교사역은 그의 아내 앨리사(사애리시)를 통하여 충청선교와 교육사업에 큰 영향을 주게 되었다.

케이스토빌 지역역사의 기록을 보면 샤프의 아버지 헨리 J 샤프는 고향교회 케이스토빌 감리교회의 초창기부터 주일학교 교장으로 그리고 목회자가 없을 때에는 설교와 심방을 하며 지역과 교회를 섬긴 내용들이 담겨져 있다.

이 기록들은 당시 샤프 선교사의 가족들의 분위기를 짐작해 볼 수 있는 내용으로 샤프 선교사는 아버지를 중심으로 온 가족이 교회를 정점으로 한 신앙의 공동체 가운데서 살아간 것이라 볼 수 있다.

지금도 케이스토빌 감리교회 옆의 묘지에 어머니와 그의 형제들의 묘비가 세워진 것을 보면 샤프 선교사는 가정과 교회를 중심으로 어릴 때부터 신앙의 분위기에서 자라나고 청소년기에 들어서는 선교사로서 자신의 마음을 하나님께 드렸다는 선교사 지원서류의 글을 통하여 볼 때 케이스토빌 감리교회에서 어린시절부터 자연스럽게 선교에 대한 꿈을 가졌던 것으로 여겨지게 된다.

그래서 샤프 선교사는 청소년기에 1897년 뉴욕의 유니언 선교사 훈련원에 입학하게 되었고 그리고 오하이오 주 오벌린 대학에 입학하여 신학을 전공하며 그 지역의 감리교 청년회인 엡웻청년회 회장을 맡아 지역 YMCA 그리고 교도소, 병원등 다양한 봉사 활동을 하며 선교사의 꿈을 이어갔던 것을 남아 있는 몇 장의 기록 가운데서 볼 수 있다.

샤프의 선교사지원 이력서에 "나는 선교사가 되고 싶다는 마음을 몇 년동안 간직해 왔다. 첫 번째 동기는 어린 소년시절부터 선교사가 되려는 마음을 가졌고 성령께서 나를 선교사가 되로록 이끈 것은 한 번이 아니라 계속되는 하나님의 부르심이었으며 그리고 선교사가 되려는 마지막의 이유는 나는 천성적으로 선교사라고 믿었기 때문이다." 라고 지원서에 제출한 글을 볼 때 그는 고향교회인 케이스토빌 감리교회에서부터 선교사의 꿈을 가지고 자라났으며 대학을 졸업하고 감리교 목사가 되어 1903년 내한하게 된다.

같은 캐나다 동부 노바스코시아 출신인 샤프의 부인인 앨리사(사애리시) 선교사 역시 어린시절 독실한 기독교 가정에서 자랐고 뉴욕의 유니언 선교사 훈련원에서 교육을 받아 먼저 한국에 내한하여 선교사의 꿈을 이루었다.

온타리오 남부에는 샤프 선교사의 내한 이전에 이미 한국에서 선교하던 게일선교사와 한국 부흥운동의 주역인 감리교 하디 선교사의 고향이기도 하였다.

필자는 온타리오 남부 지역에서 자동차로 한 시간 남짓 거리에 위치한 이들 선교사들의 고향과 교회를 방문할 때마다 게일, 하디, 샤프 선교사들의 내한 선교의 발자취를 더듬으면서 한국의 근대역사 가운데 큰 족적을 남긴 캐나다 출신의 내한 선교사들의 선교적인 삶이 한국의 교회 및 교육사업 그리고 문화사업에 지대한 영향을 미치게 된 근원이 바로 기독교정신과 이웃 사랑에 기인 하고 있다는 것을 다시 한번 확인하게 되었다.

로버트 A 샤프 선교사(Robert Arthur Sharp, 1872-1906)는 1903년 서울에 들어와 황성기독청년회(YMCA)에서 헐버트, 언더우드, 에비슨, 게일 등과 함께 초대 이사로 기독교 청년운동을 활발히 펼치면서 정동제일교회와 배재학당에서 교육을 담당하다가, 1903년 앨리사(사애리시)와 한국에서 결혼하였다.

샤프 선교사는 1904년 서울이남 충청지역 선교책임자로 파송을 받았다.

샤프 선교사 부부는 공주 하리동 뒷산 일대를 구입하여 선교부를 꾸미고 학교를 개설하고 예배당(공주제일교회)도 마련하였는데 샤프 선교사는 남학생을 위한 명설학당을 개설하고 부인인 앨리사(사애리시)는 여학생을 위한 명선학당을 개설하여 학생들을 가르치기 시작하면서 이들 선교사 부부가 공주 땅에 신교육의 첫 시작을 여는 교육사업을 하였으며 이듬해인 1905년 11월엔 그곳 언덕에 2층짜리 붉은 벽돌집을 지어 이주하였는데, 이 건물은 공주 최초의 서양식 벽돌 양옥집이어서 많은 구경꾼들이 방문하는 명물이 되었고 선교사 부부도 그들을 받아들여 집을 구경시키며 복음을 전하는 전도의 방편으로 삼기도 하였다.

샤프 선교사는 순회전도도 자주 하였는데, 공주를 거점으로 천안과 조치원뿐 아니라 멀리 청주, 그리고 홍성까지 나가 전도를 하며 조선의 복음화를 위해 쉬지 않고 헌신하다가 1906년 2월 말경 논산 지방 순회전도활동 중에 앓게 된 발진티푸스로 인해 갑작스럽게 하나님의 부르심을 받았다.

함께 선교하였던 배재학당의 윤석열의 기록을 살펴보면 샤프 선교사는 충청지역을 순회전도하면서 종종 발진티푸스(여름에는 이질병에 자주 걸렸다는 기록등으로)를 앓았다는 기록을 볼 수 있는데 이 소식을 듣고 의사 스크랜튼은 샤프 선교사의 치료를 위해 서울에서 공주까지 내려와서 발병 17일 만에 고열과 함께 숨을 거두는 최후의 모습을 스크랜튼은 전하면서 샤프 선교사의 장례 추도사에서 고인이 순회전도 중에 받은 협박들, 그리고 일본인 폭력조직과 친일파의 위협을 받은 내용등을 밝히면서 "그는 거의 1년 전 그의 생명을 구하기 위해 서울에서 경찰 출동을 요청해야 할 필요가 있을 만큼 일본인 폭도와 친일 한국인으로부터 큰 위협을 당하였다."는 추도사의 기록이 남아 있다.

마지막 2년 동안 고인과 그의 부인은 너무나도 큰 짐을 맡아 용감하게 나선 이야기들을 하며 이런 가운데서도 의연함을 잃지 않았던 고인에 대하여 추모하며 순회전도 도중 진눈깨비를 피해 들어간 집이 하필이면 상여가 보관된 곳이었는데 전날 장티푸스로 죽은 시체를 운구했던 상여를 만진 것이 화근이 되어 1906년 3월 5일 34세의 젊은 나이로 소천하게 되었는데 의사 스크랜튼은 "고인이 선교구역에서 혼자 지내는 동안 기록한 일기를 통하여 마지막 질병을 알 수 있게 되었고 들판의 아주 작은 마을에서 그의 조사와 짐꾼이 모두 장티푸스 열병에 걸렸다고 밝히고 있다."는 소견서와 기록을 남겨두어 샤프와 앨리사가 얼마나 헌신적으로 선교에 사명을 다하였는지를 짐작하게 하게 한다.

한국에 온 지 3년, 공주에 정착한 지 1년 남짓밖에 안된 안타까운 순직이었다. 그의 무덤은 서양 양옥집 뒤편 언덕에 마련되었는데 아직도 영명동산으로 불리며 그대로 보존되어 있다.

자녀도 없던 앨리사(사애리시)에게는 갑작스런 남편의 죽음에 장례를 치르고는 운영하던 명선학당을 스웨어러(Swearer)

부인에게 맡기고 미국으로 되돌아갔으나 하나님이 주신 사명의 땅인 조선을 잊을 수 없었고 더구나 순직한 남편의 죽음을 헛되게 할 수 없다는 소명감을 깨닫고는 오랜 기도 끝에 1908년 8월 다시 공주로 돌아온 후, 더욱 헌신적으로 선교사역을 감당하였다.

앨리사(사애리시)는 남편인 샤프 선교사의 무덤이 있는 곳을 향해 "오늘은 부여 갑니다.", "오늘은 논산과 강경 갔다 옵니다."하며 매일 얘기하듯 보고하면서 일생을 홀로 보냈으며, 수시로 찬송가를 부르며 연주하던 오르간 위에는 항상 젊은 남편의 사진이 놓여있었다고 전해진다. 그리고 그 사진은 앨리사(사애리시) 선교사가 소천 후에 공주감리교회 박물관에 기증되었다.

샤프 선교사 사망 후 한국을 떠났던 부인 앨리사(사애리시) 선교사는 1908년에 한국으로 돌아와 명선학교를 영명여학교로 개칭하고 교육활동에 열심을 내어 이후 영명여학교 역시 영명남학교와 마찬가지로 여성 독립 운동가 및 각계의 여성 지도층을 배출하게 된다.

먼저, 명선학당을 영명여학교로 새롭게 이름을 바꾸어 운영을 계속했으며 1909년엔 강경 만동(萬東)여학교와 논산에 영화(永化)여학교도 세웠고, 그 외 충청도 여러 교회에 유치원도 설립하며 아동교육에도 큰 영향을 미쳤다.

샤프 선교사의 부인인 앨리사(사애리시) 선교사는 1940년 일제에 의해 선교사 강제추방 때까지 이 땅의 복음화 뿐 아니라 특히, 여성들을 개화시키기 위한 여성 교육에 헌신하여 많은 인재들을 길러내었다.

앨리사(사애리시)는 유관순 열사를 교육하여 민족의식을 심어준 스승으로도 알려진 분이다.

샤프 선교사가 시작한 명선학당은 후에 "영원한 광명(Eternal brightness)" 이라는 뜻을 가진 영명(永明) '영생'의 가치와 세상의 빛이 되라는 성경의 가르침을 담고 있는, 영명학교(현 영명고등학교)라는 이름으로 정식으로 개교하여 수많은 인재들을 길러내었다.

영명학교는 남학교였는데 1908년 앨리사(사애리시) 선교사가 귀국하여 다시 문을 연 영명여학교와 1932년에는 두 학교를 통합하여 실업학교로 개편하였는데, 그러나 영명학교는 1942년 제33회 졸업식을 마지막으로 일제의 강제 폐교로 문을 닫게 되었고 1949년 다시 문을 열어 오늘에 이르고 있다.

앨리사(사애리시)선교사가 길러낸 인재들을 살펴보면, 3.1 운동의 상징인 유관순 열사를 비롯하여 중앙대학 설립자 임영신, 한국인 최초의 여자 목사 전밀라, 여성 교육자 박화숙 그리고 한국인 최초 여자경찰서장인 노마리아 등이 있으며 승당 임영신의 『나의 40년 투쟁사』의 글을 인용하면 "대부분의 사람들은 유관순 열사는 모태신앙을 가진 독실한 기독교인이었다는 사실을 알지 못한다. 유관순 열사의 부모는 가난하긴 했지만 일찌기 기독교를 받아들여 개화한 신앙인이었다. 그의 주변 친지들 역시 대부분이 기독교인이었다. 1902년 생인 유관순 열사는 모태 신앙으로 아버지의 뜨거운 신앙과 민족 의식에 영향을 받았다고 알려져 있다. 유관순 열사가 이화학당에 입학할 수 있었던 것도 당시 공주에서 선교사역을 하던 앨리사(사애리시) 선교사(史愛利施·Alice J. Hammond, 샤프 부인)의 추천 덕에 가능했다."고 한다.

영명학교 출신자 중에는 내무부장관을 역임하고 대통령 후보로 나섰던 조병옥 박사, 동경 2.8독립선언사건의 주역인 윤창석, 임시정부에서 활동한 오익표, 정환범 그리고 충남도지사와 문교부차관을 지내며 조국 재건에 앞장섰던 박종만 등이 있다.

앨리사(사애리시) 선교사는 1940년 태평양 전쟁 발발과 함께 일제에 의해 강제 추방된 후 미국 캘리포니아 파세데나의 은퇴선교사요양원에서 지내다가 1972년 9월 8일 101세의 나이로 소천하여 파세데나 납골묘원에 안치되었다.

특집·3

# 특별한 이야기들

**이남수**

2023년이 애국지사 기념사업회의
제 2의 도약의 시기가 되길

**신옥연**

한·캐 수교 60주년, 우정과 협력의 다음 60년을 위하여!

양국 관계의 미래 발전을 획기적으로 증진시켜 나가야

**Sonny Cho(조성용)**

Remembering the Korean
Independence Movement

# 2023년이 애국지사 기념사업회의 제 2의 도약의 시기가 되길

-한국과 캐나다 수교 60주년을 바라보며..

이 남수

작년에 나는 애국지사 기념 사업회에 이사로서 함께 하게 되었다. 한글 학교에서 재외동포 2세대 어린 학생과 청소년들에게 우리 역사를 가르치고 있다 . 틈틈이 해오던 영어 통역일도 코로나때문에 접게 되었다. 코로나오면서 남는 시간들은 자연스럽게 내 삶을 돌아보게 되었다. 그리하여 자기 정리의 시간들로 글쓰기에 몰입하였다. 우연히 눈에 띈 보국 문예 공모전이 눈에 들어와서 응모하게 되었다. 처음엔 최재형에 대해서 쓴 글이 일반부 동상을 받았다. 다음 해엔 내가 제일 존경하는 안창호 선생에 대해서 글을 썼다. 코로나로 한참 아시아인에 대한 인종차별이 심해진 상황이었다. 그의 딸 안수산 여사에게 "미국인으로 살되, 한국인의 정신을 잊지말라."고 했던 그 메시지가 재외동포 2세에게 코리언 캐네디언으로서 가져야 할 기본 정신임을 알려 주고 싶었다. 마침 그 해 역사 수업이 독립운동가들의 삶에 대해서 하고 있어서 아이들에게 학생부 응모전에 참여하게 하였다. 그래서 밀알 한글학교가 단체입상을 수상하게 되었다. 그런 과정에서 기념사업회 회장님인 김대억 목사님으로부터 영입 제의를 받게 되었다. 한 해 전에도 권유했지만 사정이 허락하지 않았다. 하지만 두번째는 사업회의 취지에 많이 공감하게 되어서 이사로서 가입하게 되었다.

그 동안 사업회는 10년사이에 독립운동가들의 삶을 재조명하는 6권의 책을 발간하였다. 한국에서도 하지 않고 있는 너무나도 의미있는 일을 해외에서 참으로 어렵게 해내고 있었다. 일제 강점기는 우리 역사에 유례없는 엄혹하고도 강고한 시련의 시기이다. 5000년 역사속에 그 어느 나라보다도 평화롭고 발전된 문화를 가진 한민족에게 여러 번의 이민족의 침입이 있었다. 대표적으로 고려시대 몽고의 침입과 조선시대의 임진왜란과 정묘호란이 있다. 어떤 서양 역사가가 한국의 역사는 국난 극복이 취미인 나라라고 말한 적이 있다. 아마도 한글에 '우리'라는 단어만 보더라도 알 수 있을 것이다. 우리 엄마, 우리 학교, 우리 회사, 우리 나라… 내 엄마, 내 학교, 내 나라라는 표현보다도. 그렇듯이, 우리 한민족의 핏속에는 백성들이 일치단결하여 국난을 극복하는 유구한 전통이 있었다. 하지만 일제 강점기는 우리 민족이 나라와 땅을 빼앗기고, 우리 말 대신 일본말을 배워야 하는 온전히 일본의 식민지가 되었다. 그 침탈과 억압의 역사는 말로 표현할 수가 없다. 빼앗긴 나라를 되찾기 위하여 모든 재산을 독립운동에 보태고 조국 광복에 몸바친 순국 선열들의 숭고한 정신과 희생을 비록 이역만리 캐나다에서라도 우리 후손들에게 알리려는 가치있는 작업이었다. 그 정신에 깊은 영향을 받으면서, 사업회 일에 같이 하는 게 보람있고 의미있는 일이라 여겼다.

2023년은 한국과 캐나다 수교 60년이 되는 해이다. 이제 기념 사업회도 좀 더 활발하게 이런 기회를 잘 활용하여 그 의미를 살렸으면 좋겠다. 참전 용사를 기리는 것도 필요하다. 하지만, 올해를 기점으로 기념사업회가, 2,0의 새로운 버전으로 좀 더 발전되기를 바란다. 기존의 방식대로 책을 발간하되, 이제는 그 독립운동가 대상도 좀더 확대하여, 좌우익을 가리지 않고 있는 그대로의 역사적 사실에 입각하여 선택되고 쓰여지길 바란다. 코리언 캐네디언인 이 아이들에게 좀 더 많이 활동을 알리고 책을 읽게 하는 것이 의미가 있다. 여기 캐나다에서 우리 후손들의 입장은 어쩌면 제 3지대의 입장이어서 더욱 있는 그대로를 보여주는게 더 긍정적인 영향을 줄 거라고 생각된다.

구한말부터 시작된 우리 이민사는 올해가 120주년이라고 한다. 우리 역사에 유례없는 디아스포라 한민족 이주의 역사는 지금 현재 전세계 140개국에 퍼져 있고, 재외동포 인구만 해도 750만이다. 그리고 현재 세계 4위이며, 우리나라 국회에서도 재외 동포청을 신설하려고 한다. 역사상 유례가 없는 지금 세계 10위권의 경제 대국이 된 조국, 대한민국이 다른 선진국과는 다르게 하드 파워가 아닌 소프트파워, 한류로 세계 문화의 변방에서 주류로 올라서는 그런 내용들도 특집 형식으로 글들을 싣게 하면 좋겠다. 현대사에서 유일하게 식민지였다가 70년만에 선진국이 되었으며, 무력이나 전쟁으로 세계를 제패하지 않고, 문화의 힘으로 온 세상을 한국 문화의 홍수속에 빠지게 하였다. 그리고 이땅에서 일어난 6월25일 한국전쟁으로 우리 대한민국을 지켜주었던 16개 유엔군의 참전 용사들에 대한 감사를 잊지 않고 보답하였다. 더불어서 도움과 원조를 받았던 가난한 나라에서 아프리카와 아시아등의 가난하고 어려운 나라들에게 원조를 하고 도움을 주고 있다. 백범 김구가 원했던 나라, '힘과 무력으로 세계를 지배하지 않고, 먹고 살만한 나라여서, 남을 침략하지 않고 오로지 문화의 힘으로 세상에 아름답게 알려지길 바랐던 나라'가 지금의 세상일 것이다. 안중근 의사, 도산 안창호와, 김구 선생등 순국선열들이 다시 살아나서 지금의 이 나라를 보면 너무도 기뻐서 감격의 눈물을 흘릴 것임은 두말하면 잔소리이다.

더불어서 한국 캐나다 수교의 역사도 60주년이다. 그리고 좀 더 적극적인 방식으로 책홍보를 통해서 판매하는 것도 단순히 발간에서 그치지말고 방법을 강구하는 것이 좋겠다. 이젠 체질 개선이 필요한 시점이다. 특히 한 캐수교 60주년 기념으로 그 기회를 잡아서 한번 해볼만 할 것이다. 이민, 이주의 역사속에 캐나다는 미국 이민의 역사와는 많이 다르다. 하와이 중심의 미국 독립운동은 교민들이 돈을 모금하여서 상하이 임시정부를 직접 후원하였다. 캐나다 이민은 비교적 근래 60년정도 되어서 비교적 그래도 일제 강점기때보다는 좋은 환경에서 이민을 왔기에 성격이 조금 다르다.

하지만 다른 각도에서 보면 지금 사업회가 우리 독립운동가들의 삶을 재조명하는 이 작업은 어쩌면 또 다른 의미의 제 2의 독립운동을 하는 것이므로 그 의미와 가치는 이루 말로 따질 수가 없다. 체질 개선을 하기위한 제 2의 도약의 전환점이 되는 한 해가 되길 바란다.

### 한·캐 수교 60주년, 우정과 협력의 다음 60년을 위하여!

# 양국 관계의 미래 발전을 획기적으로 증진시켜 나가야

신 옥연(캐나다한국학교연합회 회장/전 토론토한인회 이사장)

2023년은 한국과 캐나다가 공식적인 외교 관계를 맺은 지 60주년이 된 해다. 우정과 협력의 다음 60년을 위하여 양국 관계의 미래 발전을 획기적으로 증진시켜 나가야 할 것이다.

한국과 캐나다는 지난 1963년 1월 14일 공식 수교를 맺었다. 이에 앞서 캐나다는 1949년 대한민국 정부를 한반도의 유일한 합법 정부로 승인했다. 그리고 이듬해에 6·25 전쟁이 발발하자 미국과 영국 다음으로 많

한국 캐나다 수교 60주년 로고

은 총 2만6,791명을 파병했고, 이중 516명의 젊은이가 목숨을 잃었다.

토론토 북서쪽 브램턴의 메도베일 '위령의 벽'에는 전몰장병 516명의 위패가 모셔져 있다. 한국을 지켜준 캐나다 참전용사들을 생각하면 가슴 깊은 곳에서 뭉클함이 솟아오른다.

캐나다는 한국을 돕기 위해 6.25발발 5일 후 태평양에 있는 3척의 구축함을 보냈다. 그러나 당시 지상군은 파병할 부대가 없는 상황이었다. 이에 오로지 한국 파병을 목적으로 18개월 복무 조건의 캐나다군 특수부대 창설안을 채택해 모병에 나섰고, 많은 젊은이들이 당시 이름도 몰랐던 한국 파병에 자원했다.

마침내 첫 육군 전투 부대인 패트리샤 대대가 쌀쌀한 12월 18일 부산항을 통해 한국에 상륙했다. 캐나다 지상군은 유엔군에 합류해 특히 가평전투에서 중공군의 인해전술을 막아내는 대승을 거뒀다. 1952년 말에는 공병대와 의무대를 파병해 한국의 재건도 지원했다. 현재 메도베일 묘지에는 가평전투 기념비가 세워져 있다.

최근 윤석열 대통령은 한국과 캐나다 수교 60주년을 맞아 "포괄적 전략 동반자 관계를 더욱 발전해 나가기 위해 보다 긴밀히 협력해 나가기를 기대한다"고 밝혔다. 또한 "한국전을 통해 맺어진 깊은 신뢰와 우의를 바탕으로 1963년 수교 이래 다양한 분야에서 한국과 캐나다간 협력이 비약적 발전을 이뤘다. 양국이 공유하는 가치를 바탕으로 역내 평화와 번영을 위해 긴밀히 협력하고 있다."고 평가했다.

재외동포로서 지난 60년간 쌓아온 한국과 캐나다의 우정이 더욱 돈독해지기를 바란다. 그동안 한국과 캐나다의 관계는 교육, 문화, 경제, 안보 등 다양한 분야에서 긴밀한 파트너십을 이뤄왔다.

오늘날 캐나다는 세계에서 가장 큰 한인 디아스포라 중 하나로 약 24만 명이 거주하고 있다. 주로 한인 동포들은 경제, 교육 분야에서 영향력 있는 곳에 뿌리를 내렸으며, 코리아타운이라는 한인 공동체를 형성하고 있다.

게다가 세계적으로 유명한 교육기관들이 많아 해외 유학을 원하는 한국 학생들에게 매우 인기 있는 목적지다. 매년 수많은 한국 학생들이 토론토대학, 맥길대학, UBC대학 등에 유학을 오고 있다. 이러한 관심은 학생 교환 프로그램을 확대하고, 대학간 공동 연구 프로젝트와 같은 이니셔티브를 통해 더욱 촉진될 수 있다.

한글학교의 역할도 빼놓을 수 없다. 캐나다 전역에 100여 개 한글학교는 대한민국을 대신해 후원자, 협력자, 계승자의 역할을 감당하고 있다. 특히 한글, 역사, 문화의 배움터로 차세대의 정체성 확립, 현지와의 상호 협력과 소통에 앞장서고 있다. 교육 교류, 조사 연구, 차세대 네트워크, 동포 융합, 인권 지원 등의 다양한 사업을 펼치고 있다. 한국의 문화유산을 현지에 알리고 이미지를 제고하는데도 일조하고 있다.

잠재적인 협력의 또 다른 영역으로 한국과 캐나다의 문화교류도 활발히 이루어지고 있다. 한국 대중문화 'K-pop'은 토론토와 밴쿠버와 같은 주요 도시에서 콘서트와 함께 큰 인기를 얻고 있다.

한국과 캐나다는 영화, 음악, 예술 축제를 더 많이 추진함으로써 양국간의 문화 교류를 더욱 강화할 수 있다. 서로의 문화에 대한 더 큰 이해와 존중을 통해 양국간에 강하고 지속적인 관계를 구축해 나가야 한다.

경제적 측면에서 양국 관계의 미래를 낙관해야 할 이유는 많다. 한국의 첨단 제조업과 캐나다의 풍부한 천연 자원이 결합하여 혁신과 성장을 위한 새로운 기회를 창출하는 상호 보완적인 강점을 지니고 있다.

한국 기업들에게는 북미 진출을 위한 중요한 교두보일 수 있다. 더욱이 경제 활동에 도움되는 인력을 위주로 이민정책을 펴고 있어 역량있는 한국인들의 해외 정착지로도 안성맞춤이다.

캐나다는 광활한 국토와 풍부한 자원을 보유하고 있으며, 무역과 재정에서 강한 경제가 특징이다. 국제사회에서 주요 의사 참여국 및 결정자로서 중요한 전략적인 위치에도 있다. 양국간 경제관계가 한 단계 도약할 수 있도록 협력을 확대할 필요성이 있다.

자료에 따르면 한국의 주요 수출품목은 자동차, 휴대전화, 철강관, 정밀화학, 수입은 유연탄, 동광, 펄프, 항공기부품 등이다. 과학기술을 언급하지 않고는 양국 관계의 미래에 대한 논의가 완전하지 않을 것이다. 세상이 점차 디지털화되면서 이전에는 상상할 수 없었던 협업과 혁신을 위한 새로운 기회도 생겼다. 인공지능과 머신러닝, 사물인터넷에 이르기까지 유대를 강화하고 성장을 도모할 다양한 분야들이 있다.

한국과 캐나다의 안보 협력도 최근 몇 년간 성장하고 있다. 캐나다는 한반도 평화프로세스에 대한 지지를 표명하며 북한 비핵화를 위한 국제적 노력에 적극 동참해 왔다. 양국은 아시아태평양지역의 평화와 안정을 증진하기 위한 공동노력을 강화할 수 있다.

아직은 전 세계에서 차지하는 양국의 경제규모나 위상에 비해 협력이 부족한 상황이다. 미래를 내다보면 한국과 캐나다가 관계를 심화할 수 있는 많은 기회가 있다.

물론 양국 관계의 미래에 기회와 함께 새로운 도전도 있다. 특히 우려되는 것은 북한의 지속적인 핵무장 등 긴장이다. 또 일부에서 보호주의 정서가 고조돼 양국에 유익한 무역개방을 위협하는 것도 문제다.

우리가 직면한 도전을 극복하고 앞으로 다가올 기회를 활용하려면 어떤 협력이 필요할까? 과거의 성공을 바탕으로 미래에 더욱 강력한 파트너십을 구축하려면 어떻게 해야 할까? 이는 우리가 양국 관계의 다음 장을 펼치면서 계속 탐구해야 할 과제다.

한국과 캐나다의 수교 60주년을 맞이하여 더욱 희망찬 미래를 염원한다. 한국과 캐나다의 우정과 협력의 다음 60년을 위하여!

# Remembering the Korean Independence Movement

Sonny Cho (조성용)

In 1910, Korea was annexed by the Empire of Japan after years of war with China and Russia on Korean peninsula, intimidation, and political machinations; the country would be considered a part of Japan until 1945. The Empire of Japan waged an all-out war on Korean culture.

Schools and universities forbade speaking Korean and forced loyalty to the emperor. Public places adopted Japanese and an edict to make films in Japanese soon followed. Koreans were forced to change their family names to Japanese. It became a crime to teach history from non-approved texts and authorities burned over

200,000 Korean historical documents to wipe out the historical memory of Korea.

Nearly 725,000 Korean workers were made to work in Japan and its other colonies, and as World War II loomed, Japan forced hundreds of thousands of Korean women into life as "comfort women" - sexual slaves who served in military brothels. The unspeakable war crimes committed by the Empire of Japan can be found in the books, films and web sites.

On March 1$^{st}$, 1919, Korean people poured on to the streets calling for independence from Japan, and protesting forced assimilation into the Japanese way of life. There were over one thousand demonstrations throughout the country. They were brutally suppressed by Japanese police and army. Over 7,500 killed, 16,000 wounded, and 46,000 arrested. Many more died in the jail cells due to brutal tortures. This movement was a catalyst for organized independence movements from inside Korea and overseas until the liberation in 1945.

My family and I came to Toronto, Canada 50 years ago from Seoul, Korea. My father came two years before us to make the settlement in a new land easier. I was busy learning English, playing sports and getting involved in the student activities during my middle and high school years. I was far from the Koreans and the Korean community until about the third year in university. On one March 1st in early 1980's, I decided to attend the March 1st Korean independence movement commemoration at the Korean cultural centre. I was one of the very few young ones out of one hundred or so people. One of the speakers said "Why aren't young people attending the March 1st commemoration? There should be a lot more younger people attending." I thought to myself "why didn't he and all elders here bring their children?

For the last 40 years, the annual March 1st ceremony in Toronto has been the same. The old people show up to go through the same routine of preaching "why we should remember" and shouting "Manse!" ("Long Live Korea!").

For some reason I have always liked reading about Korean history. But it was my mom and dad telling me the stories of them growing up during the Japanese colonialism that made me understand the sufferings that Koreans went through. I knew the importance of passing on the stories, but I failed to pass on the stories to my children.

I have often thought about how to get my children and young English-only speaking second generation in Toronto to learn about the history of Korean independence movement and the patriots that sacrificed their lives for independence and freedom that Koreans enjoy today.

Maybe it is not too late to start telling the stories to my younger generation. But who, if anyone, will read my article? Will the young people read this book? Will this book even get to the target audience? Will they understand the rest of the book that are written in Korean?

I browsed through some of the past editions'

articles on why we should remember, why the future generation should remember and what more could be done.

Here are the actions I am going to take:

- Study more myself about my motherland's history.
- Collect a list of books, videos and films about the independence movement in Korean and English.
- Gather friends that are interested in sharing our history and discuss what we could do to share the stories with our children.
- Run programs and events to share the stories.
- Let the people decide why it is important to remember and what they will do.

I am hoping to get access to films first because I think younger generations will be more intrigued by this medium and eventually find their way to books in English or learn to read Korean texts.

I hope I can help a little in making this world more peaceful and beautiful with my fellow Korean friends in Canada.

Why is it so important that Korean diaspora remember the March 1st Movement and the martyrs and activists of the independence movement from more than 100 years ago? Some people may ask: Why should we remember such a horrible past? Maybe it is time to move on and forget the past?

The world is far from perfect despite the lessons learnt from the past war crimes and atrocities I believe that we must continue to remember, learn and fight to prevent present and future atrocities.

The University of the People web site has a great article on **"Why Is History Important and How Can It Benefit Your Future?" It states:**

**What Is History?**

History is the knowledge of and study of the past. It is the story of the past and a form of collective memory. History is the story of who we are, where we come from, and can potentially reveal where we are headed.

## Why Study History: The Importance

History is important to study because it is essential for all of us in understanding ourselves and the world around us. There is a history of every field and topic, from medicine, to music, to art. To know and understand history is necessary, even though the results of historical study are not as visible, and less immediate.

## History Allows You to Comprehend More

### 1. Our World

History gives us a truly clear picture of how the various aspects of society — such as technology, governmental systems, and even society as a whole — worked in the past so we understand how it came to work the way it is now.

### 2. Society and Other People

Studying history allows us to observe and understand how people and societies behaved. For example, we are able to evaluate war, even when a nation is at peace, by looking back at previous events. History provides us with the data that is used to create laws, or theories about various aspects of society.

### 3. Identity

History can help provide us with a sense of identity. This is actually one of the main reasons that history is still taught in schools around the world. Historians have been able to learn about how countries, families, and groups were formed, and how they evolved and developed over time. When an individual takes it upon themselves to dive deep into their own family's history, they can understand how their family interacted with larger historical change. Did family serve in major wars? Were they present for significant events?

### 4. Present-Day Issues

History helps us to understand present-day issues by asking deeper questions as to why things are the way they are. Why did war in Europe and Asia-Pacific in the 20th century matter to countries around the world? How did Hitler and Hirohito gain and maintain power to commit atrocities? How has this had an effect on shaping our world and our global political system today?

### 5. The Process of Change Over Time

If we want to truly understand why something happened — in any area or field, such as one political party winning the last election vs the other, or a major change in the number of smokers — you need to look for factors that took place earlier. Only through the study of history can people really see and grasp the reasons behind these changes, and only through history can we understand what elements of an institution, or a society continue regardless of continual change.

## You Learn a Clear Lesson from History

### 1. Political Intelligence

History can help us become better informed citizens. It shows us who we are as a collective group and being informed of this is a key element in maintaining a democratic society. This knowledge helps people take an active role in the political forum through educated debates and by refining people's core beliefs. Through knowledge of history, citizens can even change their old belief systems.

## 2. History Teaches Morals and Values

By looking at specific stories of individuals and situations, you can test your own morals and values. You can compare it to some real and difficult situations individuals have had to face in trying times. Looking to people who have faced and overcome adversity can be inspiring. You can study the great people of history who successfully worked through moral dilemmas, and also ordinary people who teach us lessons in courage, persistence and protest.

## 3. Builds Better Citizenship

The study of history is a non-negotiable aspect of better citizenship. This is one of the main reasons why it is taught as a part of school curricula. People that push for citizenship history (relationship between a citizen and the state) just want to promote a strong national identity and even national loyalty through the teaching of lessons of individual and collective success.

### 4. Learn from The Past and Notice Clear Warning Signs

We learn from past atrocities against groups of people: genocides, wars, and attacks. Through this collective suffering, we have learned to pay attention to the warning signs leading up to such atrocities. Society has been able to take these warning signs and fight against them when they see them in the present day. Knowing what events led up to these various wars helps us better influence our future.

### 5. Gaining A Career Through History

The skills that are acquired through learning about history, such as critical thinking, research, assessing information, etc., are all useful skills that are sought by employers. Many employers see these skills as being an asset in their employees and will hire those with history degrees in various roles and industries.

### 6. Personal Growth and Appreciation

Understanding past events and how they impact the world today can bring about empathy and understanding for groups of people whose history may be different from the mainstream. You will also understand the suffering, joy, and chaos that were necessary for the present day to happen and appreciate all that you are able to benefit from past efforts today.

Wish me well in sharing and passing on the stories to our younger generation.

**Sonny Cho (조성용)**

Toronto, Canada | 2023

특집·4

# 학생들의 목소리

## 다니엘 한글학교

Noh Eunchan _ DOSAN AHN CHANG-HO

장준서 _ 안창남

한다훈(7학년) _ 존경하는 가문의 어르신 만해 한용운

오세영(9학년) _ 타국에서 쏘아올린 대한독립운동의 불꽃 박용만

## 작년도 문예 작품 입상작

당신을 기다리며 _ (초등부) 서예원 Sarah Suh

이름 없는 군인의 무덤에서 _ (중고등부) 서유진

자유와 평화의 가치 _ (중고등부) 서유진

노병의 눈물 _ (일반부) 제나 박

다시 현충원 언덕에 서서 _ (성인부) 윤용재

# DOSAN **AHN CHANG-HO**

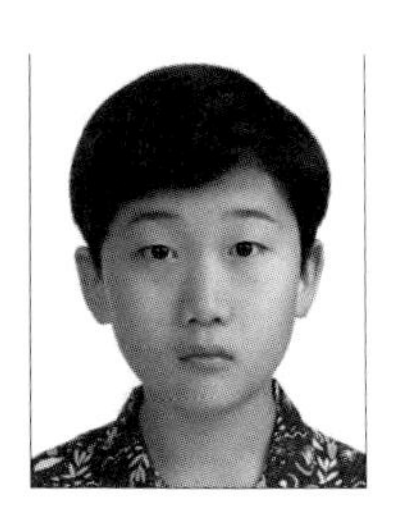

BY : **Noh Eunchan**

"Even picking one orange with one's whole heart constitutes patriotism." By Anh Chang-ho

Ahn Chang-ho had worked for the Korean independence movement and educational reforms. Let me tell all about the great history of Ahn Chang-ho.

Even though he is gone, many still remember the name Dosan Ahn Chang-ho. In 2018, the national association of the United States officially created Dosan Ahn Chang-ho day. He had traveled to 12 countries and 120 cities for 37 years and risked his life for Korean independence. While crossing the ocean on his way to study in the U.S, he discovered Hawaii rising like a mountain and gave himself the pen name "Dosan" meaning to rise his country great and strong.

When the Korean peninsula turned into a battlefield between Qing and Japan, Ahn saw his hopeless homeland and embarked on a study journey to the United States. He tried to join and graduate elementary schools at the age 24 to study a great power country's basic education and help the Korean community. However, all schools refused him since he was too old to start an elementary school. But Ahn never gave up and kept asking and explaining why he needed to join an elementary school, and finally, he convinced a school to accept him and let him graduate.

Ahn found out the hope in the youth for the future of his country, so he selected eight representatives and organized the Heungsadan centered on young people. Even though Ahn is gone, Heungsadan has been steadily rising and developing civic movements.

Ahn had established The Provincial government of Republic of Korea and in the end, Ahn was captured for a lifetime of Korea independence, running the distance of two times around the earth, and closed his eyes because of harsh torture. He is buried at Dosan Park in Seoul, and the Ahn chang-ho memorial hall has been built to follow his footsteps closer. He is very humble because even he always played a central role in the Korean independence, he did not demand his achievements.

I have always loved Dosan Ahn Chang-Ho because he risked his life for Korea independence and showed cooperation and love for his country. Although he died with harsh torture, he never gave up and participated in the Korean independence. The most inspiring part of his story was when he went to the United States to study for our country and asked all the elementary schools to let him in. Even he did not accepted by any schools, Ahn never gave up until getting a chance to get in. Finally, he studied with grade one students to help his home country. Like Ahn, I will never give up even though I face to any difficulties and try my best to achieve my goal. I hope I can retrace his footsteps and help my country in any need. As a student, I will study hard and try to spread my cultural era to my friends. I will love my country, Korea, just like Dosan Ahn Chang-ho.

# 안창남

**장준서**

## 초창기

안창남은 1901년 한국 동북부의 작은 마을 평동에서 태어났다. 1911년 그는 상류층 학생들을 교육하는 국내 명문 미동보통학교에 입학했다. 1917년 미국 조종사 아서 로이 스미스(1890-1926)가 한국을 방문해 용산에서 곡예비행 공연을 관람했다. 이것은 항공에 대한 그의 관심을 불러일으켰고, 그는 스스로 조종사가 되기로 결심했다. 1915년 휘문고등보통학교를 중퇴한 뒤 일반학교에 입학했으나 1917년 결국 중퇴했다. 일본에서 항공학교를 마치고 1920년 일본에서 조종사가 되었다.

일본으로 이주한 후 그는 오사카 자동차 학교에서 자동차 운전과 비행기 제조를 배웠다. 이후 아카바네 비행공장에 들어가 6개월 동안 항공 기술을 배웠지만, 당시 일제는 민간 비행 자격에 대한 규정이 없었기 때문에 곧바로 조종사가 될 수는 없었다.

1921년에는 새로운 민간 비행 자격 규정이 제정되어 조종사가 될 수 있었다. 1921년 5월 일본 최초의 비행자격시험을 치르고 2명이 합격했다. 그 중 최고였다고한다. 1922년 도쿄 오사카 우편 경쟁 비행에 참가하여 1등상을 받았다.

## 조선의 비행사

안창남은 대학을 졸업한 뒤 천도교 신문이 안창남에 대한 기사를 실어 조선에 큰 반향을 일으켰다. 당시 비교적 신기술이었던 비행기에 한국인 조종사가 활동하고 있다는 소식은 무단통치 시대가 끝난 뒤 패배감과 열등감에 빠진 조선인들에게 희망을 안겨주었기 때문이다. 안창남은 1922년 12월 5일 고국으로 돌아왔고 그가 여의도 모래사장에 상륙하자 5만 명의 환호성이 터져 나왔다.

안창남은 이달 10일 동아일보 후원 비행기를 타고 고국을 방문하고 일본으로 돌아갔다. 당시 그는 큰 인기를 끌었고, '비행기 안창남'이라는 노래는 "안창남의 비행기를 내려다보고, 엄복동의 자전거를 내려다봐"라는 가사로 쓰여졌다.

## 독립운동 투신과 최후

이 후 일본으로 돌아간 안창남은 1923년 관동대지진으로 다시 귀국했다. 그는 곧 조선청년동맹에 입단해 독립운동에 가담했다. 안창남은 1924년 항일운동이 한창일 때 한국을 떠나 중국으로 망명했다.

1930년 4월, 중원에서 대전이 발발하기 직전에 비행 훈련을 하던 중 비행기 추락 사고로 사망했다. 장개석의 중앙군과 교전해야 했을 가능성이 높다. 불과 3일 후 옌시산이 장개석에게 반란을 일으켰을 때 그가 살아있었다면 말이다.

### 한국의 최초의 파일럿이 아니다?

역사 기록에 따르면 최초의 한국인 조종사는 1919년 비행한 서월보였다. 미주대한민국임시정부 청사. 그러나 서월보와 대한민국임시정부 비행사들은 각각 중국과 미국에서만 비행한 해외독립운동가였기 때문에 안창남은 한국 최초의 비행사였다. 안창남 선생은 독립운동 공로를 인정받아 대한민국 정부로부터 '국가훈장'을 추서 받았다. 후손이 없어 현재는 정부에서 보관하고 있다.

### 나의 생각

제 생각은 안창남은 참으로 대단하신 분 같습니다. 안창남은 그 힘든 시기에도 불구하고 일본에 직접 가서 비행 수업을 받고 비행기를 조립해서 한국으로 날아오신 것을 대단하게 생각합니다. 저도 지금 파일럿을 꿈꾸고 있는데, 안창남 같은 사람이 됐으면 좋겠습니다. (참조:나무위키 "안창남")

# 존경하는 가문의 어르신
# 만해 **한용운**

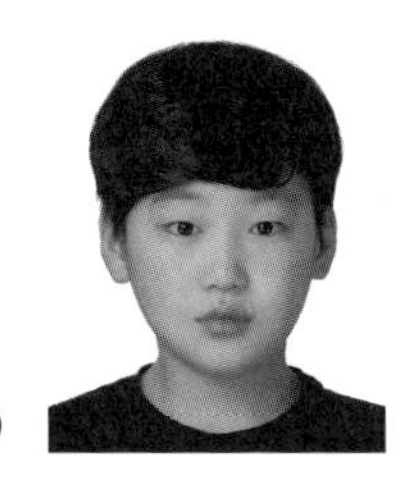

**한다훈**(7학년)

저는 저와 같은 청주 한씨 독립운동가를 찾아보고 싶었습니다. 그러던 중 한용운이라는 33인 독립운동가 중 한명이자 승려이시고 시인이신분을 찾았습니다. 한용운 독립운동가는 1879년 8월 29일에 태어나셔서 1944년 6월 29일에 돌아가셨습니다. 한용운은 청주 한씨 12대손이시며 충청도 홍주에서 태어났어요(지금의 홍성). 그는 어렸을 때 매우 똑똑했습니다. 훈장님과 같이 친구들을 가르칠 만큼이였죠. 그 당시에는 매우 힘들었던 시기, 바로 일제강점기였어요. 일제강점기는 1910년 8월 29일에 시작되고 1945년 9월 2일에 끝을 내렸습니다. 일제강점기에는 일본이 한반도를 침략해 침범하고 통치하였습니다. 그 당시 일본군인들은 사람들의 상황이 어렵다고 봐주지 않고 세금을 걷고 많은 물건을 빼앗았어요.

첫번째로, 저는 궁금했습니다. 과연 한용운님은 독립운동가를 왜 하고 싶으셨을까요? 저는 왜 한용운 독립운동가님을 존경할까요? 독립운동가가 된다는 것은 아주 힘들고 무서운 일일 것입니다. 안 봐도 알 수밖에 없죠. 자신이 독립운동을 한다는 게 들키면 위험한 고문과 심하면 죽임을 당할 수 있습니다. 독립운동가가 되었던 이유는 바로 나라를 지키시고 싶은 마음이 있었기 때문입니다. 저는 한용운님께 매우 감사의 인사 전하고 싶습니다. 저희 나라를 위해 싸우셨고 도와주셨기 때문입니다. '님의 침묵'으로 독립의 희망과 의지를 표현했죠. 그리고 3.1절 독립운동 선언에 적극적으로 참여하셨습니다. 당시 시대 상황이 답답하여 그는 고민끝에 1896년도에 오세암으로 들어갔어요. 그곳에서 일들을 하시다가 스님이 되기로 마음을 먹었어요. 1905년 완벽한 스님이 되기 위해서 한용운님은 설악산 백담사로 들어가셨어요. 그의 동상이 현재 있는 곳이죠. 그는 많은 기도와 참선을 하며 불교경전을 매우 열심히 공부하셨어요. 그는 마침내 용운이라는 법명을 받고 정식으로 승려가 되었어요. 제가 매우 존경하는 부분은 불교를 새롭게 고치셨어요. 불교를 고친다는 것은 어려울 것입니다. 불교는 매우 큰 종교 단체입니다, 그 당시 거의 모든 조선사람들은 불교를 믿었었습니다. 1908년 일본이 우리나라의 불교에 영향을 미치려고 하자 한용운님은 일본의 불교의 실상을 파악하고 싶어 일본으로 떠났습니다. 일본의 불교를 파악한 뒤 매우 놀라셨어요. 그리고 조선의 불교는 크게 바뀌어야 한다 생각했어요. 조선으로 돌아오시자마자 조선불교를 새롭게 고치셨어요.

다음으로, 알려지지 않은 그의 활동은 바로 무엇일까? 저도 그의 알려지지 않은 활동이 궁금해 찾아봤는데요, 알려지지 않은 활동은 찾기가 어렵더라고요 그래서, 제일 유명한 한용운님의 시 '님의 침묵'에 대해 알아보기로 했습니다. 님의 침묵은 그의 자유시였습니다. 그 중 제가 제일 좋아하는 한줄을 적어보자면, "아아, 님은 갔지마는 나는 님을 보내지 아니하였습니다." 이 줄을 제가 좋아하는 이유는 님은 멀리 갔지만 내 마음속에 아직 남아 있다는 뜻입니다. 이 시의 내용은 사랑하는 님을 떠나보내어 슬프지만 떠난 님이 다시 돌아온다는 믿음과 희망을 품는다입니다. '님의 침묵'의 또다른 이름은 '임의 침묵' 입니다. 그는 1925년 '님의 침묵'을 적으셨습니다. 이 시는 대한독립을 간절히 바라는 희망의 노래입니다. 여기서 님이란 우리나라, 조선의 독립을 간절히 바라는 노래입니다. 이야기를 이어 가자면 그는 시를 적기 전 불교대전이라는 경전을 적으셨어요. 그당시 그는 사람들이 글씨를 알지못했기 때문에 글씨와 불교대전을 알려주고파 많은 강연을 하였어요. 목소리가 매우 커 뒤에 있는 사람들에게 들릴 만큼 컸습니다. 님의 침묵이 나오자 마자 사람들은 매우 놀랐습니다. "강연하던 사람이 이런 시를 적을 수 있다니…." 그의 또다른 유명한 활동은 뭐니 뭐니 해도 3.1절 연설입니다. 독립운동가들은 토론끝에 3월 1일에 연설을 하기로 결정했어요. 한용운은 독립 선언서 3장을 추가하기도 했죠. 원래 탑골 공원에서 독립 선언식이 열리는 것이었지만 많은 사람들이 몰려들까봐 위치를 바꿔 태화관에서 모여 했습니다. 한용운은 위치를 바꾸는 것이 못마땅하였지만 많은 동의표에 위치를 바꾸게 되었어요. 한용운이 대표로 간단히 선언서를 설명하고 만세를 부르도록 하게 정하였어요. 독립운동을 했다는 이유로 한용운은 감옥에 가게 되었어요. 한용운은 1921년 12월 22일 독립운동가 최린, 오세창, 권동진, 함태영, 이종일, 김창준과 함께 감옥에서 나오게 되었습니다. 감옥에서 나온 이후 백담사에 사시면서 세상과 멀리 살았지만, 금방 세상으로 돌아와 불교개혁운동 등 많은 민중운동에 참여하였습니다.

마지막으로, 그의 후손들에 대하여 알아봅시다. 많은 청주 한씨 사람들이 있지만 그중 한명은 바로 저 한다훈입니다. 저도 청주 한씨 39대손이죠. 그리고 저희 할아버지 37대손 저희 아빠 38대손입니다. 저희는 먼 친척이고 한용운의 후손은 지금 북한에 살고 있습니다. 평양시 중구역 보통문동에 살고있는 한명심씨는 한용운의 아들의 딸이라고 한 인터뷰에서 밝혔습니다. 그녀에 따르면 3.1절 운동 당시 체포된 한용운 선생은 "조선에 개가 되어도 일본의 식민이 될 수 없다."라고 그녀의 아버지(한용운의 아들)에게 말씀하셨다고 합니다. 1992년에 어떤 한 여성이 한용운님의 손녀에게 가짜 손녀라고 자신이 진짜 손녀라고 소송을 걸은 사건도 있습니다. 이어 가자면 인터뷰하는 기자가 물어봤습니다 "아버지(한용운 아들)가 학교를 못다니게 하고 호적도 안만들었다, 그건 맞지요?" 그러자 그녀는 "학교는 못갔지, 그대신 아버지가 가르쳐주셨어." 그녀는 일제강점기에서 해방이 되어 이화여중을 갔지만 그당시 6.25전쟁이 터졌다 합니다. 아버지는 자상한 아버지였다고 인터뷰에서 밝혔습니다. 한용운님은 광복을 1년 앞두고 있었던 1944년 6월 29일에 중풍과 영양실조 등의 합병증으로 돌아가셨습니다.

이것을 끝내보자면, 한용운님은 33인의 독립운동가중 한명이자 승려이시고 시인이셨고. 청주 한씨 12대손이셨습니다. 한용운님이 독립운동가가 되고 싶었던 이유는 나라를 지키고 싶은 마음이었습니다. 제가 존경하는 이유중 하나는 불교를 바꾸셨다는 것인데 불교는 큰 종교인데 바꾸다니 완전 놀라웠습니다. 그의 대표 시는 '님의 침묵' 입니다. 그 시의 내용은 사랑하는 님을 떠나보내어 슬프지만 떠난 님이 다시 돌아온다는 믿음과 희망을 품는다입니다. 그의 후손은 지금 북한에 살고계신분입니다. 한용운 독립운동가의 희생과 조선을 위한 도움을 잊지 아니하고 모든 독립운동가에게 (유관순 열사, 안중근, 김구, 최린 그리고 한용운 등등) 감사에 말씀드립니다. 한용운님은 대한민국 그리고 조선을 잃지 않기 위해 많은 도움을 주셨습니다. 정말 감사합니다. 매우 많은것을 느끼게 해주셔서 정말 감사합니다. 이 것으로 제 글을 끝내겠습니다.

# 타국에서 쏘아올린 대한독립운동의 불꽃 **박용만**

**오세영**(9학년)

처음에 독립운동가에 대한 글을 쓰려고 했을 때, 저는 안중근 의사나 유관순 열사같이 잘 알려진 독립운동가들보다 저평가 되고 잘 알려지지 않은 독립운동가에 대해서도 한 번 써야겠다고 생각했다. 그리고 캐나다에 살고 있는 나와 같이 한국이 아닌 타국에 살면서 독립운동을 했던 분들에 대해서도 알아보고 싶었다. 그래서 조사를 해 보던 중, 박용만 독립운동가에 대해 알게 되었다. 박용만 독립운동가는 안창호, 이승만과 더불어 미주에서 활동한 3대 독립운동가라고 손꼽힌다. 또한 같은 유학생활을 하고 있는 나로서는 이 분이 무슨 일을 했는지 궁금해졌다. 제가 이 분에 대해서 쓰기로 결심한 이유는 열심히 미국과 한국에서 독립운동을 하고도 밀정이라는 누명을 받고 같은 독립군에 의해 암살당했기 때문에 이런 비참한 최후를 맞은 독립운동가에 대해 올바로 알려야겠다는 생각에 이 분을 주제로 쓰기로 결심했다.

박용만은 1881년 8월 26일에 태어났으며 어릴 때 아버지를 잃고 숙부인 박희병 밑에서 성장했다. 1904년에 일제의 황무지 개간권에 반대하는 운동을 하다 투옥이 되었는데, 이 때 감옥에서 훗날 대한민국 초대 대통령이 되는 이승만과 인연을 맺게 된다. 출옥 후 숙부 박희병이 박용만을 미국으로 데리고 가서 그는 미국 샌프란시스코 링컨 고등학교에 입학하지만 1년 후 중퇴한다. 1906년, 미국 덴버로 가서 박희병과 함께 한인직업소개소를 운영함과 동시에 헤이스팅스 칼리지 정치과에 입학한다. 헤이그에서 열리는 만국평화회의에 참석하는 밀사들을 돕고자 윤병구와 송헌주를 파견하기도 하고 스티븐슨을 암살한 장인환 전명운의 변호비용을 모집하는 등 독립운동을 계속하였다. 1909년에는 미국에 한인소년병학교를 세워 한국청년들에게 군사훈련을 실시했으며, 졸업생 13명을 배출했는데 이 중에는 후에 유한양행을 건립하는 유일한 회장도 있다.

박용만은 또한 언론인으로서 독립운동에 힘을 썼다. 신한민보, 신한국보, 주간신문의 주필로 활동했는데 국제신문대회에서 한국대표로 참가를 하기도 하고 이승만의 '한국교회핍박', '독립정신'을 발간하는 데에도 큰 도움을 주었다. 그리고 미국의 독립을 본받자는 '미국혁명사'를 출판하였다. 박용만은 장소와 방법을 가리지 않고 정말 다양한 방법으로 독립운동을 전개했다는 것을 볼 수 있다.

이승만의 초청을 받고 하와이로 넘어간 박용만은 하와이 정부로부터 특별경찰권을 인정받아 대조선국민군단과 대조선국민군단 사관학교를 설립하기로 계획한다. 그리고 하와이 한인들의 적극적인 지원 덕에 결국 대조선국민군단과 대조선국민군단 사관학교를 설립되게 된다. 박용만은 대조선국민군단과 대조선국민군단 사관학교를 확장시키기 위해 조선국민회를 조직한다. 이후 학교 설립과 운영 자금을 마련하기 위해 파인애플 농장을 운영하기도 한다.

박용만과 이승만은 처음 만났을 때 뜻을 같이 하는 동지로 가까웠던 것과 달리 점점 둘 사이의 관계에 금이 가기 시작했고 임시정부와의 관계도 마찬가지였다. 결정적으로 이승만이 한인조직들을 자식의 사조직으로 만들려고 하여 박용만과 적대적인 관계를 가지게 되었다. 또한 무장투쟁론자인 박용만에게 이승만이 임시정부 회의를 제기하고 외교를 우선으로 하는 외교 노선을 주장하여 둘사이가 더욱 더 멀어지게 되었다. 그리고 임시정부 내에서 임시정부를 폐지하자는 창조파와 유지하자는 개조파가 서로 의견이 나뉘면서 충돌하고 있었는데 박용만은 창조파에 찬성하며 임시정부 폐지를 외쳤다. 결국 김구가 발표한 내무부 포고령 제5화에 의해 임시정부에서 쫓겨난다. 하지만 박용만은 굴하지 않고 중국 베이징으로 넘어가 대본농간공사를 설립하여 중국의 미개간 땅을 개간하고 독립운동에 쓰고자 하였다.

일제의 이간질에 의해 박용만이 친일파로 변절했다는 소문이 돌기 시작하면서 박용만이 변절했다는 의혹이 생겼다. 얼마 후 의열단 단원들이 대본농간공사를 방문하여 독립자금 1,000원을 달라고 요청하였다. 이들은 박용만이 변절한 것으로 오해하고 있었고 박용만이 거절하자 그 자리에서 총을 꺼내 암살했다. 정말 박용만 입장에서는 얼마나 어이가 없고 억울했을까 하는 생각이 든다. 이 후 그는 계속 친일파로 기억되다가 1960년대가 되어서야 행적 발굴 사업이 시작되면서 모든 누명을 벗게 되고 1962년에 건국훈장 독립장이 추서되었고, 1995년 건국훈장 대통령장이 추서되었다.

박용만은 독립운동가들 중에서 가장 비참한 최후를 맞은 분들 중의 한 분이다. 최근에도 친일파 논란이 제기됐을 만큼 죽어서도 마음 편히 쉬지 못하는 상황이 안타깝다. 박용만은 한국이 아닌 타국에서 자신의 인생을 바쳐 여러 가지 많은 위대한 업적을 남겼지만 교과서에 실려있지도 않고 한국사람들에게도 많이 알려져 있지 않다. 이 분의 억울한 죽음을 보상하기 위해서라도 이 분의 업적을 많은 사람들에게 널리 알리고 기록해야 한다.

이 글을 마치면서, 한국의 독립을 위해 크고 작은 많은 독립운동들이 일어났는데 위대한 업적을 남긴 분들 뿐만 아니라 장소와 때를 가리지 않고 이름없이 독립운동을 하신 많은 분들이 계심을 다시 떠올리게 되었다. 일본말을 쓰지 않고 일본 제품을 사용하지 않으며 독립운동가와 그 가족을 돕는 등 작다고 생각되는 독립운동부터, 총으로 무장투쟁을 벌이는 거대한 규모의 독립운동들도 지속적으로 많이 일어났다. 이미 안중근 의사나 김구 선생님 등은 매우 잘 알려져 있지만 아직도 이름이 알려지지 않은 독립운동가들이 너무 많다. 그래서 나는 이름이 알려지진 않았지만 대한의 독립을 위해 사신 독립운동가들을 더욱 더 열심히 찾아 내어서 이분들의 업적과 이름을 알리는 일에 열심히 노력하겠다고 다짐했다.

# 당신을 기다리며

초등부 **서예원**

알고 있나요?
당신의 아들은 당신이 전쟁터로 떠난 후 태어났어요.
그의 이름은 '평화'입니다.
부르고 불러도
대답 없는 슬픈 이름이여!
제발 살아서 돌아오세요.

보고 있나요?
당신이 떠난 후 나는 매일 편지를 썼습니다.
편지가 잘 도착했나요?
보내고 보내도
대답 없는 슬픈 이름이여!
제발 잘 있다고 말해주세요.

듣고 있나요?
차가운 바람이 산과 들을 흔들어도
시린 눈이 땅을 얼게 해도
당신이여! 아버지여! 아들이여!
우리의 뜨거운 눈물을 잊지 말아요.
당신을 영원히 잊지 않아요.

# 이름 없는 군인의 무덤에서

중고등부 **서유진**

고귀한 영혼이여!
평화를 위해 싸운 이여!
무엇으로 그 넋을 위로하리오.

6월이 다가오면
귀를 막아도, 눈을 감아도
당신이 싸운 총탄의 그날
절대 잊히지 않으리.

오, 이름 없는 군인이여!
무덤 곁에는 양귀비만이 오직 그대를 위로하네.
고귀한 피처럼 붉은 양귀비.
너무 아름다워서 오히려 슬프구나!

찬바람이 부는 계절이 다가오면
매정한 바람이 그대의 무덤을 흔들어도
어두운 밤이 그대를 외면하여도
울지 말아요...
울지 말아요...

그대의 고귀한 피,
조국은 기억하리.
그대의 숭고한 넋,
별이 되어 우리의 가슴에서 빛나리.
영원히...
영원히...

# 자유와 평화의 가치

중고등부 **서유진**

우리가 지금 누리고 있는 편안함에 대해 진지하게 생각해 본 적이 있습니까? 물을 마시고, 공기를 마시는 것만큼 자연스러운 일이라고 생각하십니까? 절대 아닙니다. 누군가의 희생 덕분에 우리는 지금 이 편안함을 즐기고 있습니다. 그렇다면 과연 누구의 희생입니까?

수십 년 전, 미완성된 16세 소년들도 총을 들고 전장에 나섰습니다. 자신의 아기가 뱃속에서 태어나기도 전에, 탄생조차 보지 못한 채 누군가는 나라를 위해 싸웠습니다. 간호사들도 부상당한 병사들을 치료하기 위해 위험에 처한 전장으로 달려갔습니다. 그들 또한 사랑하는 사람과 가족이 있었습니다. 그들도 머리 위로 총탄이 날아다니는 상황이 두려웠을 것입니다. 그러나 그들은 국가와 평화를 위해 싸웠습니다. 마침내 그들은 나라를 수호하고 평화를 찾았습니다.

그럼에도 불구하고 우리는 오늘날 우리가 누리고 있는 자유와 평화를 소중히 여기지 않습니다. "역사를 잊은 사람들에게는 미래가 없다."는 말을 들어 본 적이 있습니까? 역사상 고귀한 영웅들의 희생을 기억해야 합니다. 우리는 그들을 존중해야 합니다.

캐나다에서 리멤버런스 데이-기억의 날은 '제1차 세계대전 휴전을 기념하는 1918년 11월11일 협정'을 기념하기 위해 만들어졌습니다. 그러나 그 후에도 전쟁은 계속되었습니다. 지금도 우크라이나에선 전쟁이 벌어지고 있습니다. 무엇 때문에 죄없고 선량한 국민들이 희생되어야 합니까?

전 세계의 사람들 모두 고귀한 애국자의 뜻을 따라 전쟁 없는 평화의 세상을 만들기 위해 함께 노력해야 합니다. 우리는 후손들이 끔찍한 전쟁을 겪게 할 수 없습니다. 자유와 평화의 가치를 아는 사람만이 명예롭게 즐길 수 있습니다.

6·25나 11월11일뿐 아니라 숭고한 영웅들에게 항상 감사해야합니다. 그들의 숭고한 희생은 대우 받고, 위로 받고, 무엇보다도 존중 받고 영원히 기억되어야 합니다. 그들은 평화의 숲으로 인도하는 나침반과도 같습니다. 미래의 후손들이 그분들의 고귀한 희생과 고귀한 정신을 잊지 않도록 우리는 늘 기억해야 합니다. '기억'은 우리의 사명입니다.

# 노병의 눈물

일반부 **제나 박**

깊게 패인 주름 속
깊숙이 간직한
노병의 이야기

빗발치는 총성 속
기필코 살아 돌아가자던 전우를
도솔산에 묻고서
돌아서던 그 발걸음 어이 잊으리오.

공포와 피비린내 스민
피의 능선에
전우들을 눕혀두고서
피울음 삼키며 남은 병사 헤아리던
차마 떨리던 그 손 어찌 잊으리오.

억겁의 세월 넘어
전우들 앞에 선 구순 병사의
말라버린 눈물이
깊게 패인 주름에 이야기 한 겹을 더하고…

그의 눈동자엔
전장을 누비던 전우들의 기개가
아직 살아 펄떡이네.

바람결에 휘날리는 노병의 세어버린 눈썹이
옳지!
도솔산 전투에서
흩날리던 민들레 홀씨이구나.

붉어진 노병의 눈동자
그렇지!
피의 능선, 피로 물든 그 계곡물이로구나.

기어코 흔들리는 노병의 어깨로
아직 못다 한
70년 묵혀온 이야기가 살포시 내려앉는다.

# 다시 현충원 언덕에 서서

성인부 **윤용재**

돌아보니 꼭 45년만이다. 서울현충원을 처음 방문했던 것이 고교 1학년 시절 현충일이었으니 근 반세기만에 다시 찾은 것이다. 당시 함께 했던 그 친구와 같이 오고 보니 더욱 감회가 새롭다.

가끔 모국을 방문하면 추억의 장소를 찾아 친구들과 옛 기억을 되새기곤 하는데 이번에 작정하고 서울현충원을 방문한 것은 청소년기에 처음으로 우리의 삶에 대해 깊이 생각하며 나름 속을 터 놓고 각자 미래 계획에 대해 얘기하게 된 강렬한 기억의 장소이기 때문이다.

동작동국립묘지로 불리던 이곳에서 당시 어린 학생이었던 우리는 적지않은 충격과 감동, 그리고 슬픔을 동시에 느끼는 혼란한 마음이었던 것으로 기억한다. 그때만 해도 한국전쟁이 끝난지 불과 20여 년밖에 되지 않아 매해 현충일이면 자식과 남편을 잃은 가족들이 삼삼오오 묘역을 중심으로 비석을 어루만지며 슬픔을 삼키고 있는 모습을 쉽 게 볼 수 있었다. 특히 끊임 없는 남북충돌과 월남 전쟁이 한창일 때여서 불행히도 많은 희생자들이 새로운 묘역에서 호국의 영혼으로 거듭나는 안장식 행사도 자주 있는 일이었다. 따라서 현충원은 언제나 하루 아침에 아들과 남편과 아버지를 잃은 남겨진 이들의 깊은 슬픔으로 가득했다.

비록 철없는 나이였지만 당시 친구와 함께 일제 강점기 순국한 선열들의 묘역부터 한국전쟁과 월남전쟁 그리고 평시 임무중 순직자에 이르기까지 제법 엄숙한 마음으로 묘역 구석구석을 둘러보며 많은 것을 느낄 수 있었다. "만주 벌판에서 풍찬노숙하며 조국의 독립을 위해 한 몸 바친 선열을 기리"는 묘비명부터 "어미는 언제나 너를 자랑으로 기억하며 다시 만나는 날 까지 편히 쉬라"는 6.25 전사자 어머니의 의연한 외침, "조국을 지키는 빛나는 별이 된 당신을 사랑하며, 어린 아이들 훌륭히 키울 것을 약속한다"는 공군장교 부인의 애끓는 망부가, "이루지 못한 우리의 사랑 다음 세상에서도 영원하기를"이란 가슴 아픈 사연을 남긴 월남전쟁 전사자의 묘비명에 이르기까지 그 사연들이 아직도 기억에 맴돈다.

얼마나 달라졌을까 하는 왠지모를 설렘과 궁금함을 안고 서울 현충원에 들어서니 워낙 오랜만의 방문이어서일까 마치 새로운 곳에 왔다는 느낌을 지울 수가 없다. 그러나 그것도 잠시 현충문을 지나 '미수습용사'의 위패를 모신 곳에서부터 다시 기억이 되살아 나기 시작하면서 마치 45년 전으로 되돌아 간 듯한 착각을 일으키기에 충분할 정도로 그때 그대로의 모습을 지키고 있다. 단지 그 당시만해도 묘역 한견이 크게 공터로 남아있었는데 지금은 그곳마저 빈틈없이 호국용사들의 묘비로 가득하여 이내가슴이 먹먹해 옴을 느낀다. 아직도 기억에 남아있는 애끓는 묘비명들을 생각하며 언제 어디서 어떻게 이 조국에 한몸을 바쳤는지 그리고 남은 가족들의 추모글은 어떠한지 하나하나 참배하는 마음으로 읽으며 발걸음을 천천히 옮겨본다. 이제는 찾아 올 어머니도 아내도 이내 그리운 이를 찾아 떠나 버렸을 세월이어서 한눈에도 오랜 세월 찾는 이가 없는 묘역이 대부분이다.

이리저리 걸음을 옮기던 중 나는 한묘역에서 걸음을 멈출 수밖에 없었다. 아버지와 아들이 나란히 묘비를 이웃하고 있는 것이다. 80년대 당시 31세의 공군조종사로 작전중 순국한 아버지의 묘비엔 당시 아들잃은 어머니가 애끓는 마음을 묘비에 남겼고 5살이었던 그의 아들은 훗날 자랑스런 아버지의 길을 따라 공군조종사가 되었지만 야간비행훈련 중 불의의 사고로 27세의 찬란한 나이에 이내 아버지의 곁에서 영원히 빛나는 호국의 별이 된 묘역이다.

당신의 젊은 아들을 영원히 조국의 하늘로 올려보낸 것도 모자라 훗날 애지중지하던 손자까지도 아들이 있는 하늘의 또 다른 별이 될 줄을 상상이나 했을까!

당시 법규상 합동안장이 불가능하였으나 그 가족의 호국정신과 기막힌 사연을 정부가 참작하여 부자가 나란히 자리 할 수 있게 되었다는 설명이다. 한동안 자리를 떠나지 못하고 부자의 희생에 깊이 감사하는 마음으로 영면을 기도하였다.

수 많은 사연과 숙연한 분위기 속에 시간 가는줄 모르고 고귀한 영혼들을 마주하다 보니 어느 덧 짧게만 느껴지는 2시간 여가 지나고 오랫만의 방문을 마무리할 시간이다.

내려오는 길에는 한 특별한 장군의 묘역을 가 보기로 했다. 바로 베트남전 한국군사령관으로 많은 전공을 세우고도 사후엔 특별히 마련된 장군 묘역을 마다하고 월남전에서 전사한 5천여 장병들 곁에 잠든 한 군인의 묘역이다.

정말 특별한 것 없이 많은 병사들의 묘비 사이에 그의 묘역도 있었다. 그러나 작지만 초라하지 않고 오히려 기개가 있으면서도 따듯함이 느껴지는 것은 나만의 느낌일까. 감동이 아닐 수 없다. 용맹함과 온화함을 함께 갖추기가 쉽지 않지만 모름지기 전장의 장수는 물론 여느 지도자라도 이러한 모습이어야 하지 않을까 생각해 본다.

현충원 언덕 저 아래 예나 지금이나 변함없이 도도히 흐르는 푸른 한강의 물결을 내려다 보며 여기 잠든 호국 영혼들의 고귀한 정신은 필시 저 물결처럼 영원하리라 확신한다.

이번 방문은 나스스로를 한번 뒤돌아보며 어떻게 사는 것이 값진 인생이고 나와 국가는 또한 어떤 관계인가를 다시 한번 생각해 보게 된 의미있는 시간이었다. 현충문을 나서며 머지않은 날 자녀들과 함께 다시 이곳을 방문해야겠다는 생각을 해 본다. 그 날엔 나의 가족들이 이 특별한 공간에서 그 동안 경험해 보지 못한 국가와 민족 그리고 개인의 삶에 대해 많은 것을 느끼고 생각하게 되기를 바라는 마음이다. 45년 전 그 날 내가 그랬던 것처럼….

부록

# 애국지사기념사업회(캐나다) 약사 및 사업실적

▲ 2010년

- 3월 15일 한국일보 내 도산 홀에서 50여명의 발기위원들이 참석한 가운데 창립. 초대회장에 김대억 목사를 선출하고 고문으로 이상철 목사, 유재신 목사, 이재락 박사, 윤택순 박사, 구상회 박사 등 다섯 분을 위촉했다.
- 8월 15일 토론토한인회관에서 거행된 제 65회 광복절 기념식에서 김구 선생(신재진 화백), 안창호 선생(김 제시카 화백), 안중근 의사(김길수 화백), 등 세분 애국지사의 초상화를 동포사회에 헌정하다.
- 애국지사기념사업의 필요성과 중요성을 동포들에게 인식시킴과 동시에 애국지사들에 관한 책자, 문헌, 사진과 기타자료를 수집하다.

▲ 2011년

- 2월 25일 기념사업회가 계획한 사업들을 추진할 자금을 확보하기 위한 모금만찬을 개최하고 $8,000,00을 모금하다.
- 8월 15일 토론토 한인회관에서 거행된 제 66회 광복절 기념식에서 윤봉길 의사(이재숙 화백), 이봉창 의사(곽석근 화백), 유관순 열사(김기방 화백) 등 세분 애국지사의 초상화를 동포사회에 헌정하다
- 11월 캐나다에 거주하는 모든 동포들을 대상으로 애국지사들에 관한 문예작품을 공모하여 5편을 입상작으로 선정 시상하다. / 시부문 : 조국이여 기억하라(장봉진), 자

화상(황금태), 기둥 하나 세우다(정새회), 산문 : 선택과 변화(한기옥), 백범과 모세 그리고 한류문화(이준호), 목숨이 하나밖에 없는 것이 유일한 슬픔(백경자)

▲ 2012년

- 3월에 완성된 여섯 분의 애국지사 초상화와 그간 수집한 애국지사들에 관한 책자, 문헌, 사진, 참고자료 등을 모아 보관하고 전시할 애국지사기념실을 마련하기로 결의하고 준비에 들어가다.
- 애국지사들에 관한 지식이 없는 학생들이나 그 분들이 조국을 위해 목숨까지 바친 애국정신에 별다른 관심이 없는 동포들에게 애국지사들이 국가와 민족을 위해 무엇을 희생했는가를 알리기 위해 제반 노력을 경주한다.
- 12월 18일에 기념사업회 이사회를 조직하다.
- 12월에 캐나다에 거주하는 모든 동포들을 대상으로 애국지사들에 관한 문예작품을 공모 1편의 우수작과 6편의 입상작을 선정 시상하다.

  우수작 : (산문)각족사와 국사는 다르지 않다.(홍순정) / 시 : 애국지사의 마음(이신실)/ 산문 : 역사를 잊은 민족에게 미래는 없다.(정낙인), 애국지사들은 자신의 목숨까지 모든 것을 다 바쳤다(활규호), 애국지사(김미셀), 애국지사(우정회), 애국지사(이상혁)

▲ 2013년

- 1월 25일 이사회를 개최하여 해당년도 사업계획과 예산안을 확정하다.
- 2013년, 해당년도 사업을 추진하는데 필요한 자금을 확보하기 위한 모금만찬을 개최하고 $6,000,00을 모금하다.
- 8월 15일 토론토 한인회관에서 거행된 제68회 광복절 기념식에서 이준 열사, 김좌진 장군, 이범석 장군 등 세 분 애국지사의 초상화를 동포사회에 헌정하다.
- 10월 애국지사들을 소재로 문예작품을 공모 우수작 1편과 입상작 6편을 선정 시상하다.
- 11월 23일 토론토 영락문화학교에서 애국지사기념사업의 중요성과 필요성에 관해 강연하다.
- 12월 7일 한인회관에서 거행된 '차세대 문화유산의 날' 행사에서 토론토지역 전 한

글학교학생들을 대상으로 "우리민족을 빛낸 사람들"이란 제목으로 강연하다.

▲ 2014년

- 1월 10일 이사회를 개최하고 해당년도 사업계획과 예산안을 확정하다.
- 3월 14일 기념사업회 운영을 위한 모금을 확보하기 위한 모금만찬회를 개최하고 $5,500,00을 모금하다.
- 8월 15일 토론토 한인회관에서 거행된 제 69회 광복절행사에서 손병희 선생, 이청천 장군, 강우규 의사 등 세분 애국지사의 초상화를 동포사회에 헌정하다.
- 10월 애국지사 열여덟 분의 생애와 업적을 수록한 책자 '애국지사들의 이야기·1'을 발간하다.

▲ 2015년

- 2월 7일 한국일보 도산홀에서 '애국지사들의 이야기·1' 출판기념회를 하다.
- 8월 4일 G. Lord Gross Park에서 임시 이사회 겸 친목회를 실시하다.
- 8월 6일 제 5회 문예작품 공모 응모작품을 심사하고 장원 1, 우수작 1, 가작 3편을 선정하다.

  장원 : 애국지사인 나의 할아버지의 삶(김석광)

  우수작 : 백범 김구와 나의소원(윤종호)

  가작 : 우리들의 영웅들(김종섭), 나대는 친일후손들에게(이은세),

  태극기단상(박성원)
- 8월 15일 한인회관에서 거행된 제 70주년 광복절기념식장에서 김창숙 선생(곽석근 화백), 조만식 선생, 스코필드 박사(신재진 화백) 등 세분 애국지사의 초상화를 동포사회에 헌정하다. 이어서 문예작품공모 입상자 5명을 시상하다.

▲ 2016년

- 1월 28일 이사회를 개최하고 해당년도의 사업계획과 예산안을 확정하다.
- 8월 3일 사업회 야외이사회를 개최하고 이사 상호간의 친목을 다지다.
- 8월 15일 거행된 제 71주년 광복절 기념식에서 이시영 선생, 한용운 선생등 두 분 애국지사의 초상화를 동포사회에 헌정하다. 또한 사업회가 제작한 동영상 '우리의

위대한유산대한민국'을 절찬리에 상영하다. 이어 문예작품공모 입상자5명에게 시상하다.

최우수작 : 이은세 / 우수작 : 강진화 / 입상 : 신순호, 박성수, 이인표

- 8월 15일 사업회 운영에 대한 임원회를 개최하다.

▲ 2017년

- 1월 12일 정기 이사회를 개최하고 사업계획 및 예산안을 확정하다.
- 8월 12일 사업회 야외이사회를 개최하고 이사 상호간의 친목을 다지다.
- 9월 11일 한국일보사에서 제7회 문예작품 공모 입상자 시상식을 실시하다.

  장원 : 내 마음 속의 어른 님 벗님(장인영)

  우수작 : 외할머니의 6.10만세 운동(유로사)

  입상 : 김구선생과 아버지(이은주), 도산 안창호 선생의 삶과 이민사회(양중규 / 독후감: 애국지사들의 이야기 1(노기만)

- 3월 7일, 5월 3일 5월 31일, 7월 12일, 8월 6일, 9월 21일, 11월 8일 12월 3일2일. 임원회를 개최하다.
- 2017년 8월 5일: 애국지사들을 소재로 한 문예작품 공모작품을 심사하다.

  일반부 | 최우수작: 김윤배 "생활속의 나라사랑"

  우수작 : 김혜준 "이제는 대한민국 만세를 부르자"

  입상 : 임강식 "게일과 코리안 아메리칸", 임혜숙 "대한의 영웅들",

  이몽옥 "외할아버지와 엄마 그리고 나의 유랑기",

  김정선 "73번 째 돌아오는 광복절을 맞으며", 임혜숙 "대한의 영웅들"

  학생부 | 최우수작: 하태은 하태연 남매 "안창호 선생"

  우수작 : 김한준 "삼일 만세 운동"

  입상 : 박선희 "대한독립 만세", 송민준 "유관순"

  특별상 : 필 한글학교

- 12월 27일 정기 이사회를 개최하다.

▲ 2018년

- 5월 30일 〈애국지사들의 이야기·2〉 발간하다.

- 8월 15일 73주년 광복절 기념행사를 토론토한인회관에서 개최하다. 동 행사에서 문예작품공모 입상자 시상식을 개최하다.
- 11일 G. Ross Gross Park에서 사업회 이사회 겸 야유회를 개최하다.
- 9월 29일 Port Erie에서 한국전 참전용사 위로행사를 갖다.

▲ 2019년

- 3월 1~2일 한인회관과 North York시청에서 토론토한인회와 공동으로 3·1절 및 대한민국임시정부 수립 100주년 기념식을 개최하다.
- 1월 24일 정기이사회를 개최하다.
- 3월 1일 한인회관에서 토론토한인회등과 공동으로 3.1절 100주년 기념행사를 개최하다.
- 6월 5일 〈애국지사들의 이야기·3〉호 필진 최종모임을 갖다.
- 6월 20일 〈애국지사들의 이야기·3〉호 발행하다.
- 8월 8일: 한인회관에서 〈애국지사들의 이야기·3〉호 출판기념회를 갖다.
- 8월 15일: 한인회관에서 73회 광복절 기념행사를 개최하다. 동 행사에서 동영상 "광복의 의미" 상연, 애국지사 초상화 설명회, 문예작품 입상자 시상식을 개최하다.
- 10월 25일 회보 1호를 발행하다. 이후 본 회보는 한인뉴스 부동산 캐나다에 전면 칼라로 매월 넷째 금요일에 발행해오고 있다.

▲ 2020년

- 1월 15일: 정기 이사회
- 4월 20일: 〈애국지사들의 이야기·4〉호 필진 모임
- 6월 15일: 〈애국지사들의 이야기·4〉 발간
- 8월 13일: 〈애국지사들의 이야기·4〉호 출판기념회 & 보훈문예작품공모전 일반부 수상자 시상
- 8월 15일: 74회 광복절 기념행사(한인회관)
- 9월 26일: 보훈문예작품공모전 학생부 수상자 시상
- 1월 ~ 12월까지 회보 발행 (매달 마지막 금요일자 한인뉴스에 게재)

▲ 2021년

- 2월  1일: 〈애국지사들의 이야기5〉호 필진 확정
- 4월 30일: 〈애국지사들의 이야기 5〉호 발간
- 7월 8일:  이사모임 (COVID-19 정부제재 완화로 모임을 갖고 본 사업회 발전에 대해 논의.)
- 8월 12일: 〈애국지사들의 이야기.6〉호 출판기념회(서울관).
- 8월 14일: 보훈문예작품공모전 수상자 시상(74주년 광복절 기념행사장(한인회관) :
  일반부- 우수상 장성혜 / 준우수상 이남수, 최민정 등 3명
  학생부 - 우수상 신서용, 이현중, / 준우수상 왕명이, 홍한희, 손지후 등 5명
- 9월 28일: 2021년도 사업실적평가이사회.(서울관)
- 1 ~ 12월: 매월 회보를 발행하여 한인뉴스에 게재(2021년 12월 현재 27호 발행)

▲ 2022년

- 4월 25일 〈애국지사들의 이야기.6) 발간
- 8월 11일 〈애국지사들의 이야기.6〉 출판기념회
- 8월 15일 광복절 기념행사 주관 및 문예작품 입상자 수상식
  일반부: 우수작: 윤용재 / 준우수작: 임승빈
- 9월 14일 금년도 사업실적 평가를 위한  이사모임

● 매월 셋째 금요일에 한인뉴스 부동산 캐나다에 본 사업회 회보를 게재함

애국지사기념사업회(캐나다)

# 동참 및 후원 안내

## 후원하시는 방법/HOW TO SUPPORTUS

Payable to Canadian Association For Honouring Korean Patriots로 수표를 쓰셔서

Canadian Association For Honouring Korean Patriots
1004-80 Antibes Drive Toronto. Ontario. M2R 3N5로
보내시면 됩니다.

## 사업회 동참하기 / HOW TO JOINS

애국지사기념사업회(캐나다)에 관심 있으신 분은 남녀노소 연령에 관계없이 누구나 회원으로 가입하실 수 있습니다.

회비는 1인 년 $20입니다.(가족이 모두 가입하실 수도 있습니다.)

회원가입을 원하시는 분은 (416) 661-6229나

E-mail : dekim19@hotmail.com으로 연락주시기 바랍니다.

『애국지사들의 이야기·1.2.3.4.5.6.7호』

# 독후감 공모

『애국지사들의 이야기·1,2,3,4,5,6,7호』에는 우리나라의 독립을 위해 신명을 바치신 애국지사들의 이야기가 수록되어 있습니다. 이 분들의 이야기를 읽고 난 독후감을 공모합니다.

- 대상 애국지사

  본회에서 발행한 애국지사들의 이야기·1,2,3,4,5,6,7호에 수록된 애국지사들 중에서 선택

- 주제

  1. 조국의 국권회복을 위해 희생, 또는 공헌하신 애국지사들의 숭고한 나라사랑을 기리고자 하는 내용.
  2. 2세들에게 모국사랑정신을 일깨우고, 생활 속에 애국지사들의 공훈에 보답하는 문화가 뿌리내려 모국발전의 원동력으로 견인하는 내용.

- 공모대상

  캐나다에 살고 있는 전 동포(초등부, 학생부, 일반부)

- 응모편수 및 분량

  편수에는 제한이 없으나 분량은 A$용지 2~3장 내외(약간 초과할 수 있음)

- 작품제출처 및 접수기간

  접수기간 : **2023년 8월 15일부터 2024년 7월 30일**

  제출처 : anadian Association For Honouring Korean Patriots
  1004-80 Antibes Drive Toronto. Ontario. M2R 3N5

  E-mail : **dekim19@hotmail.com**

- 시상내역

  최우수상 / 우수상 / 장려상 = 상금 및 상장

- 당선자 발표 및 시상 : 언론방송을 통해 발표

## 본회발행 '애국지사들의 이야기 1~6호' 에 게재된 애국지사와 필진

### ▶ 애국지사들의 이야기 1호

| | 수록 애국지사 | 필자 |
|---|---|---|
| 1 | 민족의 스승 백범 김 구 선생 | 김대억 |
| 2 | 광복의 등댓불 도마 안중근 의사 | |
| 3 | 국민교육의 선구자 도산 안창호 선생 | |
| 4 | 민족의 영웅 매헌 윤봉길 의사 | |
| 5 | 독립운동의 불씨를 돋운 이봉창 의사 | |
| 6 | 의열투사 강우규 의사 | 백경자 |
| 7 | 독립운동가이며 저항시인 이상화 | |
| 8 | 교육에 평생을 바친 민족의 지도자 남강 이승훈 | |
| 9 | 고종황제의 마지막 밀사 이 준 열사 | |
| 10 | 민족의 전위자 승려 만해 한용운 | |
| 11 | 대한의 잔 다르크 유관순 열사 | 최기선 |
| 12 | 장군이 된 천하의 개구쟁이 이범석 | |
| 13 | 고려인의 왕이라 불린 김좌진 장군 | 최봉호 |
| 14 | 사그라진 민족혼에 불을 지핀 나석주 의사 | |
| 15 | 3.1독립선언의 대들보 손병희 선생 | |
| 16 | 파란만장한 대쪽인생을 살다간 신채호 선생 | |
| 17 | 한국광복군 총사령관의 대명사 이청천 장군 | |
| 18 | 머슴출신 의병대장 홍범도 장군 | |

김 구 안중근 안창호

윤봉길 이봉창 강우규

이상화 이승훈 이 준

한용운 유관순 이범석

김좌진 나석주 신채호

손병희 이청천 홍범도

김대억 백경자 최기선 최봉호

## ▶ 애국지사들의 이야기 2호

| | 수록 애국지사 | 필자 |
|---|---|---|
| 1 | 우리민족의 영원한 친구 스코필드 박사 | 김대억 |
| 2 | 죽기까지 민족을 사랑한 조만식 선생 | |
| 3 | 조소앙 선생에게 '남에선 건국훈장, 북에선 조국통일상' 추서 | 신옥연 |
| 4 | 한국독립의 은인 프레딕 맥켄지 | 이은세 |
| 5 | 대한독립과 결혼한 만석꾼의 딸 김마리아 열사 | 장인영 |
| 6 | 이승만 전 대통령이 성재어른이라 불렀던 이시영 선생 | 최봉호 |
| 7 | 극명하게 엇갈리는 이승만 전 대통령의 공과(功過) | |
| 특집〈탐방〉 : 6.25 가평전투 참전용사 윌리엄 클라이슬러 | | |

김대억

신옥연

이은세

장인영

최봉호

프레딕 맥켄지

김마리아

이시영

이승만

윌리엄 클라이슬러

스코필드

조만식

조소앙

## ▶ 애국지사들의 이야기 3호

| | 수록 애국지사 | 필자 |
|---|---|---|
| 1 | Kim Koo: The Great Patriot of Korea | Dae Eock(David) Kim |
| 2 | 조국의 독립과 통일을 위해 바친 삶 우사 김규식 박사 | 김대억 |
| 3 | 근대 개화기의 선구자 서재필 박사 | 김승관 |
| 4 | 임정의 수호자 석오 이동녕 선생 | 김정만 |
| 5 | 한국 최초의 여성의병장 윤희순 열사 | 백경자 |
| 6 | 댕기머리 소녀 이광춘 선생 | |
| 7 | 독립군의 어머니라고 불린 남자현 지사 | 손정숙 |
| 8 | 아나키스트의 애국과 사랑의 운명적인 인연 박열과 후미코 | 권천학 |
| 9 | 인동초의 삶 박자혜 | |
| 10 | 오세창 선생: 총칼대신 펜으로 펼친 독립운동 | |
| 11 | 일본을 공포에 떨게 한 김상옥 의사 | 윤여웅 |

특집 : 캐나다인 독립유공자 5인의 한국사랑 – 프랭크 윌리엄 스코필드, 프레드릭 맥켄지, 로버트 그리어슨, 스탠리 마틴, 아치발드 바커 / 최봉호

김대억 김승관 김정만 백경자 손정숙 권천학 윤여웅

김구 김규식 서재필 이동녕 윤희순 이광춘 남자현 박열 후미코

박자혜 오세창 김상옥 프랭크 윌리엄 스코필드 프레드릭 맥켄지 로버트 그리어슨 스탠리 마틴 아치발드 바커

## ▶ 애국지사들의 이야기 4호

| | 수록 애국지사 | 필자 |
|---|---|---|
| 1 | 항일 문학가 심훈 | 김대억 |
| 2 | 민족시인 윤동주 | |
| 3 | 민족의 반석 주기철 목사 | |
| 4 | 비전의 사람, 한국의 친구 헐버트 | 김정만 |
| 5 | 송죽결사대로 시작한 독립운동가 황애덕 여사 | 백경자 |
| 6 | 민영환, 그는 애국지사인가 탐관오리인가 | 최봉호 |
| 7 | 중국조선족은 항일독립운동의 든든한 지원군 | 김제화 |
| 8 | 역사에서 가리워졌던 독립운동가, 박용만 | 박정순 |
| 9 | 최고령 의병장 최익현(崔益鉉) 선생 | 홍성자 |

특집·1 : 민족시인 이윤옥 | 시로 읽는 여성 독립운동가 –서간도에 들꽃 피다
김일옥 작가 | 어린이를 위한 특별한 이야기 – 우리나라 최초의 여성의사, 박에스터

특집·2 : 후손들에게 들려 줄 이야기
강한자 : 애국지사들의 이야기 4호 발간을 축하드립니다.
김미자 : 어제와 오늘 그리고 내일을 생각하며
이재철 : 캐나다에서 한국인으로 사는 것
조경옥 : 애국지사기념사업회(캐나다)와 나의 인연
최진학 : 사랑하는 후손들에게 들려줄 이야기

김대억

김정만

백경자

최봉호

김제화

박정순

홍성자

이윤옥

김일옥

강한자

김미자

이재철

조경옥

최진학

심훈

윤동주

주기철

호머 헐버트

황애덕

민영환

박용만

최익현

## ▶ 애국지사들의 이야기 5호

| | 수록 애국지사 | 필자 |
|---|---|---|
| 1 | 항일투쟁과 민족통일에 생애를 바친 심산 김창숙 선생 | 김대억 |
| | 조국광복의 제물이 된 우당 이회영 선생 | |
| 2 | 안중근 의사의 어머니 조 마리아 여사 | 김정만 |
| 3 | 독립을 향한 조선 최초의 여성비행사 권기옥 여사 | 백경자 |
| 4 | 민족의 큰 스승 백범 김구의 어머니 곽낙원 여사 | 이기숙 |
| 5 | 적의 심장부에서 조선의 독립을 외친 여운형 선생 | 최봉호 |
| 6 | 도산島山에겐 열두 번째였던 이혜련 여사 | |
| 7 | 우리나라 서양의학의 기초를 세운 캐나다선교사 에이비슨 박사 | 황환영 |

**특집·1** __ 민족시인 이윤옥 | 우리는 여성독립운동가를 얼마나 알고 있나?

| **특집·2**<br>내가 존경하는 애국지사 / 독립운동가 | | |
|---|---|---|
| | 김미자 | 꽃보다 불꽃을 택한 애국여성 권기옥 여사 |
| | 김민식 | 내가 존경하는 안중근 의사님 |
| | 김완수 | 도산 안창호 선생과 캐나다 이민 1세대 |
| | 김영배 | 내가 존경하는 애국지사 "스코필드박사" |
| | 이영준 | 내가 이승만을 존경하는 이유 |
| | 이재철 | 나의 모국 독립운동에 앞장섰던 "김창숙(心山)"선생 |
| | 조준상 | 조국을 위해 미련 없이 몸을 던진 안중근의사 |
| | 한학수 | 나의 8.15해방경험과 애국지사 |
| | 홍성자 | 청산리 전투의 영웅 백야 김좌진 장군 |

| **특집·3**<br>2020년 보훈문예공모전 학생부 입상작 | | |
|---|---|---|
| | 글 | 김준수(4학년) \| 나라를 구한 슈퍼 히어로 |
| | | 이현중(6학년) \| 용감한 애국지사 노동훈님 |
| | | 박리아(8학년) \| 권기옥 / kwonki-ok |
| | 그림 | 정유리(유치원) \| 대한독립만세! |
| | | 왕명이(유치원) \| 유관순열사, 사랑합니다 |
| | | 송호준(1학년) \| 대한민국만세! |
| | | 조윤슬(2학년) \| 대한독립만세! / 유관순 언니 감사합니다 |
| | | 이다은(3학년) \| (애국지사님들)감사해요! |
| | | 송명준(3학년) \| 대한민국만세! |
| | | 신서영(3학년) \| (애국지사님들)희생에 감사드린다 |
| | | 송민준(5학년) \| 대한민국만세! |
| | | 하태은(5학년) \| 조만식 선생의 물산장려운동 |

김대억

김정만

백경자

이기숙

최봉호

황환영

이윤옥

김미자

김민식

김완수

김영배

이영준

이재철

조준상

한학수

홍성자

## ▶ 애국지사들의 이야기 6호

| | 수록 애국지사 | 필자 |
|---|---|---|
| 1 | 필력으로 일제와 맞서 싸운 저항시인 이육사 | 김대억 |
| | 한글로 나라를 지킨 한힌샘 주시경 선생 | |
| 2 | 아나키스트 독립운동가 구파 백정기 의사 | 김원희 |
| 3 | 애국지시 뒤바보(北愚) 계봉우 선생 | 김종휘 |
| 4 | 전설의 영화 〈아리랑〉과 나운규 | 박정순 |
| 5 | 유관순 열사의 스승 김란사 선생 | 손정숙 |

**특집·1**
문학박사들의 애국지사 이야기

이윤옥 인물로 보는 여성독립운동사
심종숙 독립운동가 만해 한용운의 '님'

**특집·2**
후손들에게 들려주고 싶은 애국지사들의 이야기

김미자 나이어린 학생들의 불꽃같은 나라사랑
김연백 애국지사들의 이야기를 읽으며 느끼는 것들
김재기 애국지사들을 배우고 알아야하는 이유
김창곤 한국말을 할 줄 아는 아이들과 못하는 아이들
이남수 독립운동사를 가르치려는 이유
이재철 후세들에게 물려줄 대업

**특집·3**
독립유공자 후손과 캐나다 한인2세들의 애국지사 이야기

애국지사 장봉기 선생과 증손녀 장성혜의 이야기
최민정 토론토 | 96세 승병일 애국지사
손지후(4학년) | 나의 멘토, 한국의 영웅 안중근 의사
하태은(6학년) | Yu Gwansun
이현중(7학년) | 마지막 광복군 김영관 애국지사
오세영(8학년) | 아직도 못 쉬고 계신 안중근 의사

**특집·4**
비전펠로우십에서 보낸 이야기

황환영 조선여성의 빛이 된 평양의 오마니 닥터 로제타 홀

김대억

김원희 김종휘

박정순

손정숙

이윤옥

심종숙

김미자 김연백 김재기

김창곤

이남수

이재철

황환영

조국과 민족을 위해 모든 것을 바친
**애국지사들의 이야기·7**

**초판인쇄** 2023년 05월 25일
**초판발행** 2023년 05월 30일

**지 은 이** 애국지사기념사업회(캐나다)
**펴 낸 이** 이혜숙
**펴 낸 곳** 신세림출판사
**등 록 일** 1991년 12월 24일 제2-1298호

04559 서울특별시 중구 퇴계로49길 14,
충무로엘크루메트로시티2차 1동 720호
**전 화** 02-2264-1972
**팩 스** 02-2264-1973
**E-mail** shinselim72@hanmail.net

정가 18,000원

ISBN 978-89-5800-262-8, 03810